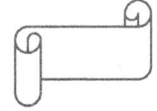

Petra C. Melzer

Du bist frei,
wenn ich es bin.

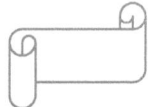

Impressum:
Bibliografische Information der Deutschen
Nationalbibliothek: Die Deutsche Nationalbibliothek
verzeichnet diese Publikation in der Deutschen
Nationalbibliografie; detaillierte bibliografische Daten
sind im Internet über dnb.dnb.de abrufbar.
© 2019 Autorin Petra. C. Melzer
Coverdesign: Gabriele Merl (Merli) www.merlimerl.com
Herstellung und Verlag: BoD – Books on Demand,
Norderstedt.
ISBN: 9783748163268

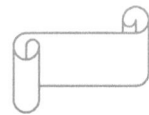

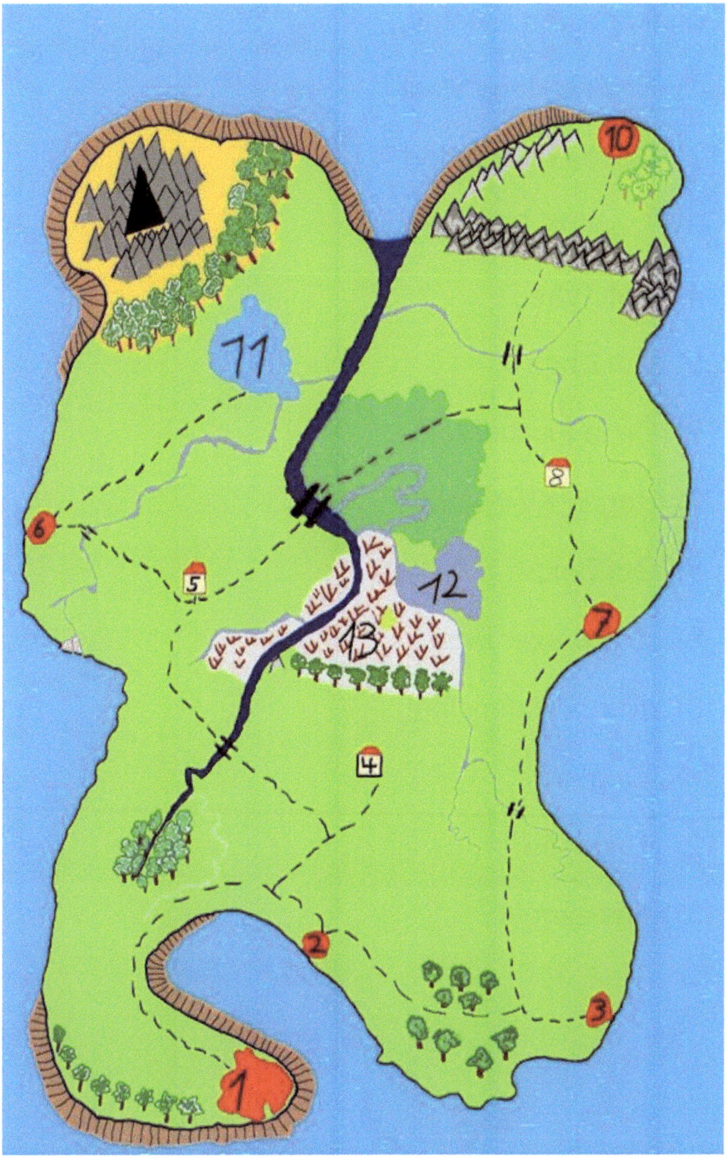

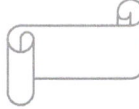

Landkarte von Katonag

1) Katorio Hauptstadt

2) Gelras Fischerdorf

3) Trontera Dorf mit Kloster

4) Gut Tyas

5) Gut Enga

6) Omla Fischerdorf

7) Regria Kleinstadt

8) Gut Belg

9) Schwarzer Berg

10) Norda Hafenstadt

11) Ongsee

12) Ungasee

13) Nebelmoor

Inhalt:

Ich bin Halina Katoro, Tochter des Königs von Katonag und möchte euch meine Geschichte erzählen. So wie ich sie erlebte und mir zugetragen wurde. Ihr werdet sicher glauben, dass sie nicht stimmt. Doch genauso geschah es. Es war mitten in der Nacht, das Licht des Vollmondes leuchtete in mein Zimmer. Der Schlaf umhüllte mich tief und fest, würde man meinen, doch dem war nicht so. Ich träumte wieder diesen Traum, den ich jede Nacht träumte und das schon seit Jahren. Das erste Mal, als er zu mir kam, war ich fünf Jahre alt. Damals träumte ich, dass jemand meinen Namen rief. Ich hörte nur diese Stimme, die stets eine freundliche Tonlage hatte, niemals waren Bilder zu sehen.

Als die ersten Sonnenstrahlen das Land erhellten, wachte ich auf und erinnerte mich, wie immer nicht an meinen Traum, nur daran das ich geträumt habe. Ich wusste, dass der nächste Tag ein wichtiger Tag in meinen Leben sein würde. So wie mir es einst von einer Zigeunerin prophezeit wurde. Sie sagte:

„Ab deinem sechzehnten Geburtstag wirst du lernen, deinen Traum zu verstehen. Doch sei vorsichtig, jemand will dir Schaden!" Auf eine gewisse Art freute ich mich auf die nächste Nacht, anderseits hatte ich auch Angst. Was würde der Traum mir offenbaren? Werde ich mich erinnern können? Oder alles wieder vergessen? Diese Fragen stellte ich mir. Voller Erwartung ging ich des Nachts ins Bett.

Geburtstag

Endlich war der Tag da, auf den ich so lange gewartet hatte, mein sechzehnter Geburtstag. Etwas enttäuscht stand ich auf. Dachte ich doch, ich würde mich an den Traum erinnern. Dieses tat ich aber nicht. So verdrängte ich den Gedanken. Mein Leben sollte sich noch anders ändern. Nicht wegen meines Geburtstages, sondern wegen meiner Verlobung. Mein zukünftiger Ehemann würde um mich werben und in zwei Jahren sollte dann Hochzeit gefeiert werden. Aufgeregt saß ich, nur im Nachtgewand gekleidet, vor dem großen Spiegel und kämmte ausgiebig mein langes blondes Haar. Genauso wie es mir meine Mutter Sofia gezeigt hatte. Bei dem Gedanken an sie füllten sich meine Augen mit Tränen. Eine rollte mir schon die Wange herunter. Meine Mutter starb an dem Tag, als die Zigeunerin mir die Zukunft deutete. Sie wollte sich auch die Zukunft vorhersagen lassen. Doch die Zigeunerin sagte nur, als sie in ihre Hand sah: „Es tut mir leid, aber ich sehe keine Zukunft für euch!" Dann verschwand diese seltsame Frau.

Am Nachmittag ritt meine Mutter auf ihrem geliebten Pferd aus, doch der Fuchshengst kam ohne seine Reiterin zurück. Nach Stundenlangem suchen fand man sie tot unter einem Baum.

Ich wischte die Tränen weg und meine Gedanken wanderten wieder zu dem, was noch passieren sollte.

„Werde ich diesen Mann, den mein Vater für mich ausersehen hat, jemals lieben können? Vielleicht hat er ja den jungen Mann, der vor kurzem in unsere Dienste trat, ausgesucht", fragte ich mein Spiegelbild. Natürlich bekam ich keine Antwort, mein Spiegelbild schaute mich nur lächelnd an. Ich erschrak, als es an der Tür klopfte. Schnell zog ich mir meinen Morgenmantel über und rief:
„Herein."
Mit einem Knarren öffnete sich die schwere Holztür und meine Zofe Kari trat herein. „Guten Morgen Halina. Ich wollte dir beim Ankleiden helfen, heute ist doch ein besonderer Tag." Kari nahm mich liebevoll in die Arme und herzte mich ausgiebig.
„Alles Liebe zu deinem Geburtstag, Süße", flüsterte sie mir ins Ohr.
„Danke Kari", kam von mir mit einem Lächeln im Gesicht. Doch ich hatte ganz andere Fragen auf dem Herzen, als an meinen Geburtstag zu denken.
„Hast du schon den Mann gesehen? Wie ist er? Sieht er gut aus?", sprudelte es aus mir heraus, nachdem Kari mich aus ihren Armen entlassen hatte. Sie war in den Jahren so etwas wie eine Mutter und gute Freundin für mich geworden. Vom Alter her hätte sie meine Mutter sein können. Da Kari nicht antwortete, sondern mich nur sonderbar anschaute, fragte ich nochmals:
„Was ist los? Hast du ihn nun gesehen oder nicht?"
„Ach Halina, ja ich habe ihn gesehen. Doch frage mich bitte nicht nach meiner Meinung. Du musst dir

selber ein Bild machen. Komm, lass dich ankleiden. Dein Vater und dein Zukünftiger warten schon ungeduldig mit dem Frühstück auf dich." Kari hatte einen traurigen Ton in ihrer Stimme, was ich wohl bemerkte. Aber ich fragte nicht nach dem Grund. Ich deutete ihre Traurigkeit so, dass sie mich an einen Mann verlieren und ich nicht mehr ihre Kleine sein würde. Als wir mit dem Ankleiden fertig waren, drehte ich mich vor dem Spiegel. Ich trug ein sonnengelbes langes Kleid, welches meinen zarten Körper weich umspielte. Das lange blonde Haar fiel lockig über meine Schultern. Mein Spiegelbild sah zauberhaft aus. Ich fühlte mich wohl. Vater hatte wieder einmal meinen Geschmack mit diesem Kleid getroffen. Das waren die kurzen Momente, wo ich spürte, dass er mich doch liebte. Ansonsten war er mir gegenüber eher wie ein schlechtgelaunter Bär, der immer nur grollte. „Ich habe hier etwas für dich. Deine Mutter gab es mir einst und bat mich, es dir am heutigen Tag zu geben." Kari hielt mir eine schön verzierte Holzschatulle hin. Mit großen Augen nahm ich diese entgegen und öffnete es. Ich war erstaunt, eine Kette mit einem goldenen Medaillon zu erblicken. Vorsichtig nahm ich es heraus und klappte den Anhänger auf. Mir offenbarte sich ein Bild meiner Mutter.

„Danke Kari", kam kaum hörbar aus meinem Mund. Ich schluckte schwer, um nicht zu weinen, so sehr erfreute es mich. Wenn man nicht wüsste, dass die

Frau auf dem Bild Sofia war, hätte man denken können, ich sei es.

„Lass es dir umlegen", bat meine Zofe. Mit Stolz legte sie mir die Kette um und schloss den Verschluss. Ich betrachtete mich nochmals im Spiegel und versteckte das Medaillon unter dem Kleid. Mein Vater reagierte immer sauer, wenn ihn irgendetwas an Mutter erinnerte. Glücklich schritt ich neben Kari durch die Gänge der Burg. Auf dem Weg zum kleinen Saal, begegneten uns einige vom Gesinde, welche hochgeschätzte Blicke für mich hatten und sich vor mir verneigten. In ihren Augen war ich schön, anmutig und freundlich, jeder vergötterte mich. So gesehen zu werden war mir oft peinlich, denn ich fühlte mich nicht als was Besseres, dafür hatte ich zu viele Freunde unter dem Gesinde. Kari musste in die Küche, so ging ich mit klopfenden Herzen alleine weiter. Endlich war ich beim Saal angekommen. In diesem stand ein großer schwerer Holztisch mit ebenso schweren Stühlen. Dieser Raum wurde von der Familie als Speiseraum genutzt. Für Festlichkeiten hatten wir den großen Saal. Ich schaute mich um und sah den König und meinen Onkel. Sie warteten auf mich.

„Guten Morgen Vater, Onkel Ziron." Wie es sich gehörte, machte ich einen Knicks vor den beiden Männern. Ich blickte mich weiter suchend um. Sollte mein Zukünftiger nicht hier sein?

„Guten Morgen, mein Kind. Darf ich dir deinen Verlobten vorstellen!" Dogmar, mein Vater und

König, zeigte auf seinen drei Jahre jüngeren Bruder. Meine Augen wurden groß und ich erstarrte für einen Augenblick in meiner Bewegung.

„Nein Vater, das kann nicht euer Ernst sein! Nein, Onkel Ziron werde ich niemals zum Mann nehmen! Er ist viel zu alt für mich!", schrie ich ihm entsetzt entgegen und lief aus dem Raum.

„Wir hätten sie darauf vorbereiten müssen", flüsterte Ziron und seufzte. Er hatte geahnt, dass ich so reagieren würde.

„Mach dir keine Sorgen, sie wird deine Braut. Halina hat zu gehorchen!" Vater war seit dem Tod meiner Mutter zu einem hartherzigen Mann geworden und er duldete es nicht, dass man ihm nicht gehorchte.

Traum und Pläne

Weinend sperrte ich meine Tür hinter mir zu. Ich wollte keinen sehen oder hören, nur noch alleine sein. Heulend warf ich mich auf das Bett.

Wie konnte Vater mir das nur antun? Ausgerechnet den Onkel sollte ich heiraten. Niemals, eher würde ich weglaufen!

Mit diesen Gedanken schlief ich ein. Obwohl es noch lange nicht Nacht war, fing ich an zu träumen.

„Halina, so hör mich doch! Es wird Zeit, du bist jetzt alt genug. Ich brauche deine Hilfe, nur du vermagst mich zu befreien. Durch meine Freiheit wirst auch du deine Freiheit bekommen. Begib dich zum

schwarzen Berg, dort findest du das heilige Feuer, welches im Kristall gefangen ist. "

Als ich wieder erwachte, waren die Tränen längst versiegt. Jetzt machten sich ganz andere Gedanken in meinem Kopf breit. Ich erinnerte mich zum allerersten Mal an den Traum, obwohl ich nur diese Stimme hörte. Wen oder was sollte ich befreien? Der Traum warf mehr Fragen auf, als dass er etwas offenbarte. Konnte ich mich wirklich in so ein Abenteuer stürzen und einfach davon laufen? Mich auf eine Suche begeben, von der ich nicht wusste, wofür es gut war oder ob es gar gefährlich werden würde.

„Ja, lieber so ein Abenteuer, als sich mit meinem Onkel zu verloben!", sagte ich laut zu meinem Spiegelbild. In dem Moment, als ich diesen Entschluss gefasst hatte, klopfte es heftig an der Tür.

„Mach sofort auf!", brüllte mein Vater. So erzürnt war er immer noch. Er wollte es mir nicht durchgehen lassen, sowie ich mich beim Frühstück benommen hatte. So etwas durfte zum Mittagsmahl nicht noch einmal passieren. Gehorsam schloss ich die Tür auf und Vater stürmte ins Zimmer. Er hielt mir eine Standpauke und brüllte wie ein Löwe. Ich stand mit gesenktem Kopf vor ihm. Traute mich nicht, etwas zu sagen. Meinen Vater umzustimmen, das konnte ich vergessen. Mit jedem Wort, welches er von sich gab, verstärkte meinen Entschluss.

„Du wirst beim Mittagsmahl deinem Onkel gegenüber freundlich und gehorsam sein! Hast du mich verstanden?", schrie er mich weiter an.

„Ja, Vater", antwortete ich brav. Ich schmiedete schon Pläne für meine Flucht.

Das Mahl verlief besser, als ich dachte. Ziron behandelte mich zuvorkommend und mit Respekt. Er wollte mir genug Zeit geben, dass ich mich an den Gedanken gewöhnen konnte, dass ich bald seine Braut sein würde. Ziron war ebenso überrascht gewesen, als Dogmar ihm offenbarte, dass er mich ehelichen sollte. Ihm war es Recht, denn der jüngste und sportlichste Mann war er nicht mehr mit seinen fünfzig Jahren. Leider hatte er nicht das Glück, so wie Dogmar graue Haare auf dem Kopf zu haben und so schlank zu sein. Er hatte gar keine Haare, sein Kopf zierte eine Glatze und sein Bauchumfang war viel zu groß. So fand man keine Frau und schon gar nicht so eine junge, die einem noch Kinder schenken konnte. Ich ahnte, woran Ziron dachte, als mich sein Blick traf. Verlegen senkte ich meinen Blick. Ziron strahlte bei dem Gedanken an Nachwuchs. Dogmar erklärte uns, dass er die Verlobung erst in sechs Wochen bei einem großen Fest bekannt geben wollte. Innerlich freute ich mich, so hatte ich Zeit alles für meine Flucht einzuleiten. In zwei Tagen wollte ich nicht mehr auf der Burg sein. Die Weichen dafür versuchte ich zustellen.

„Vater, ich habe eine Bitte. Jedem Jüngling, der sich verlobt, ist es erlaubt, drei Wochen das zu tun, was er mag. Auch ich möchte dieses Recht. Ich würde gerne für drei Wochen nach Trontera, um ins Kloster zu gehen. Dort kann ich mich auf das zukünftige Leben neben Ziron vorbereiten!"

Mit bittenden Augen sah ich meinen Vater an und wartete geduldig auf seine Antwort. Dogmar wollte gerade meine Bitte abschlagen, als Ziron das Wort ergriff:

„Das ist eine sehr gute Idee! Doch solltest du nicht alleine dorthin reisen."

„Danke Ziron, dass du mir diese drei Wochen gewährst", entgegnete ich sehr freundlich.

„Na gut, da Ziron es begrüßt, will ich dir meine Zustimmung nicht verweigern. Kari wird dich begleiten. Somit wäre auch gesichert, dass du rechtzeitig wieder hier bist", brummte Dogmar etwas versöhnlicher.

„Ich danke dir, Vater. Ich werde Kari sofort Bescheid geben, dass wir in zwei Tagen aufbrechen werden."

Mit diesen Worten stand ich auf und schritt hinaus. Als ich die Tür hinter mir schloss, atmete ich erleichtert auf. Mein Herz machte Sprünge. Das verlief viel leichter, als ich dachte. Auch wenn mein Vater hartherzig war, so wusste ich, dass er immer zu dem stand, was er sagte. Ich konnte auf jeden Fall für drei Wochen diese Burg verlassen. Als ich Kari informierte, machte sie sich sofort ans Packen. Sie wollte die großen Roben einpacken, aber ich hielt sie davon ab.

„Nur leichte Bekleidung. Ich gehe dort nicht auf ein Fest, sondern zur Findung meiner selbst. Im Kloster sind so edle Roben sicher nicht gerne gesehen." Mir tat es leid, Kari anzulügen. Doch es musste sein. Mein Vater und Ziron sollten ja keinen Verdacht schöpfen, dass ich andere Pläne hatte. Um zu wissen, in welche Richtung ich reisen musste, war es notwendig eine Landkarte zu studieren. Mein Ziel war ja nicht Trontera oder das Kloster, sondern der schwarze Berg. So ging ich durch die dunklen Gänge der Burg, hinauf zu einem der Türme, wo Meister Lofas sein Studierzimmer hatte. Dort hatte ich so manche Stunde meiner Kindheit verbracht. Meister Lofas, jetzt schon ein alter Mann mit einem weißen bauschigen Bart, war mein Lehrer in fast allen Fächern gewesen. Es gab sogar ein Fach, in welches Lofas mich heimlich unterrichtete. Wenn der König das jemals erfahren würde, wäre Lofas seines Lebens nicht mehr sicher. Er lehrte mich das Schreiben und das Lesen. Dieses war nur den Männern vorbehalten, doch mein Lehrer war da anderer Meinung. Da es keinen männlichen Erben gab und ich eines Tages über die Burg Katorio mit allen seiner Ländereien regieren müsste, sollte ich es beherrschen. An der Tür angekommen wartete ich, bis mir nach dem Anklopfen Einlass gewährt wurde. Lofas war erstaunt, als er mich sah.

„Hallo Halina, was führt dich an deinem Geburtstag zu mir?" Lofas erhob sich schwerfällig von seinem Stuhl und kam auf mich zu. Freudig umarmte er mich und gratulierte mir zu meinem Ehrentag. Ich hatte nichts gegen diese Umarmung. In Meister Lofas sah ich nicht nur den Lehrer, sondern auch einen Freund.

„Danke Meister Lofas, aber deswegen bin ich nicht hier. Ich würde gerne auf die Landkarte von Katonag schauen", bat ich.

„Oh, dies ist aber ein seltener Wunsch! Gibt es einen speziellen Grund?", fragte der alte Mann.

„Ja, mein Vater erlaubt mir, dass ich mit Kari drei Wochen im Kloster von Trontera verbringen kann. So wollte ich schauen, wo Trontera in unserem schönen Land überhaupt liegt." Bei dieser Bitte wurde ich nicht einmal Rot. Ich log ja nicht, ich verheimlichte nur den wahren Grund.

„Ah, wenn das so ist, dann hole ich einmal die Landkarte!" Schnell war Lofas zwischen den ganzen Regalen, die voller Bücher und Schriftrollen waren, verschwunden. Es dauerte eine Weile, bis er wieder auftauchte. Unter seinem Arm geklemmt hielt er eine große Schriftrolle, welche sich als Landkarte entpuppte. Ich seufzte. Hatte ich doch gehofft, dass es eine kleine Karte sein würde. Diese Große konnte ich nicht mitnehmen. Meister Lofas hängte den Plan an einem Gestell auf und ich versuchte, mir so viel wie möglich zu merken.

„Danke Meister Lofas, dass ich sie sehen durfte. Ich weiß, normalerweise ist es den Frauen verboten, sich Landkarten anzuschauen. Eine Frage hätte ich da noch?" Ich sah ihn bittend an. Ein Schmunzeln legte sich auf sein Gesicht und antwortete:

„Natürlich, dir kann ich eh keine Bitte abschlagen. Was möchtest du denn wissen?"

„Ach, es ist nur Neugier, die mich zu dieser Frage drängt. Woher weiß man, dass dort oben auf der Karte der schwarze Berg ist und nicht irgendwo anders im Land?" Lofas spürte, dass ich wirklich interessiert war. Genau das war es, was Lofas an mir mochte, diese Neugier. So gab er gerne Auskunft.

„Früher durchwanderten viele Menschen das Land von Ost nach West und von Nord nach Süd. Jeder hatte etwas zu erzählen. So trug einst ein Zeichner alle Berichte zusammen und erstellte diese Karte." Lofas zeigte voller Stolz auf den Plan.

„Gibt es nur diese eine von unserem Land und gibt es noch andere Länder?", forschte ich weiter. Lofas grinste. So voller Neugier hatte er mich bis jetzt erst einmal erlebt. Damals erklärte er mir die Sternenbilder und ich fragte ihm Löcher in den Bauch.

„Wir besitzen nur dieses einmalige Werk. In den Geschäften der Zeichner könnte man sicher eine kleinere Karte erwerben. Nur leisten, vermag sich das kaum ein normaler Bürger, weil sie immer noch viel zu teuer sind. Das letzte Mal als ich dort war, kostete so eine kleine Landkarte drei Goldtaler. Ob es weitere Länder auf der anderen Seite des Meeres gibt, das weiß ich nicht. Doch die Seeleute in der Hafenstadt Norda wissen sicher mehr." Lofas liebte es mir meine Fragen zu beantworten. Er hatte stets ein offenes Ohr für mich, so wie ich es mir von meinem Vater gewünscht hätte.

„Danke Meister Lofas, ihr habt mir sehr geholfen." Mit diesen Worten verließ ich den alten Mann, der mir verwundert hinterher sah.

Wieder war ich einen Schritt weiter. Nun wusste ich, dass der eisige See nicht in unserem Land zu suchen war. Zuerst würde ich zum Fischerdorf Gelras reisen, dort meine Spuren verwischen. Doch so weit war es noch nicht. Bei meinem Zimmer angekommen, war Kari mit dem Packen fertig. Drei schwere Truhen standen im Raum.

„Was hast du denn nur alles eingepackt?"

Ich schüttelte den Kopf, als ich in die Truhen sah. Kari hatte doch die edlen Roben eingepackt. So warf ich ein Kleid nach dem anderen hinaus. Kari war entsetzt. Sie hatte so viel Zeit gebraucht alles einzupacken und jetzt lagen die schönen Roben auf dem Boden. Mit einem Grummeln und Gemurmel hängte sie die Kleider zurück in den Schrank. Es blieben nur noch ein paar Sachen übrig. Einige steckte ich in einen Beutel, den später ein Packpferd tragen sollte. Zwei schlichte Kleider und dementsprechende Unterkleider durften in der Truhe bleiben. Vorerst legte ich den Kleidersack mit in die Truhe.

„Was gedenkst du für die Reise anzuziehen?", fragte Kari immer noch verärgert.

„Das Reitzeug!", antwortete ich barsch. Mich ärgerte es, dass Kari sich nicht an meine Anweisung

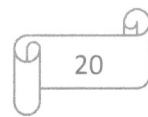

gehalten hatte. Kari wollte das nicht glauben, dass es mein Ernst war, doch mein Blick überzeugte sie.

„Aber Halina, das schickt sich nicht! Du gehst auf Reisen und machst keinen Ausritt", tat sie kund.

„Das ist mir egal. Ich will reiten oder willst du mir das verbieten?" Ich stand mit den Händen in die Hüften gestemmt vor ihr und schaute grimmig.

„Nein, natürlich nicht. Also das Reitzeug!", seufzte Kari, dann platzte es aus ihr heraus:

„Muss ich etwa auch reiten?" Karis Augen waren weit aufgerissen. Sie mochte Pferde nicht wirklich, ihr waren die Tiere zu groß.

„Nein, vorerst brauchst du nicht auf ein Pferd sitzen. Doch bequemere Kleidung wäre für dich auch gut. Ich habe vor, die Umgebung von Trontera zu erkunden. Du willst mich sicher nicht alleine ausreiten lassen, oder?" Ich war wieder freundlich gestimmt, weil ich eine gute Erklärung gefunden hatte für die leichtere Bekleidung. So lächelte ich meine Zofe wieder an. Kari erschauerte bei dem Gedanken, dass sie womöglich doch auf ein Pferd sitzen sollte. Doch sie verbarg mir zu liebe ihre Angst. Zum Abendessen traf ich wieder auf meinem Vater und Ziron.

„Hast du schon gepackt, Liebste?", fragte Ziron mit einem breiten Lächeln. Ich zuckte bei dem Wort „Liebste" zusammen und musste mich zusammen reißen. Am liebsten hätte ich Ziron ins Gesicht geschrien, dass ich niemals seine Liebste sein würde. Doch wenn ich es täte, konnte ich meine

Pläne für die Flucht gleich vergessen. Eine Aufgabe hatte ich ja zu erfüllen, die Befreiung von wem auch immer. So machte ich gute Miene zum bösen Spiel. Dennoch konnte ich es nicht verstehen, was meinem Vater zu diesem Schritt der Verlobung bewog.

„Ja, danke Ziron. Kari und ich, wir können sogar schon morgen früh aufbrechen", antwortete ich mit lieblicher Stimme. Mein Vater meinte, aus meiner Stimme herauszuhören, dass ich mich endlich mit der Verlobung abgefunden hatte. Dem war aber nicht so.

„So werdet ihr beide bald offiziell Brautleute sein und das Land bleibt bei der Familie und unser Name Katoro wird weiter leben. Du wirst Ziron sicher viele Kinder schenken." Etwas Stolz lag in Dogmars Stimme und mir lief es kalt den Rücken herunter. Das also war der Grund. Mein Vater wollte, dass der Name Katoro nicht ausstarb. Na ja, wenn er einen Sohn gehabt hätte, wäre es ja auch so gekommen, aber den hatte er nun einmal nicht. In mir brodelte es. Nach dem Essen zog ich mich zurück, ging aber nicht in mein Zimmer, sondern zum Wehrgang der Burg. Mein Zuhause stand auf einer Anhöhe, so hatte ich einen weiten Blick über das Land. Ich schaute über die Zinnen auf Katonag hinaus. Die Sonne wollte noch lange nicht untergehen, es würde noch zwei Stunden dauern, bis die Dunkelheit das Land in den Schlaf legte. Ich sah hinab zu den Häusern der Stadt mit ihren Strohdächern, das weite Feld- und Heideland, sowie das Meer, welches in der

Sonne silbern glänzte. Morgen früh würde ich mich auf die Reise machen. Ich hatte ja drei Wochen Zeit, weit weg von hier zukommen, bevor man mich vermisste. Lange stand ich schon auf dem Wehr, als Kari auf mich zukam.

„Hier bist du! Ich habe dich überall gesucht. Wir sollten in unsere Zimmer gehen, wenn du morgen schon loswillst." Ich nickte und zusammen gingen wir hinein. Keiner hatte an meinen Geburtstag gedacht, nur Lofas und Kari hatten mir gratuliert, nicht einmal mein Vater oder Ziron hatte dieses getan. Diesen Tag hatte ich mir ganz anders vorgestellt, nicht mit Fluchtgedanken, sondern mit Glücksgedanken auf eine baldige Verlobung mit einem Mann, den ich lieben konnte.

Aufbruch

„Halina, mach dich auf, beeile dich, die Zeit, sie drängt."

Diese Worte schwirrten durch meinen Traum und ein Bild von einem schwarzen Berg bildete sich. Streckend und gähnend wachte ich auf. Ich fragte mich, ob es nun so weiter gehen würde mit dem Traum, dass jetzt auch Bilder auftauchen? Wenn ja, würde der Traum mich auf meinen Weg leiten?

Es war noch sehr früh am Morgen. Die Sonne fing erst an, das Land mit ihren Strahlen wiederzuerwecken. Die Vögel zwitscherten ihre Lieder und die fleißigen Bienen summten über die Felder. Der Tag versprach warm zu werden. Als Kari anklopfte, war ich schon längst angekleidet. Da ich meinen Vater und Ziron immer noch in Sicherheit wiegen wollte, trug ich die edle Reiserobe. Diese bestand aus einem langen Brokatkleid und einem weiten Reisemantel, welchen ich über dem Arm trug. Kari sah mich von oben bis unten erstaunt an. Dachte sie doch, ich würde die Reitkleidung anhaben.

„Schau nicht so. Ich habe es mir nun einmal anders überlegt und reise mit dir zusammen in der Kutsche." Grinsend drehte ich mich in meiner Robe, im Grunde liebte ich dieses Reisegewand.

„Das freut mich, es ist deinem Rang auch entsprechend. Ich werde Hannes sagen, dass er die Truhen, deine und meine auf die Kutsche laden kann", entgegnete Kari. Ich reichte ihr den Reisemantel und sie legten diesen erst einmal auf die Kleidertruhe. Den Mantel brauchte ich ja nur, wenn es kühl werden sollte.

„Lass uns zum Frühstücken gehen, mit leerem Magen reist es sich nicht gut", erwiderte ich und lief schon aus dem Zimmer. Kari eilte mir hinterher. Sie bog Augenblicke später in den Gesindetrakt ab und ich schritt in den Speisesaal.

„Guten Morgen Vater, Onkel Ziron", begrüßte ich die Männer und knickste, erst dann setzte ich mich zu ihnen an den Tisch. Dogmar und Ziron nickten nur, da sie gerade in einem wichtigen Gespräch waren. Ich hatte beim Eintreten ein paar Worte aufgeschnappt, wonach ich schließen konnte, dass es um mich ging. So fragte ich wissbegierig:

„Sollte ich es wissen, worüber ihr euch unterhaltet, wenn es um mich geht?"

„Er spricht nichts dagegen. Wir sprachen gerade darüber, wer dich begleiten wird", erklärte Ziron. Ich runzelte die Stirn.

„Kari begleitet mich doch! Wer sollte mich denn sonst noch begleiten?"

„Halina, du kannst nicht ohne Schutz reisen. Auch wenn es bis nach Trontera nur zwei Tagesreisen sind, könnte etwas passieren", sagte mein Vater mit besorgter Stimme. Diesen Tonfall kannte ich nicht von ihm. War er wirklich besorgt oder tat er nur so?

„Na gut, ihr werdet wohl recht haben, aber bitte keine ganze Garde. Es wird schon schwer genug werden, da ich in inkognito reisen wollte. Ich habe keine Lust mich mit dem Volk auseinanderzusetzen, was durch die Kutsche fast nicht möglich ist." Flehentlich sah ich die beiden Männer an. Diese schauten sich an, als ob sie ihre Gedanken zusammen schmelzen ließen.

„Wir werden schon das Richtige beschließen und deine Wünsche berücksichtigen", entgegnete Ziron. Er sah mich an, als ob er genau wusste, was zu tun war und ich es mir nicht noch einmal erlauben sollte mich einzumischen. So blieb ich still und marschierte nach dem Frühstück mit einem mulmigen Gefühl hinaus auf den Hof, wo die Kutsche bereitstand. Die beiden Truhen standen hinter der Kutsche auf dem Brett. Obenauf lag mein Reisemantel, den ich herunternahm und überzog, da es doch noch ein wenig kühl war. Mein geliebtes Pferd Zadoc, der Sohn vom Fuchshengst meiner Mutter, stand schon angebunden an der Kutsche bereit. Ein Kutscher oder sonstige Begleiter waren zu sehen.

„Wenn eine ganze Garde mich begleiten sollte, kann ich mein Vorhaben vergessen", flüsterte ich Zadoc ins Ohr. Dieser schnaufte mich liebevoll an. Schwer bepackt mit einem Picknickkorb kam Kari prustend angelaufen. Sie bemerkte, dass ich in Gedanken versunken war und nicht glücklich aussah. „Was ist passiert, dass du so ein trauriges Gesicht machst? Willst du doch nicht reisen?", fragte sie noch immer aus der Puste vom Laufen.

„Doch, doch! Aber es werden uns noch welche begleiten." Kaum, dass ich zu Ende gesprochen hatte, kam ein junger Mann mit seinem Pferd heran. Er war schwarzhaarig, schlank, dennoch muskulös und einer der Gardemänner, die die Burg bewachten. Meine Augen weiteten sich, ich hatte ihn schon so oft von meinem Zimmer aus auf dem Burghof beobachtet. Er verneigte sich elegant vor uns und benahm sich nicht wie einer vom Gesinde, eher wie ein Edelmann. Das irritierte mich ein wenig. Wer war dieser Mann?

„Verehrtes Fräulein, entschuldigt, dass ich jetzt erst erscheine. Man sagte mir gerade erst Bescheid, dass ich zu eurem Schutz euch begleiten soll. Auch werde ich euer Kutscher sein." Er klopfte auf sein Degen, welcher an seiner rechten Seite hing und sprach weiter:

„Ich bürge mit meinem Leben, damit ihr unbeschadet euer Ziel erreicht. Wie sieht es aus, wollen wir los?"

„Das würde ich gerne, doch wie ist euer Name. Ich finde es nicht schön, wenn ich Kutscher zu euch sagen müsste", lächelnd schaute ich ihn an.

„Oh ja, mein Name ist Rys. Darf ich euch beim Einsteigen helfen?" Rys reichte mir seine Hand und ich legte die meine in seine. Eine Welle der Wärme durchflutete meinen Körper. Welches sofort wieder verschwand, als er mich losließ. Dann half er Kari hinein, schloss die Tür der Kutsche und setzte sich vorne auf den Bock. Durch ein leises Zungenschnalzen von Rys setzten sich die Pferde in Bewegung. Kari und ich waren froh, dass die Sitze sehr gut gepolstert waren, so sehr wurden wir durchgeschüttelt. Erst als wir aus dem Burghof heraus waren, wurde es ruhiger in der Kutsche. In mir kreisten die Gedanken. Ich hatte mich noch nicht einmal von meinem Vater und Ziron verabschiedet und hätte daran denken müssen, dass uns noch jemand begleitet. Auch wenn ich Rys mochte, konnte ich ihn nicht einschätzen. Wie sehr war er meinen Vater ergeben? Könnte ich ihn einweihen? Im Grunde blieb mir nichts anderes übrig, wenn ich nicht alleine durch das Land ziehen wollte, auch Kari musste ich reinen Wein einschenken. Vielleicht hatte sie ja einen besseren Einfall wegen Rys. Kari bemerkte, dass mich etwas bewegte, sie kannte mich halt zu gut.

„Was ist los mit dir? Was geistert in deinen schönen Köpfchen herum?"

„Ach Kari, ich weiß gar nicht, wie ich anfangen soll", druckste ich herum.

„Na so schlimm kann es doch nicht sein, dass du es mir nicht erzählen könntest." Kari schaute mich ganz mütterlich an und strich mir zärtlich über meine Hand, was mir Mut machte. Ich holte tief Luft.

„Also, ich werde niemals die Frau von Ziron! Das ist schon einmal ein Grund für meine Abreise und der Zweite ist mein Traum, der mich ruft." Kari schüttelte den Kopf, weil sie nicht alles verstanden hatte, was ich ihr da offenbarte.

„Dass du Ziron nicht ehelichen willst, kann ich verstehen. Ich hatte gehofft, dass du dich weigern würdest. Aber was ist das mit deinem Traum? Das musst du mir näher erklären." So erzählte ich ihr, von dem Ruf meines Traumes und von meinem Vorhaben nicht nach Trontera zu reisen, sondern zum schwarzen Berg. Kari hatte mir ganz ruhig zugehört und unterbrach mich nicht ein einziges Mal.

„Ach Halina, warum hast du mich nicht schon vorher eingeweiht? Ich hätte doch viel mehr Proviant und noch andere Sachen eingepackt!", beschwerte sie sich. Kari war ein wenig enttäuscht, dass ich sie nicht gleich ins Vertrauen gezogen hatte.

„Ich hatte meine Gründe. Wenn Vater oder Ziron etwas geahnt und kontrolliert hätten, was du eingepackt hast, wäre mein Vorhaben zum Scheitern verurteilt gewesen. Es war eine Schutzmaßnahme für dich und mich. So konntest du meinen Plan nicht unbewusst verraten." Kari verstand und nickte. Liebevoll nahm sie mich in die Arme, was unsere Freundschaft zueinander noch mehr festigte. Zur Mittagsstunde machten wir Rast. Während Kari die Decke am Wegesrand für das Mittagsmahl ausbreitete, spannte Rys die Pferde aus und führte sie zum Bach, der vorbeifloss. Auch seine Rappstute Mairi und mein Fuchshengst Zadoc wurden getränkt. Die beiden Reitpferde mussten nicht angebunden zu werden, denn sie gehorchten aufs Wort. Sie genossen das frische Gras. Nur die vier Zugpferde banden wir mit einem längeren Strick an einen Baum, denn auch sie fraßen lieber das frische Gras als den Hafer aus dem Beutel. Als die Pferde versorgt waren, setzte sich Rys zu uns auf die Decke. Ich staunte über das, was Kari alles aus dem Korb herausholte. Vom gebratenen Hähnchen bis zum frischen Obst war alles vorhanden, was man gut kalt essen konnte. Wir griffen beherzt zu und tranken aus Holzbechern Traubensaft, welchen Kari aus einem Wasserschlauch einschenkte. Während wir aßen schaute ich Rys genauer an. Er hatte hellblaue Augen, die Sonne ließ das Blau noch heller leuchten. Eine kleine Narbe sah man an seiner rechten Schläfe. Wie er die wohl bekommen hat? Rys achtete weder auf mich noch auf Kari, er hatte seine Stute Mairi im Blick, ihr galt dieses leuchten seiner

Augen. Hätte mein Vater nicht Rys auswählen können, dann würde dieses leuchten mir gelten und nicht dem Pferd. Nachdem wir gesättigt waren, spannte Rys die Pferde wieder an die Kutsche. Er war sehr geschickt darin. Eigentlich wäre eine weitere Person notwendig, die mithalf, doch er brauchte das nicht. Die Pferde verhielten sich so ruhig und blieben brav da stehen, wo Rys sie hin haben wollte. Ich kümmerte mich um Mairi und Zadoc, die ich mit den langen Stricken wieder hinten an die Kutsche band. Kari war mit dem zusammenpacken des Picknicks beschäftigt.

Weitere Pläne

Am frühen Abend kamen wir in Gelras, eine von zwei Fischerdörfer auf Katonag an. Schnell hatten wir eine Herberge mit Schänke sowie einen Stall für die Pferde und Kutsche gefunden. Soweit von Zuhause war ich noch nie gewesen. Voller Neugier schaute ich mir die Menschen an, die ebenfalls den Gasthof besuchten. Einige sah man an, dass sie das Handwerk des Fischers ausübten. Doch die meisten der Gäste waren Händler. Sie befanden sich auf den Weg nach Katorio, zur Burg des Königs. Ich war froh, dass mich hier keiner kannte. Rys hatte ich gebeten, den Wirtsleuten einen anderen Namen anzugeben. Sollten die Bewohner doch denken, dass ich eine Tochter aus dem Hause eines reichen Stoffhändlers sei und mit meiner Mutter hier einkehrte und unter dem Schutz der königlichen Garde reiste. Beim Abendmahl erklärte ich Rys, dass wir einen ganzen Tag in Gelras verbringen werden. Er fand es zwar komisch, aber da ich es gerne wollte, sagte er nichts dagegen. Ihm war es ja egal, wann ich beim Kloster ankommen würde. Im Grunde war er froh, so hatte auch er einen Tag frei. So begaben wir uns alle zur Nachtruhe. Kari und ich mussten uns ein Zimmer teilen. Rys verfrachtete man sogar in einen anderen Trakt des Hauses. So war es hier in der Herberge Sitte, dass Frauen und Männer weit voneinander schliefen. Nur Eheleuten nächtigen zusammen. Mir spielte dieses in die Hände, ich war somit nicht mehr unter der Aufsicht von Rys. Es war schon dunkel, dennoch verließen ich und Kari den Gasthof. Vorher hatte ich mich umgezogen, trug nun eine lange feste Hose und ein Leinenhemd, welches eigentlich nur die Männer trugen. Nur meine langen Haare zeichneten mich als eine Frau aus.

„Wo willst du hin?", fragte flüsternd Kari. Ihr gefiel mein Aufmachen ganz und gar nicht. Dieses sagte mir ihr mürrischer Blick.

„Zum Stall! Ich muss die Kutsche verkaufen, weil wir Geld brauchen, oder hast du welches mitgenommen?" Ich sah Kari von der Seite her an, doch eine Gesichtsregung konnte ich bei ihr nicht erkennen, dafür war es schon zu dunkel. Nur das Licht, welches aus manchen Hütten schien, erhellte ein wenig den Weg. „Etwas habe ich dabei, doch wird es sicherlich nicht reichen. Hättest du mich vorher eingeweiht, hätte ich mehr mitgenommen. So habe ich den größten Teil zu Hause gelassen." Kari hatte in all den Jahren, die sie für das Haus Katoro diente, das meiste Geld gespart. Sie war keine arme Frau und hätte es nicht mehr nötig gehabt, noch im Dienste zu sein. Doch Kari liebte mich wie ihr eigenes Kind, welches sie nie hatte. Was kein Wunder war, denn alle Männer, die ihr den Hof machten, verschmähte sie. Kari hatte das Glück, nicht in eine Ehe hinein gezwungen worden zu sein. Ihre Eltern meinten, dass sie selber entscheiden sollte, wen sie ehelichen wollte. Solange Kari für sich selber den Lebensunterhalt bestreiten konnte, sah sie dazu keinen Grund zu heiraten. Ihre Eltern waren längst verstorben und somit war sie eine freie Frau. Keiner machte ihr noch Vorschriften, wie sie zu leben hatte. Das bewunderte ich an ihr, wie sie das Leben meisterte.

„Ich würde niemals dein Geld annehmen, liebste Freundin, egal wie schlecht es mir auch ginge", entgegnete ich. Kari nickte nur und dachte sich ihren Teil. Beim Stall angekommen sahen wir, dass das Licht noch brannte. Ein freudiges Schnauben war von Zadoc zu hören, als wir vorsichtig den Stall betraten. Er stand zusammen mit Mairi in einer der offenen Pferdeboxen. Suchend schaute ich mich nach dem Stallbesitzer um, mit ihm wollte ich verhandeln. Der Stallbesitzer war ein bekannter Pferdezüchter und lebte von dem Verkauf seiner edlen Pferde. Selbst Zadoc seine Mutter, stammte aus seiner Zucht. Das Vermieten der Boxen war für ihn nur eine Nebeneinnahme. Normalerweise war er nie im Stall zu finden, doch er wartete auf einen Käufer, mit dem er hier verabredet war. Ich war froh, dass mein Vater mir die kleine Kutsche mitgegeben hatte. Auf dieser waren keine Königsembleme, nur ganz normale goldenen Verzierungen.

„Guten Abend!", rief ich laut in der Hoffnung gehört zu werden.

„Oh, guten Abend, was kann ich für euch tun?", kam eine Stimme aus der hinteren Pferdebox und auch gleich ein etwas dickwanstiger Mann.

„Ich wollte ihnen ein Angebot machen", fing ich vorsichtig an.

„Aha und was für eines?" Der Mann wurde hellhörig. Sollte sich da ein gutes Geschäft für ihn anbahnen? Er schaute mich interessiert an.

„Meine Mutter und ich sind heute mit unserem Begleiter hier angekommen. Leider wurden wir unterwegs ausgeraubt und sind nun gezwungen unsere Kutsche und drei der Zugpferde zu verkaufen", log ich ihn frech an. Kari schluckte schwer den Kloß hinunter, der sich in ihrem Hals, wegen meiner Lüge, gebildet hatte. Der Mann deutete dieses als Angst, der wir wohl ausgesetzt waren.

„Ich habe die Kutsche bewundert. Es ist ein schönes Stück und sehr gut in Schuss. Auch die Pferde sind gut im Futter, hmmm ...", der Mann strich sich mit der

Hand über sein markantes Doppelkinn und überlegte. Es war nicht üblich, mit Frauen Geschäfte zu tätigen, doch ihr Begleiter war ein Gardemann und somit sicher in ihren Diensten. So verflüchtigte sich die Sorge des Mannes.

„Ich gebe euch für jedes Pferd acht Bronzetaler und für die Kutsche zehn Goldtaler." Ich sah den Mann grimmig an und sprach im barschen und gebieterischen Ton:

„Ihr wollt uns übers Ohr hauen, nur weil wir Frauen sind. Wir wissen sehr wohl, was Pferde und Kutsche für einen Wert haben. Für jedes Pferd verlange ich fünf Goldtaler und für die Kutsche sechzig Goldtaler."

„Ihr macht mich arm, verehrtes Fräulein, mehr als fünfzig Goldtaler für alles kann ich nicht bezahlen." Der Stallbesitzer reichte mir die Hand entgegen, um den Handel abzuschließen. Ich beriet mich zum Schein mit Kari und schlug dann ein.

„Ich werde sofort einen Kaufvertrag aufsetzen, der mich zum Eigentümer der Pferde und der Kutsche macht. Bitte wartet einen Moment." Der neue Besitzer lächelte. Er hatte ein gutes Geschäft getätigt. Das Gold an der Kutsche war schon sechzig Goldtaler wert. Augenblicke später war er wieder zurück und hielt mir ein Schriftstück hin. Als er sah, dass ich es durchlas, staunte er. Ich sollte ja nicht lesen können.

„Ihr seht recht, guter Mann. Ich kann lesen und schreiben. Es gibt Eltern, die nicht so engstirnig sind und meinen, dass eine Frau nur hinter den Herd gehört und dumm bleiben sollte." Ich grinste ihn an, griff nach der Schreibfeder und unterzeichnete das Schriftstück mit folgendem Namen, Cecillia Weingroot. Welches der Name war, den Rys bei der Herberge für mich angegeben hatte. So fanden fünfzig Goldtaler den Weg in meinen Geldbeutel. Zufrieden marschierten wir wieder zur Unterkunft und auf unser Zimmer. Kari konnte es immer noch nicht fassen, dass ich wirklich die Kutsche verkaufte.

„Wie sollen wir nun weiter reisen?" Verstört, starrte sie mich fragend an.

„Ach, Kari schau doch nicht so. Du brauchst nicht zu laufen, musst nur reiten!", offenbarte ich ihr.

„Um Gotteswillen, ich und reiten und das auf meine alten Tage! Du mutest mir einiges zu." Karis Augen weiteten sich vor Bestürzung. „Ich weiß, aber es geht nicht anders. Komm, lass uns jetzt schlafen, morgen will ich mir das Dorf ansehen." Ich gähnte und schielte zum Bett, welches ich auch kurze Zeit später in den Beschlag nahm. Rys hatte von nichts mitbekommen, dass wir am Abend noch unterwegs waren. Er wähnte uns ja schon längst schlafend, so wie er es auch tat.

Am Morgen begrüßte uns Rys freudig, als wir zum Frühstück erschienen. Ich saß stumm und in mich gekehrt neben Kari und verspeiste meine Brote. In der Nacht hatte ich nicht geträumt und fragte mich, was das zu bedeuten hatte oder hatte ich es nur vergessen, so wie früher? Ich horchte in mich hinein, doch da war nichts. Ich hatte wirklich nicht geträumt.

Diese Erkenntnis verunsicherte mich ein wenig. Was ist, wenn der Traum nie wieder zu mir kam? Wie sollte er mich denn auf der Suche leiten?

„Ihr wollt heute wirklich nicht weiter reisen?", erkundigte sich Rys nochmals und holte mich damit aus meinen Gedanken.

„So ist es. Ihr könnt den heutigen Tag ganz für euch nutzen. Kari und ich werden uns im Dorf umschauen", bestätigte ich.

„Gut, ich glaube, ich kann euch alleine im Dorf spazieren lassen. Es wird hier wohl nichts passieren. Ich werde ein wenig ausreiten, Mairi braucht ihre tägliche Bewegung, das ist sie so gewohnt. Später werde ich das gute Bier hier genießen." Rys seine Augen leuchteten bei den Gedanken an Mairi. Er sprach weiter, als er das entsetzte Gesicht von Kari sah, als er vom Bier sprach.

„Keine Angst ich werde nicht zu viel davon trinken, wir werden morgen ganz normal weiter reisen können." So ging jeder seine Wege. Kurz erzählte ich Kari, was mich bedrückte und sie meinte dazu nur:

„Vielleicht gab es nichts zu sagen. Dein Traum wird sicher wieder kommen, wenn es etwas Wichtiges gibt oder du vom Weg abkommst. Ich glaube, du kannst darauf vertrauen, dass er dich nicht fehlleitet."

Ich atmete befreit auf. Gutgelaunt erkundigten wir das Dorf. Wir kauften Satteltaschen für das Packpferd, zwei Wasserschläuche, ein Laib Käse und Brot. Bei einem Schmied erwarb ich einen kleinen Dolch sowie eine lederne Schutzhülle. Zuerst wollte der Schmied mir die Waffe nicht aushändigen, doch ich konnte ihn beruhigen, indem ich ihm sagte, dass die Waffe als Hochzeitsgeschenk für meinen zukünftigen Mann sein sollte. So überreichte er mir den Dolch. Jetzt fehlten nur noch etwas Zunder, Feuersteine und Decken für den Fall, dass wir in der Nacht kein Dach über dem Kopf haben sollten. Auch diese Sachen waren schnell und problemlos eingekauft. Kari graute es, so hatte sie sich die Reise nicht vorgestellt. Doch ich ließ nicht von meinem Plan ab. Es gab ja keine andere Möglichkeit mehr, die Kutsche war verkauft und Rys wollte ich nicht einweihen. Wir sahen den Fischern noch eine Weile zu, wie sie ihre Netze von ihren kleinen Boten hinaus ins Wasser warfen und diese mühevoll wieder einholten, mit einer großen Menge Fische. Nach einiger Zeit gingen wir Richtung Stall, als mir noch etwas Wichtiges einfiel. Eine Landkarte, diese brauchte ich auf jeden Fall noch. Hoffentlich würden wir hier einen Zeichner finden, der dann auch noch eine kleine Karte vorrätig hatte. Wir mussten oft Nachfragen, bis wir endlich weit ab von den anderen Geschäften die Zeichenstube fanden. Ich hatte Glück, er hatte eine kleine Karte, doch wurde ich trotz verhandeln vier Goldtaler los plus ein Goldtaler extra. Der Zeichner musste bestochen werden, damit er mir die Landkarte gab. Er hätte sie mir, einer Frau, laut Gesetz nicht verkaufen dürfen. Ich fand dieses Gesetz unmöglich, die Frauen wurden wirklich dumm gehalten. Mit allen Sachen bepackt gingen wir, nein wir schlichen regelrecht zum Stall, denn Rys konnte ja in der Nähe sein. Er sollte uns auf gar keinen Fall sehen. Ich hätte nicht gewusst, wie ich die Einkäufe erklären sollte, denn er hätte garantiert gefragt. Auch wenn es ihm nichts anging, wäre es eine komische Situation geworden. Eine Prinzessin, die selber einkaufen ging und dann auch noch Sachen, die sie im Grunde doch nicht brauchte. Das Glück war uns hold. Das Pferd von Rys stand schon wieder im Stall. So konnte ich in aller Ruhe das Packpferd fertig machen.

„Auf welchem Pferd soll ich eigentlich reiten?", fragte Kari und schaute die Pferde skeptisch an.

„Auf dem Pferd von Rys!", antwortete ich.

„Das kannst du nicht machen. Das ist Diebstahl und wird hart bestraft!", japste Kari auf.

„Ich weiß, ich stehle es doch nicht. Ich leihe es mir nur aus. Doch es muss sein oder willst du, dass Rys gleich hinter uns her ist? Wenn er kein Pferd hat, muss er sich erst eines besorgen und dieses gibt uns ein wenig Zeit zu entkommen." Kari seufzte, ihr war es gar nicht Recht, wenn ich mir etwas in den Kopf gesetzt hatte, war ich davon nicht abzubringen. Das war schon so, als ich klein war. Was mir so manchen Tadel von Kari eingebracht hatte. Ich sattelte auch Mairi und Zadoc. Freudig alles geschafft zu haben betraten wir die Schänke. Rys saß an einem der Ecktische und genoss sein Bier.

„Hey, da seid ihr ja wieder. Alles gesehen, was ihr sehen wolltet?", lallte Rys schwerfällig. Kari stand, mit den Händen in die Hüften gestemmt vor ihm und bemerkte: „Das war wohl mehr als nur ein Bier, so wie du grinst." Rys grinste dabei wie ein Honigkuchenpferd und schaute mich eigenartig an. Mir gefiel es nicht, wie er mich ansah. Diesen wollüstigen Blick hatte ich auch bei Ziron gesehen. Dennoch schluckte ich mein Unwohlsein herunter und bestellte für Rys sogar noch ein weiteres Bier.

„Mensch Halina, Rys hat schon mehr als genug. Wenn er dieses Bier auch noch trinkt, dann fällt er gleich von der Bank, so betrunken ist er schon", beschwerte sich Kari leise bei mir. Trotzdem hatte es Rys mitbekommen.

„Ich bin gar ..., gar nicht betrunken! Kann noch gerade gehen!", protestierte Rys lallend. Stand auf, leerte mit einem Zug das gebrachte Bier und plumpste auf die Bank zurück. Den Bierkrug hielt er immer noch fest, obwohl dieser schon wieder auf dem Tisch stand. Sekunden später lag sein Kopf auf dem Tisch und man hörte ihn schnarchen.

„Ich habe es doch gesagt und nun?" Kari war sauer und versuchte Rys hochzuheben. Doch er war viel zu schwer für sie. Ich hatte schon den Wirt um Hilfe gebeten. Mit dem Koch zusammen schleppte er Rys in sein Zimmer, dabei grummelte er etwas in den Bart, was ich nicht verstand. Auch Kari und ich zogen uns zurück.

„Wie konntest du das nur zulassen!", schimpfte Kari. Sie war richtig sauer auf mich.

„Ach, sowas kann er gut wegstecken." Ich machte eine abwertende Handbewegung. „Es spielt uns nur in die Hände. Rys wird durchschlafen und wir können jetzt schon aufbrechen und müssen nicht bis zum Abend warten", entgegnete ich. Gedanken über Rys sein Zustand machte ich mir überhaupt nicht.

„Er hat selber schuld, dass er jetzt so betrunken ist und mit einem Kater aufwachen wird." Ich grinste bei den Worten. Kari schüttelte nur den Kopf, so kannte sie mich nicht, so abgebrüht. Schnell hatten wir ein paar Sachen zusammen gepackt und gingen hinunter. Das meiste blieb in den Truhen im Zimmer. Der Wirt war irritiert, dass wir schon abreisen wollten. „Was soll ich dem jungen Herrn sagen, wohin ihr seid?"

„Ihr könnt ihm sagen, dass wir schon aufgebrochen sind, um früher bei dem Kloster zu sein. Unsere Zimmer und alles andere bezahlt Herr Rys. Ich danke euch für die gute Verpflegung, die wir genießen durften", sagte ich. Der Wirt nickte, auch wenn er es nicht verstand, dass wir so ganz ohne Schutz aufbrachen. Frohen Mutes lief ich zum Stall. Kari schlich mit gesenktem Kopf mit hinterher. Ich führte die drei Pferde aus dem Stall und verstaute die Sachen in den Satteltaschen. Als Kari endlich dem Pferd von Rys saß, konnte es losgehen. Das Packpferd war mit einem langen Seil am Sattel von Zadoc gebunden. Im Schritttempo ritten wir aus Gelras hinaus. So schlimm ist reiten ja gar nicht, dachte Kari. Doch als ich das Tempo etwas anzog, hopste Kari wie ein Ball auf dem Rücken von Mairi. Ich hatte ein Einsehen und unterwies meine Zofe in die Kunst des Reitens. Mairi tat mir richtig leid. Jetzt hüpfte Kari nicht mehr, sondern glich sich dem Rhythmus von Mairi an. Mit einem freundlichen Schnauben bedankte sich das Pferd. Die Rappstute war lammfromm und machte es Kari so leicht wie möglich und vergab ihr so manchen Reitfehler.

Tyas

Wir mussten ein Stück zurückreiten Richtung Katorio. Die Felder und die Bäume säumten den Weg und glitten an uns vorüber. Bald schon änderte sich die Landschaft wieder. Heideland, die sich bis nach Katorio reichte, machte sich breit. Bei einer Abzweigung hielten wir an, dort verglich ich den Wegweiser mit der Landkarte. Diese zeigte uns, welcher Weg wohin führte. Der eine Weg, auf dem wir waren, führte weiter nach Katorio und zurück nach Gelras und Trontera. Der andere wies nach Tyas und Omla, diesen nahmen wir. Nach einigen Metern gab es mehr Wiesen und Felder zu sehen, manche lagen noch brach und auf anderen wuchs schon die erste Saat. Büsche und Birkenbäume säumten den Weg. Die Sonne ging langsam unter und Kari fing an zu jammern:

„Wie lange müssen wir denn noch reiten? Wie hältst du das nur aus? Mir tut alles weh! Wann machen wir eine Pause? Ich habe Hunger!" Ich starrte sie an, so kannte ich Kari nicht. Was war nur mit meiner so starken Kari passiert? Neben mir ritt ein Häufchen Elend. „Wir rasten gleich! Doch Morgen in aller Früh brechen wir wieder auf", erklärte ich. Am liebsten wäre ich schon viel weiter von Gelras entfernt gewesen, doch ich musste auf Kari Rücksicht nehmen. Nur noch im Schritttempo ging es voran, bis ich eine geeignete Stelle zum Rasten gefunden hatte. Als wir endlich anhielten, rutschte Kari von Sattel herunter. Breitbeinig und steif stakste sie zu einem Baumstumpf und setzte sich auf diesen, um gleich wieder aufzuspringen.

„Aua, au, au", rief sie und hielt sich ihr Gesäß. Kari hatte das Gefühl, ihre Kehrseite sei total wund gescheuert.

„Morgen wird es nicht mehr so schlimm sein, versprochen!" Ich schaute meine mütterliche Freundin mitleidend an.

„Ja, ja, das sagst du so in deiner Jugendlichkeit", brummte Kari. Wenn es nach ihr ginge, würde sie sich nicht wieder auf das Pferd setzen. Im Dämmerlicht suchte ich Steine und Reisig zusammen. Mit den Steinen machte ich eine Umrandung für ein kleines Lagerfeuer. Das Reisig entzündete ich mit dem Zunder und den Feuersteinen. Als es anfing zu brennen, legte ich stärkere Zweige darauf. Wir mussten die Nacht draußen unter den Decken verbringen, da war das wärmende Lagerfeuer willkommen. Schnell versorgte ich noch die Pferde, bevor es ganz dunkel wurde. Etwas erschöpft setzte ich mich zu meiner Zofe, die mehr lag, als dass sie saß. Kari tat es leid, dass sie nicht in der Lage war mit etwas Arbeit abzunehmen. In ihren Augen hätte sie sich um das Feuer kümmern müssen und nicht ich. Ihren Blick konnte ich ganz genau deuten.

„Ach Kari, es wird sicher nicht das erste Mal sein, dass wir draußen schlafen müssen. Sehe es doch einmal positiv, jetzt kann ich das anwenden, was du mir einmal beigebracht hast. Weißt du noch, als ich zehn war? Du hast mir gezeigt, wie man ein Lagerfeuer macht und wir saßen ganz lange draußen", schwelgte ich in Erinnerungen. Kari lächelte und nickte. Um unseren Hunger zu stillen, brach ich für jeden ein Stück vom Brot und Käse ab. „So ein karges Essen habe ich als Kind das letzte Mal gehabt. Warum hast du keinen Trockenfisch mitgenommen?", meckerte Kari. Sie fühlte sich so unwohl wie noch nie in ihrem Leben.

„Ich mag keinen Fisch. Das solltest du doch wissen!", knurrte ich zurück. Eingeschnappt wickelte sich jeder in seine Decke und versuchte zu schlafen. Mitten in der Nacht, wir schliefen tief und fest und das Feuer war längst erloschen, öffnete der Himmel seine Schleusen. Es regnete Bindfäden. Ich schimpfte wie ein Rohrspatz mit mir selber, weil ich nicht an Regen gedacht habe. Wir sind viel zu schnell aufgebrochen, ohne alles genau zu überdenken. So machten wir uns total durchnässt wieder auf. Lieber in Bewegung sein als sich nass hinzuhocken und noch mehr zu frieren. Schade das Rys jetzt nicht hier war um die Pferde zu satteln, dieses war nämlich schwieriger in der Dunkelheit, als ich dachte. Kari jammerte schon wieder. Nichts war richtig. Sie schimpfte über den Regen, dass ihr kalt war und sie wieder auf Mairi sitzen musste. Ihre Kehrseite schmerzte immer noch. Erst als der Morgen dämmerte, klagte sie nicht mehr. Sie war total ruhig geworden. Ihr ging es nicht gut, doch verlor sie darüber kein einziges Wort, noch nicht einmal ein Seufzer kam von ihr. Ich machte mir Sorgen, ließ mich mit Zadoc zurückfallen, sodass ich auf gleicher Höhe mit Mairi war. Nun konnte ich Kari genauer anschauen und sah, dass sie unter Schüttelfrost litt. Kari schien Fieber zu haben, doch wir mussten weiter. Eigentlich wollte ich Tyas links liegen lassen und vorher einen neuen Weg einschlagen, doch wenn Kari Fieber hatte, brauchte sie Hilfe. Wir blieben auf diesem Weg, der uns direkt nach Tyas führte. Viel sehen konnten wir nicht, da es immer noch sehr stark regnete. Kari wurde immer schlapper und konnte sich kaum noch auf dem Pferd halten. Damit sie nicht hinunterstürzte, hielt ich an, band nicht nur das Packpferd, sondern auch Zadoc an den Sattel von Mairi. Ich setzte mich direkt hinter Kari, so hielt ich meine alte Freundin fest. Nur im Schritttempo setzte sich Mairi in Bewegung. In den Morgenstunden erreichten wir Tyas, welches kein Dorf war, sondern ein großes Gut. Der Gutsherr war gerade draußen auf dem Hof, als er die Hilferufe von mir hörte. Schnell eilte er herbei, sowie alle anderen, die mich hörten.

„Was ist passiert?", wurde ich gefragt.

„Meine Mutter hat Fieber, sie braucht dringen etwas Warmes zu essen und ein warmes Bett. Bitte helft mir", bat ich flehentlich. Ehe ich mich umschauen konnte, waren zahlreiche Hände da, die Kari und mir vom Pferd halfen. Kari konnte nicht mehr stehen, so geschwächt war sie schon. Einige Männer trugen sie in das Haus des Gutsherrn.

„Kommt, auch ihr braucht Hilfe. Meine Frau Jeslyn wird sich um euch beide kümmern. Aber dürfte ich erfahren, wer ihr seid und was ihr so alleine ohne Schutz auf den Wegen dieses Landes macht?", fragte der Gutsherr freundlich.

„Ich bin Cecillia Weingroot und bin mit meiner Mutter auf dem Weg nach Omla, wo mein Zukünftiger lebt. Einen Beschützer konnten wir nicht anheuern, so viel Geld wie ein Söldner verlangt haben wir nicht", erklärte ich.

„Aber hätte euer Vater nicht mit euch reisen können?" Der Gutsherr war sehr verwundert. Er hätte niemals seine Tochter und Frau ohne Schutz reisen lassen.

„Leider verstarb mein Vater vor ein paar Monaten und hinterließ uns nur Schulden. Deswegen musste ich jetzt schon in die Ehe einwilligen, damit meine Mutter und ich versorgt sind. Bitte haltet uns nicht für Schmarotzer. Wir werden dafür aufkommen, dass sie uns helfen, auch wenn wir dieses erst nach meiner

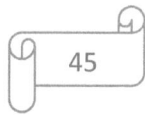

Heirat tun können." Ich log das Blaue vom Himmel herunter. Doch der Gutsherr, der sich als Marlon Tyas vorstellte, schenkte mir Glauben.

„Ihr werdet uns nichts schuldig sein. Es ist doch eine Selbstverständlichkeit, dass wir helfen, wenn jemand in Not ist." Herr Tyas war ein schlanker Mann, seine aschblonden Haare trug er kurz geschnitten, was zu seinem vierzig Jahren recht gut passte. Seine braunen Augen strahlten Gutmütigkeit aus. Mittlerweile waren wir am Haus angekommen. Ich staunte, dass so weit im Land ein so edles Haus stand, welches mit Stein erbaut war. Im Inneren brannten zahlreiche Kerzen und edle Möbel zierten die Räume. Es war fast so schön eingerichtet wie bei mir zu Hause auf der Burg. Herr Tyas führte mich zu seiner Frau, die sich schon um Kari kümmerte. Immer noch zitternd lag Kari unter einer dicken Daunendecke, ihre Kleider hatte Jeslyn in die Waschküche bringen lassen.

„Na, da ist ja noch jemand. Du brauchst scheinbar nur trockene Kleidung oder hast du auch Fieber?" Jeslyn fasste mir an die Stirn, doch diese fühlte sich normal an.

„Komm, Mädchen. Du hast ungefähr die gleiche Größe wie ich. Wir sollten bestimmt etwas Gescheites für dich finden." Jeslyn wollte mich schon mit sich zeihen, als ich besorgt zu Kari sah.

„Für deine Mutter können wir im Moment nichts tun. Hoffentlich hat sie keine Lungenentzündung. Jetzt braucht sie erst einmal Wärme und Schlaf", beruhigte mich Jeslyn und zog mich nun ernsthaft mit sich. In ihrem Ankleidezimmer fanden wir schnell eine enge lange Hose und ein Wollkleid. Mir war es gar nicht Recht die Kleidung einer fremden Frau zu tragen, aber meine ganze Kleidung, auch die in den Satteltaschen waren klitschnass. Draußen regnete es immer noch in Strömen. Mit einem Schreck fragte ich, als ich durch ein Fenster auf den Hof sah, nach den Pferden.

„Keine Angst, unsere Knechte haben sich um eure Pferde gekümmert. Sie sind gut versorgt", antwortete Herr Tyas, der im Türrahmen stand.

Wie bin ich ins Bett gekommen?

Die Sonne stand hoch am Himmel, kein Regentropfen war in Gelras gefallen, als Rys mit einem brummenden Kopf aufwachte. Er schnellte hoch, um gleich wieder zurück ins Kissen zufallen.

„Auuuuuuu!" Mit beiden Händen hielt er seinen Kopf. Er hatte das Gefühl, dass dieser gleich platzen würde.

„Wie bin ich ins Bett gekommen?", fragte er leise. Rys hob die Bettdecke und sah, dass er bis auf die Unterwäsche entkleidet war.

„Und wer hat mich ausgezogen? Ich kann mich an nichts erinnern. Wenn mein Kopf nur nicht so brummen würde", jammerte er herum. Langsam, ganz langsam stand er auf und zog sich an.

„Da muss wohl eines der Biere gestern Abend schlecht gewesen sein", sprach Rys leise mit sich selber, denn jedes laute Wort verursachte ihm Schmerzen. Mit einem lauten guten Morgen wurde er vom Wirt in der Schänke begrüßt, als er diese betrat. „Oh bitte nicht so laut mein Kopf, der brummt, als ob hundert Pferde auf einem Steinboden herumtrampeln würden." Rys verzog schmerzerfüllt seine Stirn. Der Wirt schmunzelte in sich hinein und meinte dann:

„Da habt ihr euch wohl überschätzt und zu viel getrunken. Ja, ja unser Bier wird immer unterschätzt. Ich werde euch einen Wacholdertee aufbrühen, der wird euch etwas Linderung verschaffen." Es dauerte nicht lange, da saß Rys wieder in der Ecke wie am Abend und trank Schluck für Schluck diesen Tee. Schon alleine der Geruch vom Wacholder beruhigte ein wenig seinen Kopf. Mit einem Schreck fiel Rys ein das er ja auf dem Weg mit Kari und mir nach Trontera sein sollte. Wo waren die Frauen, also hier in der Schänke jedenfalls nicht, dachte er. Rys ging zum Zimmer der Frauen, doch auch hier war keiner, das Bett war unbenutzt oder schon von der Wirtin gemacht. Na dann sind sie sicher im Stall, überlegte er sich. So ging er zum Stall, nein er schlich eher und das sehr langsam, da seine Kopfschmerzen noch nicht weg waren. Sie waren nur etwas erträglicher geworden. Die Tür vom Stall stand weit offen. Rys übersah einen Stein, an diesen stieß er mit einem Fuß und stolperte in den Stall hinein direkt gegen das

Hinterteil eines Pferdes. Er wollte sich gerade bei Mairi entschuldigen, als er sah, dass es nicht sein Pferd war, sondern ein fremdes, welches ihn böse anschnaufte. Verdattert schaute Rys sich um und sah nicht, was er erwartete. Weder wir Frauen noch sein Pferd Mairi und oder Zadoc waren zu sehen. Er rief nach dem Stallmeister. Als dieser ankam, griff Rys ihn am Kragen, dass er kaum Luft bekam.

„Wo ist mein Pferd und wo ist der Fuchshengst?", brüllte er den Mann an.

„Würdet ihr mich erst einmal loslassen, dann kann ich es euch sagen", keuchte der Stallmeister. Rys ließ ihn los. Der Mann räusperte sich.

„Die beiden Frauen sind mit den Pferden davon geritten."

„Waaaaasssssss!" Rys fiel die Kinnlade herunter. Er wollte es nicht wahrhaben, dass ich sein Pferd gestohlen hatte. Seine Kopfschmerzen waren im Nu verschwunden, dafür machte sich jetzt Wut in ihm breit.

„Wo sind sie hin?", grollte er wütend.

„Das weiß ich nicht, mein Herr. Das haben mir die Damen nicht gesagt", entgegnete der Stallmeister. Mit dieser Wut im Bauch stampfte Rys wieder zur Schänke.

„Wisst ihr, wo die Frauen hin sind?", polterte er den Wirt an.

„Ja", antwortete er nur.

„Wo sind sie? Wo haben sie sich versteckt?" Rys seine Wut steigerte sich schon ins Unermessliche.

„Ich soll euch ausrichten, dass sie auf dem Weg zum Kloster sind und dass ihr auch das Zimmer der Frauen bezahlen würdet." Der Wirt blieb ganz ruhig und reichte Rys einen Zettel hin. Auf diesem waren die gesamten Kosten aufgelistet. Rys sollte fünfundzwanzig Bronzetaler bezahlen. Er holte seinen Geldbeutel hervor und beglich die Rechnung. Seine Wut ebbte nicht ab. Dass er die Rechnung bezahlen sollte, das konnte er ja noch verschmerzen, aber dass ich Mairi mitgenommen hatte, konnte er mir nicht verzeihen.

„Wenn ich sie in die Finger bekomme, die wird was erleben", grummelte er in seinen nicht vorhandenen Bart, auf dem Weg zurück zum Stall. Mir wird wohl nichts anderes übrig bleiben als die Kutsche zu nehmen, dachte er bei sich. So ging er ganz selbstverständlich in die Box der Zugpferde, worin ja nur noch drei standen. Als er das Erste herausholen wollte, kam der Stallmeister dazu.

„Was macht ihr da?", raunte er und sah Rys wütend an.

„Na was schon, ich will die Pferde anspannen", grollte Rys sauer. Was will dieser Kerl jetzt von mir, dachte Rys.

„Das geht nicht, die Pferde und die Kutsche gehören mir oder soll ich euch wegen Diebstahl anklagen lassen?", schimpfte der Mann.

„Was? Das kann nicht sein!", rief Rys und starrte den Stallmeister ungläubig an.

„Doch, hier ist der Kaufvertrag, den ich mit der jungen Frau abgeschlossen habe." Rys riss ihm den Vertrag aus der Hand und las sich diesen durch. Wieder fiel ihm die Kinnlade herunter und schüttelte den Kopf, über das, was ich gemacht hatte.

„Es tut mir leid, das habe ich nicht gewusst. Könnt ihr mir den eines der Pferde verkaufen?" Rys zeigte auf die Kutschpferde.

„Nein, die gehören zur Kutsche und verkaufe sie nur zusammen mit dieser." Der Stallmeister hoffte auf ein gutes Geschäft.

„Was wollt ihr für die Pferde und der Kutsche haben?" Der Stallmeister rieb sich schon die Hände und antwortete:

„Achtzig Goldtaler."

„Ihr seid nicht bei Trost. Wo soll ich so viel Geld herbekommen?" Rys untersuchte den Inhalt seines Geldbeutels.

„Mehr als zwei Goldtaler kann ich euch nicht geben." Der Stallmeister lachte.

„Na ja, ich will nicht so sein, für einen Goldtaler könnt ihr dieses Pferd dort haben. Einen Sattel schenke ich euch." Rys traute seinen Augen nicht. In der hinteren Box stand ein fast schon totes Pferd, so mager schaute es aus. Es tat ihm in der Seele weh, dem Tier den Sattel aufzulegen. Jetzt sollte das arme Pferd auch noch sein Gewicht tragen.

„Es tut mir leid, ich werde dich so gut wie möglich schonen und viele Pausen einlegen", flüsterte er dem Schimmelhengst ins Ohr. Für zwei Kupferstücke

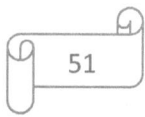

erwarb er noch einen Futterbeutel mit Hafer. So ritt er im Schritttempo von dannen, Richtung Trontera.

Auf neuen Wegen

„Halina, wo bist du? Beeile dich, dich Zeit wird knapp."

Diese Worte halten immer noch durch meinen Kopf, als ich erwachte. Warum drängelt der Rufer meines Traumes so sehr? Wenn er mir wenigstens schon einmal zeigen würde, wo genau ich hingehen musste, wenn ich beim schwarzen Berg war. Doch er zeigte mir nur den Berg, keine Höhle und keinen Eingang, nur diesen riesigen dunklen Felsen. So froh wie ich war, dass mein Rufer sich meldete, so sauer war ich, dass er Druck auf mich ausübte. Was dachte er sich dabei? Ich stand auf und sah, dass meine Reitkleidung sauber und trocken über einem Stuhl lag. Wie Jeslyn das so schnell geschafft hat, war mir schleierhaft. Dennoch freute ich mich, meine eigene Kleidung anziehen zu können. Die anderen Kleidungsstücke aus der Satteltasche waren ebenfalls trocken. Ausgeschlafen und ausgeruht, begab ich mich zu Kari. Leider hatte sich ihr Zustand nicht verbessert. Ihr Fieber wollte nicht sinken.
„Hallo Cecillia, schön, dass du wenigstens wohl auf bist. Wenn das Fieber bis Morgen nicht gesunken ist, braucht deine Mutter einen Heiler. Ich werde Marlon

bitten, dass er selber nach Katorio reist, um den Heiler zu holen." Jeslyn legte wieder einen kühlen Lappen auf Karis Stirn. In meinem Kopf rappelte es. Was sollte ich machen, der Heiler würde mich erkennen, ebenso Kari. Es gab nur einen Heiler in Katorio, der auch mich schon so manches Mal geheilt hatte. Ich musste hier weg, bevor er hier ankommen würde. Kari war noch zu krank, um zu reisen. Sie konnte nur in der Obhut von Jeslyn bleiben. Wie sollte ich das Marlon und seiner Frau erklären, dass ich alleine weiter reiten wollte? Sie hätten dafür sicher kein Verständnis. Ich vermochte es nicht, mit Marlon und Jeslyn darüber zu reden. Abermals würde ich mich davon stehlen müssen, denn ich sah keinen anderen Ausweg. Es brach mir das Herz, dass ich Kari zurücklassen sollte. Doch wenn mein Vater erfährt, dass ich hier bin und nicht im Kloster, wird er gleich eine Garde hier herschicken, um mich zurückzuholen. Dann müsste ich mich sofort mit Ziron verloben und das wollte ich auf gar keinen Fall.

„Komm, deine Mutter schläft tief und fest. Es gibt mir ein wenig Hoffnung, dass das Fieber doch bald sinkt." Jeslyn schob mich aus dem Raum. In der Küche stand auf dem Esstisch eine reichhaltige Mahlzeit, gebratener Speck, Rührei und frisch gebackenes Brot. Ich griff herzhaft zu. Erst jetzt merkte ich, dass ich großen Hunger hatte.

„Ich würde gerne mein Pferd bewegen und die Umgebung etwas erkunden. Könnte ich ein wenig

Proviant mitbekommen, da ich erst am späten Nachmittag wieder hier sein werde?" Bittend schaute ich Jeslyn an.

„Aber sicher doch, nehme dir so viel, wie du brauchst. Du bist mir nicht böse, wenn ich mich meinen Aufgaben widme?", entgegnete die Gutsherrin.

„Nein, wie sollte ich euch jemals böse sein. Wir sehen uns dann später", antwortete ich ihr. So begab sich Jeslyn an ihre Arbeit und ich packte mir etwas Proviant ein. Ich hatte einen Plan und lief in mein Zimmer, schaute in den Spiegel und nahm eine Schere zur Hand, die auf der Kommode lag. Sollte ich es wirklich machen? Ich nickte meinem Spiegelbild zu, griff in meine Haare und schnitt Strähne für Strähne das lange goldblonde Haar ab. Nun betrachtete ich mich nochmals. Ja, so würde man mich nicht mehr gleich für eine Frau halten. Ich packte noch ein paar Sachen zusammen, setzte eine Mütze auf, die ich in einer der Schubladen der Kommode gefunden hatte. So marschierte ich zufrieden hinaus zum Stall. Die Pferde waren bestens untergebracht und versorgt worden. Mairi sah man nicht mehr an, dass sie wirklich Schwerstarbeit geleistet hatte. Ich streichelte ihr liebevoll über das Fell.

„Ich danke dir Mairi, du hast Kari und mich so gut und brav getragen." Zadoc schnaufte und schabte mit dem Huf über den Boden.

„Du brauchst nicht eifersüchtig zu werden. Du bist und bleibst mein liebster Freund. Komm, wir reiten aus." Wie gewohnt sattelte ich meinen Fuchshengst. An der Wand hing ein Lodenmantel, er würde mich bei Regen schützen und war auch nicht so auffällig wie mein Reisemantel. Ich nahm den Mantel vom Haken und zog ihn an. Er passte wie angegossen, dass es Diebstahl war, wusste ich genau. Doch hoffte ich, dass Marlon mir diesen Raub vergab. Ich ließ zum Tausch meinen Reisemantel da. Ich hätte Marlon gefragt, ob ich den Mantel haben dürfte, aber er war nirgendwo zusehen gewesen. Brot, Käse, etwas Speck und einen gefüllten Wasserschlauch, sowie eine Decke verstaute ich in den Satteltaschen. Die Landkarte faltete ich weiter zusammen, sodass sie mit in den Geldbeutel passte, welchen ich stets um den Hals trug, wie das Medaillon. Ich führte Zadoc aus dem Stall, stieg auf und verließ das Gut von Tyas. Im Galopp ritt ich durch die Feldlandschaft Richtung Omla. Schnell war ich auf dem richtigen Weg. Erst als ich an dem großen Fluss Ilmas ankam, der von Süd nach Nord mitten durch Katonag floss, hielt ich an. Auch wenn der Fluss hier im Süden noch recht schmal war, hatte der starke Regen ihn zu einem reißenden Strom anschwellen lassen. Von der Holzbrücke, die beide Uferseiten miteinander verband, war nichts mehr zu sehen. Hier konnte ich nicht hinüber.

„Was mache ich jetzt?" Das fragte ich mich laut und lauschte. Als ob mir jemand antworten würde, nickte ich. Stieg vom Pferd und holte die Landkarte hervor. Auch wenn ich nicht alle Zeichen auf der Karte deuten konnte, sah ich doch, dass es im Norden eine weitere Brücke über den Ilmas gab. Diese war sicherlich größer und stabiler, da dort der Ilmas viel breiter war. Ich hoffte, dass keiner, der mich womöglich verfolgte, auf die Idee kam, dass ich Fluss abwärts ritt, weit ab der Wege quer durch das Gelände. Hätte ich vorher gewusst, dass die Brücke hier verschwunden war, hätte ich gleich einen anderen Weg eingeschlagen. Nun musste ich wieder am Gut von Tyas vorbeireiten. Sollte das ein Wink des Schicksals sein, dass ich doch nicht ohne Kari weiter reisen sollte. Jetzt konnte ich noch zurück zum Gut. Ich wäre sogar so zeitig wieder da, so wie ich es Jeslyn gesagt hatte.   Doch ich entschied mich anders. Kari war für so ein Abenteuer nicht geschaffen, dass sie schon bei dem ersten starken Regen krank wurde, hat es bewiesen. Wie würde es erst bei dem schwarzen Berg sein, wenn sie ganz nach oben auf die Spitze müsste, da wo Schnee und Eis war? Nein, dieses konnte ich Kari nicht zumuten. So ließ ich das Gut links liegen und ritt weiter am Fluss entlang. Als ich weit genug von Gut weg war, legte ich eine Rast ein. Mein Magen knurrte schon seit einiger Zeit. Zadoc graste ohne Sattel in meiner Nähe. Ich aß von meinem Proviant. Am liebsten hätte ich ein Feuer gemacht, doch es war kein geeignetes Holz in der Nähe zu sehen, nur das weite Wiesen- und Feldland mit ihren Steinumrandungen. Ich hatte auch Angst, dass ein Feuer meinen Aufenthaltsort verraten könnte. Mittlerweile würde Marlon und Jeslyn gemerkt haben, dass ich fort war. Da es anfing dunkel zu werden, legte sich Zadoc seitlich auf den Boden, die Beine weit von sich gestreckt. Ich legte die Decke zwischen seine Beine und kuschelte mich an Zadocs warmen Bauch. Den Lodenmantel nutzte ich als Zudecke. Zadoc seine Wärme würde mich des Nachts zusätzlich wärmen. So an gekuschelt schliefen wir beide fest ein.

„Halina komm zum schwarzen Berg. Komm zur Höhle der Bergos."

Sprach wieder die Stimme, von der ich nicht wusste, zu wem sie gehörte. Dieses Mal zeigte mir mein Traum neue Einzelheiten, ein Eingang zu einer Schlucht. Das Gestein links und rechts türmte sich hoch auf und war so schwarz, dass kein Sonnenlicht bis zum Boden reichte. Fackeln, die im sandigen Erdreich steckten, zeigten den Weg. Welcher mich bis zu einem großen Holztor führte, was von zwei grausigen Wesen mit spitzen scharfen Zähne bewacht wurde. Mit einem lauten Schrei wachte ich auf, setzte mich hin und zitterte vor Angst am ganzen Leib. Mein Traum war es, der mir so viel Angst eingejagt hatte. Zadoc, der schon lange vor mir erwacht war, schaute mich fragend an, das sah man, weil er seinen Kopf etwas schräg hielt. Ich brauchte einen Augenblick, bis mir bewusst wurde, dass hier keine Gefahr für uns gab. Mit noch zittrigen Beinen stand ich auf, da Zadoc mich leicht anschnaufte, auch er wollte aufstehen.

„Es ist alles gut, mein Traum war nur etwas gruselig gewesen", versuchte ich Zadoc zu beruhigen. Sonnenstrahlen legten sich schmeichelnd auf das gerade erwachte Land. Nachdem ich gefrühstückt hatte, sattelte ich Zadoc und machte mich wieder auf, immer weiter am Fluss entlang. Doch schon bald versperrte ein großer, langer Felsen den Weg. Mir blieb nichts anderes übrig, als um diesen herumzureiten. Aus dem Feld- und Wiesenland wurde eine Landschaft mit kargem Gestrüpp, was mehr tot als lebendig aussah. Der Boden war an vielen Stellen nass und schlammig. Schon seit Stunden ritt ich in diesem Landstrich, kein Weg war zu sehen. Es wurde noch morastiger. Zadoc seine Hufe sanken immer tiefer in diesen Untergrund ein, dass ihm jeder Schritt schwerfiel. So stieg ich ab, um Zadoc mein Gewicht zunehmen. Auch ich sank einige Zentimeter in den Morast ein.

„Wo habe ich uns nur hingeführt? Hier kommen wir niemals wieder raus. Zadoc ich will hier nicht sterben, da wäre es sogar besser gewesen Ziron zum Mann zu nehmen." Ich fing an zu weinen und lehnte mich an mein geliebtes Pferd. Die Tränen liefen in Strömen, so verzweifelt war ich. Egal wohin ich auch hinschaute, überall blubberte der Boden und das Schlimmste, es wurde neblig und die Sonne versank. Was hatte Kari mir immer von solchen Landschaften erzählt? Grausame Geschichten kreisten durch meinen Kopf.

Wo ist Halina?

Rys ritt die ganze Nacht durch und war zur Mittagszeit beim Kloster angekommen. Der Schimmel, der ihn trug, erholte sich von Stunde zu Stunde, trotz des anstrengenden Ritts. Das lag sicher an Rys seine freundliche und fürsorgliche Pflege. Er behandelte das sonst edle Tier mit Liebe und Respekt, welches er hundertfach vom Pferd zurückbekam. Bei der Klostertür klopfte er an und wartete. Es dauerte Stunden, das dachte er jedenfalls, bis endlich eine Luke, die in der Tür war, geöffnet wurde.

„Oh ein Mann von der Garde des Königs vor unserer Tür! Was kann ich für euch tun?", wurde er von einem runden Gesicht in Nonnentracht gefragt.

„Heilige Schwester, ich grüße euch. Ich bin hier, um nach Lady Halina Katoro zu sehen. Ich möchte mich überzeugen, dass sie und ihre Zofe heil angekommen sind. Würdet ihr so lieb sein und Lady Halina zu mir hinausbitten", bat er mit ruhiger Stimme. Dieses fiel ihm sehr schwer, denn in ihm braute sich wieder die Wut auf mich auf.

„Verehrter Herr, ich weiß nicht, von wem ihr sprecht. Zu uns ist seit Wochen keiner gekommen. Ihr seid der Erste, der an unsere Tür klopft", entgegnete die Nonne.

„Seid ihr euch sicher, dass Lady Halina nicht doch bei euch ist? Es ist wichtig für mich, dass ich das weiß. Ich bin für die Lady verantwortlich und bürge mit meinem Leben für ihre Sicherheit gegenüber ihrem Vater." Rys war ernst und fest in seiner Tonlage.

„Ich bin mir sicher, hier ist niemand. Soll ich unsere ehrwürdige Mutter holen? Sie wird euch aber auch nichts anderes erzählen", erwiderte die Nonne freundlich.

„Das ist nicht nötig, ich glaube euch. Entschuldigt die Störung." Rys drehte sich um und ging. Wo ist sie nur, wenn sie nicht hier ist? Zurück nach Katorio wird sie doch nicht geritten sein? Diese Fragen stellte er sich. Rys suchte in Trontera eine Herberge auf. Sein Pferd, welches er Navik nannte, kam in einem Stall unter. Es schnaufte ängstlich, als Rys hinausgehen wollte.

„Du brauchst keine Angst haben, ich werde dich nicht hier lassen. Ich komme wieder und hier wird dich keiner schlecht behandeln." Zufrieden schnaufte Navik, als Rys den Stall verließ. Heute würde er sich nicht mehr auf den Rückweg machen. Der Stallmeister versorgte Navik mit viel Hafer und striegelte das Fell. Mit jedem Strich wurde die Haardecke glatter und geschmeidiger. So eine gute Behandlung war der Schimmelhengst in den Ställen nicht gewohnt. Auch Rys ließ es sich bestens ergehen. Er gönnte sich eine warme Mahlzeit, dazu trank er einen Krug Traubensaft, von Bier hatte er momentan die Nase voll. Des Morgens kaufte er frischen Proviant ein und einige andere Sachen, von der er meinte, dass er diese brauchen würde. Mit einem freudigen Wiehern begrüßte Navik Rys, als er in den Stall kam.

„Na mein Freund, bist du bereit, mit mir weiterzureiten?", fragte er das mittlerweile schöne Tier. Navik wieherte nochmals, was wohl als ein ja zu deuten war. So ritt er wieder zurück nach Gelras und weiter, bis auch er an die Abzweigung kam, die nach Tyas führte.

„Ich weiß nicht warum, aber Halina wird hier lang geritten sein", sprach Rys laut und nahm ebenfalls den Weg nach Tyas.

Nach zwei Tagen, seit dem Aufbruch von Trontera, war er bei dem Gut angekommen. Er traute seinen Augen nicht, als er auf den Hof des Gutes ritt. Mitten auf dem Hof stand Kari und fütterte ein paar Hühner, die frei herumliefen.

„Na endlich tauchst du hier auf! Was hat dich so lange aufgehalten?", meckerte Kari ihn gleich laut an. Rys wusste nicht, was das sollte, dass Kari ihn so an schrie.

„Wo ist sie? Raus mit der Sprache. Wo ist diese Diebin? Ich drehe ihr den Hals um", brüllte er zurück. Stieg vom Pferd und stampfte wütend mit hochrotem Kopf auf die Zofe zu. Kari erschrak, ließ die Schale mit dem Hühnerfutter fallen, dadurch flatterten die

Hühner in alle Richtungen davon. Sie drehte sich um, griff in ihren langen Rock, zog diesen etwas in die Höhe und rannte, als ob der Teufel hinter ihr her sei, zum Stall.

„Hilfe, Hilfe, er will mich umbringen!", rief sie laut und lief Marlon direkt in die Arme.

„Was ist los? Hier wird keiner umgebracht, dieses werde ich verhindern!", versuchte Marlon, die aufgeregte Zofe zu beruhigen. Da kam auch schon Rys in den Stall. Kari versteckte sich hinter Marlon. Was überhaupt nichts brachte. Das wäre genauso, als wenn ein Elefant sich hinter einer Maus verstecken wollte.

„Wer seid ihr, dass die arme Kari solche Angst vor euch hat, dass sie wie Espenlaub zittert?", fragte Marlon. Doch er bekam keine Antwort. Rys ging wie ferngesteuert auf sein Pferd zu, ja dort stand Mairi. Diese wieherte und schnaufte vor Freude, als sie Rys sah. Er schlang seine Arme um Mairis Hals und liebkoste sein Pferd.

„Gott sei Dank, dir geht es gut!", flüsterte er ihr ins Ohr. Dann wandte sich Rys an den Gutsherrn.

„Entschuldigt mein Benehmen, aber Lady Halina hatte mein Pferd gestohlen. Ich war so wütend, doch hätte ich weder Kari noch Halina etwas getan. Wo ist sie?"

„Das ist im Moment egal. Wer seid ihr?", fragte Marlon noch einmal und betonte besonders die letzten drei Worte.

„Ich bin Rys, Lady Halinas Leibwächter", stellte er sich vor.

„So, so, ihr Leibwächter." Marlon musterte Rys von oben bis unten.

„Dann habt ihr eure Aufgabe aber nicht wirklich gut verrichtet, dass Halina und Kari hier alleine bei uns auftauchten", erwiderte Marlon. Die Männer standen sich gegenüber und starrten sich mit grimmiger Miene an. Kari hatte das Gefühl, dass sie sich an die Kehle gehen würden. So mischte sie sich ein.

„Halina ist nicht hier. Wärst du doch nur früher gekommen. Sie hat mich einfach alleine gelassen! Nun ist mein Schatz ganz alleine da draußen in dieser gefährlichen Welt." Familie Tyas war mittlerweile von Kari eingeweiht worden. Sie wollte diese guten Menschen nicht weiter anlügen. Rys verstand kein einziges Wort. Wieso war Halina nicht da? Was erzählt Kari da nur? Fragte Rys sich und sah Kari verwirrt an.

„Kommt, wir sollten hineingehen und bei einem Gerstensaft alles besprechen", meinte Marlon und wies Rys den Weg zum Haus. Er hatte beschlossen, in Rys keinen Feind zu sehen.

„Gegen ein Gespräch habe ich nichts, doch bitte kein Bier, davon habe erst einmal genug", entgegnete Rys. Herr Tyas grinste ihn an, als ob er wusste, was in der Schänke passiert war. In der Wohnstube saßen sie zusammen, Marlon, Jeslyn Kari und Rys. Jetzt erzählte Kari, was mich dazu gebracht hatte angeblich in das Kloster zu wollen und auch den anderen Grund mit meinem neuen Ziel.

„Warum hat sie mich denn nicht eingeweiht? Ich wäre doch mit ihr zu dem schwarzen Berg gereist und hätte niemals zugelassen, dass sie diesen alten Mann heiratet", sagte Rys dazu, dabei blitzten seine Augen auf eine ganz besondere Art auf.

„Halina wusste nicht, inwieweit du ihrem Vater ergeben warst. Sie hatte Angst, wenn sie dich einweiht, du sie sofort zur Burg zurückbringst", versuchte Kari zu erklären. Rys schüttelte nur den Kopf.

„Morgen werde ich mich mit Mairi aufmachen und Halina hinterher reiten, in der Hoffnung sie einzuholen. Sie sollte wirklich nicht alleine umher reiten. Es gibt noch andere Gefahren als nur Diebe. Wie sieht es aus, wollt ihr mit?" Rys sah Kari fragend an.

„So sehr ich mein Schatz auch in meiner Obhut hätte. Doch so eine Reise auf einem Pferd ist für eine alte Frau einfach zu viel. Ich wäre euch nur eine Last. Lasst mich hier bei diesen herzlichen Menschen. Ich werde auf eure gemeinsame Rückkehr warten." Rys nickte, er verstand Karis Haltung. So machte er sich am nächsten Tag mit seiner Stute auf die Suche nach mir. Navik blieb in der Obhut von Marlon, der versprach bestens für den Schimmel zu sorgen.

Berina

Erschöpft sank ich zu Boden. Wie konnte ich nur in dieses stinkende Moor geraten? Obwohl die Angst mich kaum zur Ruhe kommen ließ, schlief ich doch in den Lodenmantel gewickelt ein. Auch dieses Mal träumte ich, doch es war kein Traum meines Rufers. Nein, ich träumte von diesem Moor, wie ich versank in einem der schlammigen, brodelnden Löcher. Mit einem Hilfeschrei schreckte ich auf. Nebelschwaden schwebten über den Boden und ließ das Moor noch unheimlicher aussehen, als es schon war. Zadoc merkte man es ebenfalls an, dass er sich nicht wohlfühlte. Ihn erfasste auch so etwas wie Angst. Ich konnte ihm nicht helfen diese Angst zu überwinden, dafür war meine Angst zu übermächtig. Ich konnte nur eines für ihn tun, ihn von der Last des Sattels zu befreien. So ließ ich den Sattel, auf dem meine Mutter schon saß, schweren Herzens zurück. Mit den Satteltaschen über meine Schulter schritt ich vorsichtig weiter, immer tiefer in das Moor hinein. Ich vorweg und mein treues Pferd hinterher. Auf einmal hallte ein Furcht einflößender Schrei durch das Moor. Zadoc drehte sich um und gab Fersengeld. So schnell wie er im Nebel verschwunden war, konnte ich gar nicht reagieren, um nach den Zügeln zu greifen, die ich nicht gehalten habe.

„Zadoc, kommst du wohl zurück! Zaaaaadooooc!", rief ich wütend in die Nebelwand hinein. Er kam nicht zurück. Keiner war mehr an meiner Seite. Ich war ganz alleine. Voller Wut stampfte ich mit dem Fuß auf, dass der Morast mir ins Gesicht spritzte. Tränen schossen mir in die Augen, dann sank ich zu Boden. „Was sollte jetzt aus mir werden? Warum hat er mich alleine gelassen?", fragte ich schluchzend. Mit einem weiteren Schrei nach Zadoc bäumte ich mich nochmal auf, um gleich darauf wieder zusammenzusinken. Ich ließ den Tränen ihren Lauf.

„Warum weinst du? Bist du krank?", wollte eine Stimme von mir wissen. Ich schüttelte den Kopf. Jetzt sprach schon mein Rufer zu mir, wenn ich nicht schlief. Mit einem Griff an meinen Kopf rief ich laut:

„Hör auf! Warum sprichst du jetzt schon am Tage zu mir? Langt es dir nicht mich in meinen Träumen zu rufen?"

„Wie kommst du darauf, dass ich in deinen Träumen zu dir spreche?", hörte ich die Stimme sagen. Erst da merkte ich, dass die Stimme nicht in meinem Kopf war, sondern wirklich jemand zu mir sprach. Ich sah mich, mit Tränen benetzen Augen um, doch die Nebelschwaden waren zu dicht, um den Unbekannten zu sehen. Angst ergriff mein Herz. Ich dachte an die Geschichten, die mir Kari so oft erzählt hatte. Von Monstern und Ungeheuern, die im Moor hausten. Bei diesen Gedanken stellten sich meine Haare zu Berge. Ich strich über meine Arme und schüttelte die Gedanken aus meinem Kopf, nahm allen Mut zusammen und fragte in die Nebelwand hinein:

„Wer spricht da? Wo bist du?"

„Na, ich bin hier, direkt vor dir", sagte die Stimme. Ich versuchte, in der Nebelwand etwas zu erkennen. Ganz langsam zeichnete sich eine Kontur ab und ein menschliches Wesen erschien. Vor mir stand ein Mädchen. Wie mir schien, war sie nicht älter als acht Jahre. Sie hatte ein weißes Unterhemd artiges Gewand an und war barfüßig. Das Mädchen war eindeutig kein Monster oder Ungeheuer. Ich konnte es kaum glauben, hier einen Menschen zu treffen.

„Mein Name ist Berina und ich wohne hier. Wer bist du? Was treibt dich in mein Zuhause?" Das Mädchen sah mich neugierig an. Ich schrak zusammen, sollte dieses kleine Mädchen doch ein böses Wesen sein? Wer würde schon freiwillig in einem Moor leben wollen?

„Ich bin auf dem Weg zur großen Brücke, die über den Ilmas führt. Irgendwie bin ich in das Moor geraten und befürchte, dass ich mich verirrt habe und hier nie wieder hinauskomme", erklärte ich zaghaft.

„Es ist so unheimlich hier, doch das Schlimmste ist, dass mich mein Pferd alleine gelassen hat. Ich habe Angst, dass er in einen dieser Tümpel geraten wird und darin versinkt", jammerte ich weiter.

„Hab keine Angst, dein Pferd hat schon längst aus dem Moor herausgefunden und befindet sich auf dem Weg zum Gut von Meister Tyas", versuchte Berina mir die Hoffnung wieder zugeben.

„Wie kann das sein? Wir sind doch schon seit Tagen in diesem Moor, oder?" Ich schaute das Mädchen ungläubig an.

„Weil ich Zadoc höchst persönlich aus dem Moor geführt habe." Berina war so stolz auf ihre Tat. Ich schüttelte den Kopf, denn ich verstand gar nichts, so fragte ich:

„Wie hast du das geschafft? Zadoc ist noch keine fünf Minuten weg. Und woher weißt du seinen Namen?"

„So etwas kann nur ein Geist. Und du selber hast doch seinen Namen laut gerufen", entgegnete Berina. Dabei lächelte sie mich an.

*****

Zadoc wartete am Rande des Moores und hoffte, dass auch ich wieder herauskommen würde. Doch irgendwann machte er sich auf den Weg zum Gut von Tyas. Keiner wusste, wie er es geschafft hatte, aber er fand den Weg und kam ohne mich auf dem Gut an. Rys bekam davon nichts mit, da er schon fort war. Zadoc sah fürchterlich aus, stumpfes und verschmutztes Fell. Seine Mähne und Schweif verklebt vom Morast des Moores.

„Wo kommst du denn her?", fragte ein Knecht, der Zadoc zum Stall führte. Als Marlon das Pferd sah, ahnte er gleich, wo er gewesen war. Er befürchtete das Schlimmste, dass ich im Moor umgekommen sei. Doch dieses sagte er nicht zu Kari. Ihr würde nur das Herz brechen, zu wissen, dass sie mich niemals wieder sehen könnte.

*****

„Waaaassss, du bist ein Geist!" Meine Augen weiteten sich vor Grauen. Also doch ein böses Wesen. Mit einem Satz sprang ich entsetzt zurück und wenn Barina mich nicht festgehalten hätte, wäre ich in einen der brodelnden Tümpel gefallen. Mit zittrigen Beinen setzte ich mich wieder auf den Boden. Für mich stand die Welt gerade auf dem Kopf. Dieses kleine Mädchen sollte ein Geist sein? Ich hatte sie doch eben gespürt und Geister waren doch körperlos. Was war hier nur los? Ich meinte, ich würde immer noch träumen, so unglaubwürdig war das alles. Berina sah, dass ich daran zweifelte, so versuchte sie zu erklären:

„Solange ich in meinem Moor bleibe, kann ich körperlich sein, wenn ich es denn will. In der Welt der Menschen schwebe ich immer als eine Nebelschwade unförmig durch die Gegend. Manchmal besuche ich Meister Marlon, wenn es besonders neblig ist." Ich rappelte mich wieder auf. Mir lagen so viele Fragen auf der Zunge. Doch ich wollte auch so schnell wie möglich aus diesem Moor hinaus. Dennoch platzten die Fragen aus mir heraus:

„Kannst du mich hinausführen, dorthin wo die Brücke ist? Woher kennst du Meister Marlon Tyas und wie bist du ein Geist geworden?"

„Oh, gleich so viele Fragen auf einmal. Bist du immer so neugierig?", fragte Berina lachend. Ich nickte nur und wartete weiter ab. Das Geistermädchen atmete tief durch und erzählte:

„Als meine Eltern an einer Krankheit verstarben, nahm mich Meister Marlon bei sich auf. Ich war genauso neugierig wie du und wollte alles erforschen. Onkel Marlon hatte mir verboten, in das Moor zu gehen, weil es zu gefährlich war. Doch ich gehorchte nicht und lief an einem heißen Sommertag hinein. Da ich nicht aufpasste, fiel ich in einen der Tümpel und versank in seinen tiefen. Seither wohne ich in diesem Moor. Nun versuche ich durch meinen Schrei, alle davon abzuhalten hier herzukommen."

„Aber warum hast du mich nicht vorher gewarnt?", fragte ich dazwischen.

„Das habe ich doch! Weder Zadoc noch du, habt mich gehört. Erst beim dritten Mal erreichte euch mein Schrei. Ab und an kommt es vor, dass man mich nicht hört. Leider kann ich nicht jeden davon abhalten, mein Moor zu betreten. Aber zurück zu der anderen Frage. Natürlich werde ich dir aus dem Moor heraus helfen", erklärte Berina weiter. Ich strahlte, hatte wieder Mut und Hoffnung lebendig dem Moor entfliehen zu können. Berina nahm mich an die Hand und zog mich mit sich. Mit jedem Schritt war ich auf festeren Untergrund, dennoch hinterließ ich Fußabdrücke, nur von Berina waren keine Spuren zu sehen, sie schwebte über dem Boden. Unser Weg führte einmal links, dann wieder rechts um einige brodelnde Tümpel herum. Ich hatte längst jegliche Orientierung verloren, überall sah es gleich aus. So hoffte ich, dass das Mädchen mich wirklich hinausführte, zu der großen Brücke und nicht zurück zu Tyas.

„Warum bist du auf Reisen? Was treibt dich weg von deinem Zuhause?", wollte Berina neugierig wissen. Da ich nicht befürchtete, dass Berina anderen mein Vorhaben weiter erzählen würde, berichtete ich ihr von meinem Vater, von Ziron und meinen Träumen.

„Da wäre ich auch weggelaufen, wenn mein Onkel mich mit einem alten Mann hätte verheiraten wollen. Nur dieser Rufer aus deinem Traum, wer ist er? Warum verlangt er von dir dieses Feuer zu holen?" Berina schaute mich fragend von der Seite her an.

„Das weiß ich auch nicht. Ich weiß nur, dass er mich ruft, weil ich ihn befreien soll. Scheinbar kann das kein anderer. Es ist mein Schicksal, diesen Ruf meines Traumes zu folgen. Ich vermag mich dagegen gar nicht zu wehren und um ehrlich zu sein. Ich will das auch gar nicht. Die Aussicht, danach meine Freiheit zu haben, keinen mehr Gehorsam zu leisten. Dieser Reiz ist sehr groß. Es ist fast wie Magie. Ich hoffe, du verstehst das?" Über mein Gesicht huschte ein Lächeln.

„Ja, auch wenn ich nur ein kleines Mädchen bin, verstehe ich das!", antwortete sie wie eine Große. Berina führte mich zu einem trockenen kreisrunden Platz. Dort war weder mooriger Morast noch Nebel zusehen. Es schien beinahe so, als ob eine Mauer um den Platz war, die den Nebel abhielt alles zu überfluten. Man hatte eine gute Sicht zum Himmel.

In dem Moment als wir diesen Platz betraten, war Berina nicht mehr zu sehen.

„Berina wo bist du? Lass mich nicht alleine", rief ich ängstlich. Mein Herz schien vor Angst in die Hose gerutscht zu sein.

„Ich bin doch hier", hörte ich ihre Stimme. Doch sehen konnte ich sie nicht. Berina schwebte als eine kleine Wolke um mich herum.

„Was ist passiert?" Ich versuchte, in dieser Wolke Berinas Antlitz zu sehen.

„Dieser Fleck Erde gehört nicht zu meinem Moor, auch wenn er mittendrin liegt, deswegen erscheine ich nur als Nebelgebilde. Hier kannst du erst einmal bleiben und dich ein wenig erholen. Doch sei auf der Hut. Es gibt noch andere Wesen in meinem Moor, die dich vielleicht dazu verleiten wollen, mich zu verlassen", mahnte Berina.

„Was sind das für Wesen?" Ich hätte gerne mehr gewusst.

„Böse Geschöpfe! Ich warne dich, höre nicht auf sie!" Mehr erklärte das Nebelgebilde dazu nicht. Berina entschwebte nicht, ohne vorher zu versprechen, wiederzukommen, dann war ich alleine. Wie lange war ich schon in diesem Moor? Waren es nur Stunden, Tage oder gar Wochen? Ich wusste es nicht. Auf meinem Traumrufer konnte ich mich auch nicht verlassen. Er kam und ging so, wie er es gerade wollte. Mir fehlte es regelrecht, dieser tägliche Traum. Auch diese Nacht ließ mein Rufer nichts von sich hören. Der Mond stand hoch am Himmel und die

Sterne funkelten, als ich durch ein Wiehern geweckt wurde.

„Zadoc?" Wieder wieherte es, ich sah Zadoc am Rande der Lichtung stehen. Voller Freude lief ich auf mein geliebtes Pferd zu, doch dann blieb ich abrupt stehen. Ich erinnerte mich an Berinas Warnung. Zadoc wieherte ein weiteres Mal und verschwand. Ich schüttelte den Kopf, hatte ich mir das jetzt nur eingebildet oder war Zadoc wirklich da gewesen? Enttäuscht drehte ich mich auf dem Absatz um, lief zurück zu meinem Platz. Traurig wollte ich mich gerade hinsetzen, als ich eine Stimme hörte, eine, die ich nicht hören durfte. Langsam drehte ich mich um und da war sie, meine Mutter. Sie stand genau dort, wo eben noch Zadoc stand. So schön es für mich auch war meine Mutter zu sehen, so genau wusste ich, dass dieses nicht möglich war.

„Geh weg, du bist ein Trugbild! Ich lasse mich nicht von dir locken und bleibe hier auf der Lichtung, bis Berina wieder hier ist!", schrie ich dem Ebenbild meiner Mutter entgegen. So verschwand auch Sofia in den Nebelschwaden des Moores. Mich hatte das so mitgenommen, dass ich zitternd auf dem Boden saß. Ich schlug die Arme um die angewinkelten Beine und weinte. Wie grausam diese Wesen doch waren, vor denen mich Berina gewarnt hatte. Ausgerechnet meine geliebte Mutter, die ich so sehr vermisste, zeigten diese Wesen mir.

An Schlafen war nicht mehr zu denken, so saß ich immer noch weinend auf dem Boden. Die Sonne am

Morgen ließen die Nebelschwaden rötlich aussehen, als Berina am Rande der Lichtung stand und nach mir rief.

„Geh weg du blödes Trugbild. Jetzt zeigst du dich schon als ein Geist. Nein, ich falle nicht auf dich herein." Ich blieb stur sitzen und wischte mir die letzten Tränen aus meinem Gesicht. Erst als ein Nebelwölkchen, welches direkt vor meinen Augen herumschwirrte und auch noch zu mir sprach, erkannte ich Berina. Diese schwebte wieder ins Moor und wurde körperlich.

„Bist du es wirklich?", fragte ich, um sicher zu sein, nicht doch dem Trugbild verfallen zu sein.

„Ja natürlich. Du hattest scheinbar zu den anderen Kontakt. Hatte ich dir nicht gesagt, was diese Geschöpfe anstellen?" Berina machte ein fragendes Gesicht und reichte mir die Hand.

„Nein, das hast du nicht, hast mich nur gewarnt. Was waren das für Wesen?" Ich war so froh, dass das Mädchen wieder da war.

„Es sind Irrbische. Sie nehmen die Gestalt von Lebewesen an, um einen in die Tümpel zu locken. Ich hoffe, sie haben dich nicht zu sehr verwirrt." Berina neigte neugierig den Kopf und erforschte mein Gesicht.

„Doch das haben sie! Aber woher weiß so ein Irrbisch, wie meine tote Mutter aussah?", fragte ich. Mir lief wieder ein Schauer über den Rücken, als ich an die letzte Nacht dachte. Berina hielt mich immer noch an der Hand und ging mit mir schon längst durch das Moor. Ihre Hand zu spüren, gab mir ein Gefühl der Geborgenheit.

„Irrbische haben sicher in deinen Kopf herumgesucht. Nur so kann ich es mir vorstellen, dass sie Menschen entstehen lassen, die sie nie hier gesehen haben", erklärte Berina zaghaft. Im Grunde wusste sie es auch nicht, wie die Irrbische das machten.

„Warum versuchen sie nicht jetzt, mich von dir fortzulocken? Wieso haben sie es nicht schon früher versucht?" Ich wollte es ganz genau wissen.

„Weil ich bei dir bin, da trauen sie sich das nicht und vorher haben sie dich nur beobachtet." Doch diese Antworten gaben mir keine Sicherheit. Ich schaute mich immer wieder um, ob nicht doch Zadoc auftauchte, oder gar wieder meine Mutter.

„Wie weit ist es denn noch bis zur Brücke?" Ich hatte gar nicht bemerkt, dass wir schon ziemlich weit gegangen waren. Durch den Nebel hatte ich kein Zeitgefühl mehr. Ich merkte nur, dass mein Magen knurrte und das ziemlich laut. Berina blieb abrupt stehen, schaute mich verwundert an und fragte:

„Was war denn das? Hast du einen Bären im Bauch?" Ich konnte nicht anders und fing laut an zu Lachen.

„Habe ich etwas Lustiges gesagt?" Grimmig schaute Berina mich an, denn sie verstand nicht, warum ich lachte.

„Ja, ich finde es lustig. Aber einen Bären habe ich nicht im Bauch, auch wenn ich einen Bärenhunger habe. Es ist nur mein Magen, der so laut knurrt. Lass uns bitte eine kleine Pause einlegen, damit ich etwas essen kann." Den Wasserschlauch und ein kleines Stück Brot, mehr hatte ich nicht dabei.

„Hier im Moor finde ich bestimmt keine Beeren oder irgendwelche Wurzeln, die man essen kann, oder?" Mit großen, fragenden Augen sah ich das Mädchen an. Doch diese schüttelte nur mit traurigem Blick ihren Kopf. So aß ich nur einen winzigen Bissen vom Brot ab und nahm auch nur ein Schluck Wasser. Viel Pause ließ Berina nicht zu, denn sie wollte mich nicht noch eine Nacht im Moor haben. Mir graute es immer noch vor diesem Moor mit seinen großen Nebelschwaden und den brodelnden Tümpeln, worin ich die Irrbische vermutete. Nach einem langen Fußmarsch bemerkte ich, dass der Boden trockener und das Brodeln in den Tümpeln weniger wurde. Der Nebel löste sich immer mehr auf, dann standen wir an einem Fluss.

„Ich hoffe, du kannst gut balancieren", meinte Berina mit einem Grinsen im Gesicht.

„Warum das?", fragte ich und wunderte mich über Berinas Grinsen. Will sie mir damit etwas sagen?

„Weil du über diesen Baumstamm balancieren musst." Berina zeigte auf diesen Stamm, der über dem Fluss schwebte.

„Er ist die einzige Verbindung auf die andere Uferseite. Leider vermag ich nicht dir zu folgen, denn hier endet mein Moor. Fall ja nicht hinunter, auch wenn der Fluss nicht sehr breit ist, dafür ist er tief und seine Strömung ist sehr stark. Folge dem Fluss abwärts, wenn du auf der anderen Seite bist, dann kommst du direkt zu der Brücke. Ich wünsche dir viel Glück auf deinen weiteren Weg. Auf Wiedersehen." Ich wollte mich bei Berina bedanken, doch diese war schon entschwunden.

Der immer grüne Wald

Der Baumstamm war mit Moos überwachsen und sah rutschig aus. Die Satteltaschen würden mich nur behindern, so ließ ich diese ebenfalls zurück. Nur den Wasserschlauch und das kleine Stück Brot nahm ich heraus. Mein Geldbeutel mit der Landkarte und dem Anhänger trug ich stets um den Hals. Das Brot steckte ich in die Manteltasche, wo auch die Feuersteine und der Zunder waren. Da der Wasserschlauch eine große Schlaufe hatte, konnte ich diesen schultern. Nun setzte ich mich breitbeinig auf dem Baumstamm und rutschte ängstlich Zentimeter für Zentimeter über dem Stamm. Meine Füße baumelten knapp über dem Wasser, welches brodelte und kleine Strudel unter mir bildete. Angstvoll schaute ich hinunter und hätte beinahe den Halt verloren, schnell klammerte ich mich bäuchlings an den Stamm. Mein Herz pochte bis zum Hals, ganz vorsichtig setzte ich mich wieder auf und richtete meinen Blick voraus. Kein einziges Mal wagte ich es nochmals nach unten zu schauen. Nach gefühlten Stunden war ich endlich auf der anderen Seite. Vor mir war ein dichter Wald und vor diesem eine Wiesenfläche, so weit wie ich es jedenfalls in der Dämmerung sah. Mir ging es nicht gut, da ich eine durchnässte Hose hatte. Das Moos auf dem Baumstamm war total nass gewesen. Eine weitere Hose hatte ich nicht, so ging ich breitbeinig weiter, um ein paar trockene Zweige zu sammeln. Mein Blick war auch auf der Suche nach ein paar Beeren, die ich leider nicht fand. Mit den Feuersteinen und dem Zunder entfachte ich ein Lagerfeuer. Schnell zog ich meine Hose aus und hing sie in der Nähe des Feuers auf, damit diese trocknete. Das eine oder andere Kleidungsstück kam noch dazu. Ich hoffte, dass ich von niemanden beobachtet wurde, wie ich am Feuer saß. Meine nackten Beine waren nur mit dem Lodenmantel bedeckt. Die Wärme der Flammen machte mich schläfrig, so igelte ich mich in den Mantel und schlief ein. Es war eine laue Nacht, somit fror ich nicht. Unruhig schlief ich und wälzte mich von links nach rechts und träumte.

„Halina endlich, ich hatte Angst um dich. Wo warst du nur? Ich konnte keinen Kontakt zu dir finden. Nun spüre ich, du kommst den schwarzen Bergen immer näher. Die Bergos werden dir das heilige Feuer im Kristall nicht so leicht geben. Pass auf dich auf, die Bergos sind hinterhältige Wesen.“

Plötzlich änderte sich mein Traum.

Ich sah mich im Moor an der Hand meiner Mutter. Wir standen vor einem großen, blubberten Pfuhl und starrten hinein. Augenblicke später war es nicht mehr Sofia, sondern Ziron, der mich an der Hand hielt und mit einem grausigen Gesicht ansah, dass es mir kalt den Rücken herunterlief. Mit barschem Ton sagte er: „Wenn du mich nicht willst, soll dich auch kein anderer haben." Dann stieß er mich in den Tümpel, wo ich immer tiefer von einem Irrbisch hinuntergezogen wurde.

Schweißgebadet wurde ich wach und fror wie Espenlaub. Schnell kleidete ich mich an, die Kleidungsstücke waren alle trocken. Die Sonnenstrahlen versprachen, dass es ein schöner Tag werden würde. Ich sah mich genauer um, was ich am Abend ja so nicht konnte. Der Wald war in der Richtung, in die ich gehen musste, dicht mit Unterholz bewachsen und fing direkt am Flussufer an. In der anderen Richtung sah ich eine große Wiesenfläche, an deren Rand ich genächtigt hatte. Ich schaute auf die Landkarte, um ungefähr festzustellen, wo ich mich befand. Es war genauso, wie Berina es gesagt hatte, ich musste diesen Fluss folgen, welcher mich aber erst einmal tief in den Wald führte. Doch nur so würde ich zum Ilmas und zur Brücke kommen. Ich schätzte, dass ich zwei bis drei Tage bis nach Enga bräuchte, wenn nicht sogar etwas länger.

„Ich muss unbedingt etwas zu Essen finden", sprach ich laut. Mein Magen regte sich. So holte ich das letzte kleine Stück Brot hervor und aß es auf. Das Auffüllen des Wasserschlauches ließ ich lieber sein. Ich hatte Angst, dass das viel zu schnell fließende Wasser mir diesen aus der Hand reißen würde. Es war noch genug Flüssigkeit im Schlauch, was für einen Tag reichte. Ich hoffte, schnell am Ilmas zu sein. Dort würde ich den Wasserschlauch wieder befüllen. Nachdem ich kontrolliert hatte, dass das Lagerfeuer wirklich erloschen war, machte ich mich auf den Weg durch den Wald, immer am Fluss entlang. Um nicht zu verhungern, schweifte mein Blick über jeden Busch, um Beeren zu finden. Ich suchte nach Klinasch, sogenannte Frühjahrsbeeren. Ich kannte sie aus dem Unterricht bei Meister Lofas. Jetzt bezahlte sich der Unterricht aus, obwohl ich diesen oft langweilig gefunden hatte. Ich hatte Glück, nach einiger Zeit fand ich einen Strauch, an dem diese Beeren hingen. So stillte das Wissen um die Beeren nun meinen Hunger. In Gedanken dankte ich Meister Lofas. Gierig sammelte ich die Beeren vom Strauch und steckte sie gleich in den Mund, bis ich gesättigt war. Jetzt ärgerte ich mich, dass ich die Satteltasche im Moor gelassen hatte. Ich hätte noch mehr Beeren sammeln können, doch wo sollte ich diese hineintun? In die Manteltaschen war nicht wirklich Platz, dort würden sie sicher auch zerdrückt werden. Ich schaute mich um und sah viele Bäume mit ziemlich großen Blättern. In meinem Kopf ratterte es, ich überlegte, wie die Baumart hieß, doch ich kam nicht darauf. Ich wusste nur, dass es ganz besondere Bäume waren, die nie vollständig ihr Blattwerk abwarfen. Sobald ein Blatt fiel, spross schon das Nächste hervor. Aus diesem Grund hieß dieser Wald, der immergrüne Wald. Ich war glücklich, hatte ich doch etwas gefunden, was ich wie eine Art von Beutel formen konnte. Um an eines der Blätter zu kommen, musste ich hochhüpfen. Nach mehreren Versuchen gelangte es mir endlich. Freudig pflückte ich einige Beeren, die ich zum Abend verspeisen wollte. Auch wenn es auf dieser Seite des Flusses nicht moorig oder neblig war, kam man hier genauso schwer voran. Das Blätterdach ließ kaum einen Sonnenstrahl durch. In diesem Dämmerlicht stolpere man mehr über Wurzeln, als dass man lief. Mit jedem Schritt wurde es dunkler und gruseliger. Ich hörte schaurige Geräusche, die mir Angst einjagten. Solche unheimliche Laute gab es im Moor nicht, die meisten wurden von dem Nebel geschluckt. Dort hatte ich auch Berina an meiner Seite und hier war ich alleine. Was sollte ich des Nachts nur tun, wenn die wilden Tiere des Waldes aufwachten und auf die Jagd gingen? So viele grausige Gedanken kreisten durch meinen Kopf, dass meine Beine anfingen zu schlottern.

„Ach Halina, du jammerst wie ein kleines Kind und willst, wen auch immer befreien. Das wirst du doch niemals schaffen, wenn du stets Angst verspürst." Ich versuchte, mir mit diesen Worten selber Mut zuzusprechen. Ganz entschlossen schritt ich weiter am Fluss entlang. Wer mich sah, hätte nicht geglaubt, dass ich eine adlige junge Frau sei. Schmutz und Dreck zierte mein Gesicht, genauso sah auch meine Kleidung aus. Ein Bauernmädchen aus besserem Haus, ja das könnte ich sein, wenn man in mir ein weibliches Wesen sah. Eher würde man mich für einen jungen Mann halten, da meine kurzen Haare strubbelig abstanden. Ich machte oft Pausen, wo ich immer wieder zu den Beeren griff. Es wurde langsam Nacht und ich nach einem Baum, auf dem man klettern konnte, suchte. Nach kurzer Zeit fand ich einen, der stark genug aussah und kletterte hinauf. Ich hievte mich von Ast zu Ast, bis ich zu einer Astgabelung kam, die mir Sicherheit gab. Auf diese Gabelung setzte ich mich und lehnte mich mit dem Rücken an den Stamm. Es war gut, dass ich diese Vorsichtsmaßnahme gemacht hatte. In der Nacht hörte ich, wie ein lautes Brummen vom Boden zu mir hinauf schallte. Plötzlich fing der Baum an zu schwanken. Mit einem leichten Aufschrei hielt ich mich, erschrocken an einem anderen Ast, der in der Nähe war, fest. Ich versuchte zuerkennen, was da unten an dem Baumstamm brummte, doch konnte ich nichts erkennen, dazu war es zu dunkel. Ich musste einen weiteren Schrei unterdrücken, als der Baum wieder anfing zu schwanken und das Brummen lauter wurde. Dann war Stille. Was auch immer dort unten gewesen war, es war weg. An Schlafen war nicht mehr zu denken. Ich döste nur und schreckte bei jedem Geräusch auf. Sämtliches knacken, krachen, zirpen und brummen ließen mir Angstschauer über den Rücken laufen. Bei Sonnenaufgang kletterte ich mit bangen Herzen langsam herunter. Bei jedem Schritt vergewisserte ich mich, dass das Wesen, welches in der Nacht den Baum zum Wackeln gebrachte hatte, nicht mehr da war. Unten angekommen sah ich mir meinen Schlafbaum genauer an und entdeckte starke Kratzspuren, die von kräftigen Krallen herrührten. Etwas beunruhigt schaute ich mich um, doch ich erblickte nichts, was mich ängstigen könnte. Es war nichts zu hören, außer ein paar Vögel, die zwitschernd den Morgen begrüßten.

„Meister Lofas hätte mir gerne mehr über die Tierwelt unseres Landes beibringen können. Dann würde ich wissen, was für ein Tier diese Spuren hinterlässt und wie gefährlich es ist", grummelte ich. Dabei strich ich mit der Hand über die beschädigte Baumstruktur. Ich weiß nicht, was es war, aber ich fühlte eine Art von Schmerz, als ich die Wunde des Baumes berührte. Mich ärgerte es, dass ich so wenig vom Land und Bewohner wusste, und nahm mir vor, wenn ich die Herrin von Katonag einmal sein würde, dieses zu ändern. Es sollte allen, egal was für einen Stand oder Geschlecht jemand hatte, erlaubt sein, die Schule zu besuchen. Ich orientierte mich wieder an dem Fluss, um zu wissen, in welche Richtung es weiter ging. So schnell wie möglich wollte ich diesen Wald hinter mich lassen. Wer weiß, ob ich nochmal so ein Glück haben würde und einen Baum fand, wo ich in Sicherheit war. Ich machte größere Schritte, um schneller voran zukommen, was mich zum Schnaufen brachte. Trotzdem achtete ich auch auf die Sträucher, denn mich überkam wieder einmal das Hungergefühl. Ich fand zwar keine Beeren, dafür aber eine gute Stelle, wo ich den Wasserschlauch auffüllen konnte. Erst nach Stunden, mein Magen knurrte wie ein hungriger Löwe, entdeckte ich einen Klinaschstrauch. Freudig griff ich nach den Früchten.

„Hey, lass die Finger davon. Das sind meine Beeren!", schimpfte eine laute, erboste, dennoch piepsige Stimme. Ich stockte in meiner Bewegung und schaute mich um, doch ich entdeckte niemanden und griff wieder zu den Beeren.

„Kannst du nicht hören? Ich sagte, du sollst die Finger davon lassen. Sie gehören dir nicht!", wurde ich weiter beschimpft.

„Wer ist da? Komm raus, lass dich sehen!", rief ich und erschrak vor meiner eigenen Courage. Hätte ich nicht Angst haben müssen? Dieses spürte ich nicht. Im Gegenteil, ich fühlte mich mutig.

„Ich bin doch hier. Hast du keine Augen im Kopf?", hörte ich die piepsige Stimme rufen.

„Wo ist hier?" Ich sah niemanden, obwohl ich mich einmal um mich herum drehte.

„Du dummes Ding, kannst nicht hören und sehen auch nicht. Schau doch einmal nach unten zum Boden und nicht immer in die Luft", beleidigte mich die Stimme. Ich kam dem nach und entdeckte ein pelziges Wesen, was unter dem Strauch saß. Es war etwa so groß wie ein Hase, hatte das Aussehen einer Maus und war doch keine Maus, dennoch so pelzig wie eine.

„Was bist du denn für ein Wesen? Bist du ein Tier?" Mit erstaunten Augen starrte ich das Wesen an. So ein Tier hatte ich noch nie gesehen und schon gar keines, was auch noch sprechen konnte.

„Was soll ich sein? Bist du verrückt, mich mit einem Tier zu verwechseln! Ich bin ein Erdgnom! Aber so dreckig wie du ausschaust, musst du ein Tier sein." Der Gnom war hervorgesprungen und stand auf zwei kurzen Beinen. Wütend fuchtelte er mit seinen kleinen Händen zu mir hinauf. Sein Gesicht konnte ich nicht sehen, da sein Fell tief ins Gesicht hing.

„Du siehst fast wie eine Maus aus, da kann man schon denken, dass du ein Tier bist", versuchte ich ihn zu beruhigen. Ich machte ein entsetztes Gesicht, als der Gnom plötzlich sein Fell von seinem Kopf nach hinten warf. Ein kleines bartloses Gesicht mit einer knolligen Nase und braunen Kulleraugen kamen zum Vorschein. Das Fell, welches er trug, war ein langer Mantel mit großer Kapuze. Dieser war aus mausgrauen Fellen zusammen genäht, was mich zur Annahme gebracht hatte, dass der Gnom ein Tier sei. Ich kniete mich zu dem Erdgnom hinunter, um nicht so von oben herab schauen zu müssen, so war ich fast auf Augenhöhe mit ihm. Der Gnom lachte, da ich immer noch ein verblüfftes Gesicht machte.

„Es tut mir leid, wenn ich von deinen Beeren essen wollte, doch ich habe Hunger und kenne keine anderen, die man verzehren kann", versuchte ich zu erklären.

„So, so Hunger hast du. Dann wolltest du nur so viele Beeren pflücken, bis der Hunger gestillt ist?" Er grinste mich immer noch an. Irgendwie fühlte ich mich auf den Arm genommen, zeigte es dem Gnom aber nicht.

„Um ehrlich zu sein, schon ein paar mehr. So viele, dass ich noch welche zum Abend hätte." Ich setzte einen Blick auf, bei dem jeder gleich nachgeben würde.

„Wer bist du? Ich bin Zorlo. Was treibt dich in meinen Wald?", fragte der Erdgnom weiter, ohne auf meine Antwort einzugehen. Sein Grinsen war verschwunden, dafür war unsagbare Neugier in seinem Gesicht zu sehen.

„Man nennt mich Halina. Ich bin auf den Weg zur großen Brücke, die über dem Ilmas führt. Weißt du, wie weit es bis dorthin noch ist?" In mir keimte die Hoffnung auf, kurz vor dem Ziel zu sein.

„Oh, das ist noch sehr weit, aber ich kenne eine Abkürzung. Doch es ist gefährlich, der Gromba schleicht seit ein paar Tage wieder durch meinen Wald", entgegnete Zorlo.

„Gromba? Ist das ein Wesen, was Kratzspuren an Bäumen hinterlässt und grausig brummt?" Mir lief ein Schauer über den Rücken, als ich an die letzte Nacht dachte.

„Jaaa! Sag jetzt nicht, du bist ihm begegnet und hast das überlebt?" Mit weit aufgerissenen Augen starrte Zorlo mich an. Ich nickte nur.

„Das kann ich kaum glauben, bis jetzt hat das keiner überlebt. Selbst ich muss mich vor ihm verstecken. Niemand entkommt dem Gromba, wenn er einen erst einmal in seinen Fängen hat. Also lüge mich nicht an." Zorlo knurrte mich böse an.

„Na ja, ich saß auf einem Baum, als er unter mir brummte", räumte ich ein.

„Und gesehen hast du ihn auch nicht! Hättest du nämlich in seine Augen geschaut, würdest du jetzt nicht hier!" Zorlo war richtig sauer. Er hasste es, wenn die großen Wesen meinten, sie könnten ihn anlügen.

„Stimmt, sehen konnte ich ihn nicht nur hören. Aber sag, was für ein Wesen ist dieser Gromba?" Ich hatte mich mittlerweile ganz auf den Boden neben Zorlo gesetzt.

„Keiner kann dir sagen, wie der Gromba aussieht. Jeder, der ihn sah, ist tot. Doch nun wieder zu dir. Zur Brücke willst du also, dann lass uns losmarschieren und hoffen, dass der Gromba in die andere Richtung unterwegs ist." Zorlo wollte schon los spurten, als ich ihn zurückhielt.

„Ich muss unbedingt etwas essen. Darf ich nicht doch ein paar Beeren pflücken?" Ich stand auf und griff schon zum Busch, wartete aber noch ab, da ich Zorlo nicht noch einmal verärgern wollte.

„Na meinetwegen, aber beeile dich. Wir müssen es bis zur Erdhöhle schaffen, bevor es dunkel wird", forderte er. Mir gelang es gerade mal eine Handvoll Beeren zu pflücken, welche ich so gleich hungrig verschlang. Ich war so froh, nicht mehr alleine zu sein, so lief ich dem Erdgnom schnell hinterher. Der dunkle Wald verschluckte ihn regelrecht, dass es mir schwerfiel ihn im Auge zugehalten.

„Zorlo, bitte warte. Du bist zu flink, ich komme kaum hinterher." Meine Stimme hatte einen ängstlichen Tonfall. Wo war mein Mut von eben geblieben?

„Sie kann nicht sehen, nicht hören und jetzt ist sie auch noch so langsam wie eine Schnecke. Da habe ich mir ja was aufgehalst. Na gut, dann werde ich eben direkt neben dir schleichen, du kleiner Angsthase", knurrte Zorlo und führte mich tiefer in den Wald hinein, weg vom Fluss. Angst kroch in mir hoch, war es richtig gewesen diesem Erdgnom zu vertrauen? War ich nicht viel zu gutgläubig? Was ist, wenn er mich direkt zum Gromba führt? Alle möglichen Szenarien gingen mir durch den Kopf, dennoch folgte ich Zorlo wie eine Marionette. Ich versuchte, durch die gelegentlichen Lücken im Blätterdach zu erahnen, wie spät es schon sein mochte. So schätzte ich, dass es später Nachmittag war. Zorlo führte mich seit Stunden durch manches Gebüsch, was es mir schwer machte voranzukommen. Dornen, die sich in den Lodenmantel bohrten, hielten mich oft auf. Es war gut, dass der Mantel ziemlich dick war, so spürte ich keinen einzigen der Dornen auf meiner Haut.

Der Eremit

Nach gefühlten weiteren Stunden blieb Zorlo stehen.
„Wir sind da, gleich da vorne ist der Erdhügel.
Meister Elando wird uns sicher aufnehmen."
Zorlo zeigte auf eine große Erderhebung, in der Tür und Fenster eingelassen waren. Der Erdgnom schritt mit forschem Schritt zur Tür.
Ein kaum vernehmbares tok, tok war zuhören, es war so leise, dass ich bezweifelte, dass der Bewohner es vernahm. Ich achtete nicht weiter auf die Tür, sondern bestaunte den Hügelbau. Dass man so eine Erhebung mitten im Wald fand, war für mich verwunderlich. Wer mochte wohl dieser Elando sein, auch ein Erdgnom? Ich schüttelte den Kopf, dafür war der Erdhügel viel zu groß. Elando musste ein anderes Wesen sein. Hoffentlich war es freundlich. Als sich die Tür öffnete, sah ich in fröhliche Augen eines alten Mannes, der Gattung Mensch.
„Hallo Meister Elando. Wäre es möglich, eine Nacht in eurem Haus zu bleiben? Der Gromba schleicht wieder durch den Wald", bat Zorlo und schlüpfte auch schon in das Hügelhaus hinein. Elando schaute ihm nach und schüttelte den Kopf.
„Typisch Zorlo wartet nie die Antwort ab. Kommt auch ihr hinein. In meiner kleinen Hütte ist für jeden

Platz, außer ihr habt etwas Böses im Sinn. Dann solltet ihr besser draußen bleiben." Elando hatte eine sympathische Stimme, der man anhörte, dass diese zu einem Menschen mit viel Güte gehörte.

„Habt vielen Dank, ich komme gerne hinein", entgegnete ich. Im Hügelbau war es recht angenehm, viele Kerzen erleuchteten den Raum. Vier Stühle und ein Tisch aus Kiefernholz waren mitten im Zimmer. Ich sah auch einen Ofen, worauf ein großer Topf stand. Ein herrlicher Duft stieg mir in die Nase. Es roch nach Pilzen und Kräutern. Weitere vier Türen, die von diesem Raum abgingen, entdeckte ich. Meine Augen wanderten von einer Ecke zur anderen, als mein Magen wieder einmal laut knurrte. Mir war es peinlich und lief rot an.

„Na, hat dich der Duft hungrig gemacht? Dort drüben ist die Badestube, kannst dich ein wenig frisch machen. Das Essen ist gleich fertig." Elando zeigte auf eine der Türen. Ich erstrahlte, als ich den Raum betrat. Als ob Elando wusste, dass jemand kommt und baden wollte, denn in der Holzwanne war warmes Wasser. Schnell entkleidete ich mich und hüpfte in die Wanne. Geschwind schrubbte ich mir den Dreck vom Körper und aus den Haaren. Bevor ich mich wieder ankleidete, schüttelte und rieb den Dreck, so gut es ging, aus der Kleidung heraus. Ich fühlte mich in den schmutzigen Kleidungsstücken nicht gerade wohl, doch es ging nun mal nicht anders, ich hatte ja nur noch das, was ich auf dem Leibe trug. So betrat ich die Wohnstube. Elando starrte mich mit offenem Mund an, als ich mich frisch gewaschen an den Tisch setzte. Am liebsten hätte ich einen Spruch wie:

„Macht das Scheunentor zu", gesagt, doch ich blieb lieber stumm. Dann fing er sich und sagte:

„Du bist ja ein Mädchen. Ich dachte, du seist ein Jüngling! Was treibt eine schöne junge Frau so tief in meinen Wald?" Ehe ich antworten konnte, raunte Zorlo dazwischen:

„Das ist mein Wald, du bist erst viel später gekommen."

„Ja, ja, dann eben in deinen Wald", lenkte Elando ein. Er wusste ganz genau, dass er Zorlo darauf ansprang. Es machte ihm Spaß, den kleinen Erdgnom manchmal zu ärgern. Ein Grinsen ging durch Elandos Gesicht und mir zwinkerte er zu.

„Ich muss zur großen Brücke und Zorlo will mich dorthin bringen. Übrigens, ich bin Halina", beantwortete ich Elando seine Frage und stellte gleich die meinige.

„Wusstet ihr, dass wir kommen?" Elando schüttelte den Kopf.

„Wie kommst du denn darauf?"

„Na ja, weil im Bottich warmes Wasser war", entgegnete ich. Elando lachte.

„Wenn ihr ein paar Minuten später gekommen, hätte ich in der Holzwanne gesessen und ihr würdet immer noch vor der Türe stehen."

„Das tut mir leid, nun ist das Wasser kalt und dreckig", entschuldigte ich mich und sah beschämt zum Boden.

„Das muss es nicht, ich hätte ja mit hineinkommen können", antwortete Elando frech und ich sah ihn entsetzt an. Doch in seine Augen sah ich, dass der alte Mann sich einen Scherz mit mir erlaubte.

„Das wäre ihnen nicht gut bekommen, die Seife hätte mit Sicherheit ihren Weg an eurem Kopf gefunden", feixte ich zurück. Nach diesem kleinen Schlagabtausch sprach Elando weiter.

„So, so zur großen Brücke wollt ihr, dann habt ihr noch zwei Reisetage vor euch", Elando machte ein grübelndes Gesicht.

„Worüber denkt ihr nach?", erfragte ich und sah sehnsüchtig zum Topf, der immer noch auf dem Ofen stand.

„Ob ich genug Wurzöl habe. Das braucht ihr dringend, denn ihr müsst noch einmal im Wald nächtigen, bevor ihr bei der Brücke seid. Mit dem Wurzöl müsst ihr euch einreiben. Das vertreibt den Gromba, er mag diesen Geruch nicht." Elando kramte in seinen Schränken und suchte nach der Flasche mit dem Öl.

„Ah, hier ist es. Hmm, hoffentlich langt es. Leider ist nicht mehr viel darinnen." Er stellte ein kleines, verkorktes Tonfläschchen auf den Tisch.

„Oh ja, entschuldige, das Essen kommt schon." Schnell holte Elando den Topf, als er meinen Magen hörte, der abermals sehr laut knurrte.

„Essen wir euch auch nichts weg?", fragte ich besorgt.

„Nein, nein, es ist genug für uns alle da und Zorlo isst eh nicht viel", grinste Elando und befüllte die Teller. Mir lief das Wasser im Mund zusammen, so lecker roch diese Pilzmahlzeit. Ich aß langsam, mit Genuss, so gut schmeckte es.

„Meister Elando, von wo habt ihr die Pilze her? Soviel ich weiß, wachsen jetzt noch gar keine." Ich war wieder einmal neugierig.

„Stimmt, diese habe ich getrocknet, damit sie länger haltbar sind. So habe ich im Frühjahr auch noch welche, um diesen herrlichen Eintopf zu genießen", antwortete er und stellte gleich eine Gegenfrage:

„Mich würde es interessieren, aus welcher Ecke des Lands du kommst?" Elando war genauso wissbegierig. Ich war am überlegen, was ich dem alten Mann erzählen konnte. Wie vertrauenswürdig war er? Diese Fragen kreisten durch meinen Kopf. Dann entschied ich, ihm nicht alles zu sagen, da ja Zorlo auch mithörte. Es war besser, wenn kaum einer wusste, wer ich war. Der Name Halina war sehr verbreitet. So erzählte ich nach dem Essen:

„Ich bin aus Gelras und auf dem Weg zu meinem Liebsten. Doch die kleine Brücke über den Ilmas war kaputt, so musste ich einen anderen Weg suchen. Um mich nicht zu verlaufen, wollte ich dem Fluss folgen, bis ich zur großen Brücke kommen würde. Von dort ist es nicht mehr weit bis nach Omla." Ich hoffte, dass man mir meine Lüge abnahm.

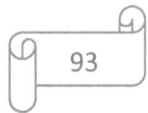

„Das ist ganz schön mutig von dir, so ganz alleine unterwegs zu sein." Elando nickte bei seinen Worten anerkennend.

„Mir blieb ja nichts anderes übrig, da ich meinen Liebsten überraschen wollte. Ich habe keinen anderen Menschen mehr, der sich um mich sorgen würde." Ich wurde kein bisschen Rot bei der ganzen Lügerei. Elando spielte mein Spielchen mit, denn er merkte ganz genau, dass ich ihn belog. Doch er respektierte meine Lügerei, er dachte sich, dass ich sicher einen guten Grund dafür hatte.

„Nun wisst ihr mein Bewegungsgrund meiner Reise. Jetzt würde ich gerne von euch wissen, warum ihr hier im Wald lebt?" Ich stützte mich mit den Ellenbogen auf dem Tisch ab und legte mein Kinn in meine Hände. So wie ich mich da nun hinlümmelte, sah es nicht so aus, als ob ich aus einem edlen Haus stamme, wohl eher aus einer Fischerkate. Elando fing das Zweifeln an, ob meine Geschichte nicht doch wahr sei.

Mit großen fragenden Augen schaute ich ihn erwartungsvoll an. So erzählte er:

„Ich lebe jetzt schon seit achtzehn Jahren hier im Wald. Ich schwor mir, keine andere Frau zu lieben als meine Sofia. Doch Sofia wurde mit dem Herrscherhaus des Landes verheiratet. Wir beide trauerten sehr, dass wir uns nicht lieben durften. So entschloss ich mich alleine weit weg, wo ich nichts von ihrem Schicksal mitbekam, zu leben." Ich schluckte, konnte das sein? War das der Mann von dem meine Mutter manchmal, mit einer kleinen Träne im Auge, gesprochen hatte. Meine Mutter hatte nie bemerkt, dass ich es genau sah und es spürte, dass sie um eine verlorene Liebe trauerte. Sie hätte es niemals zugelassen, dass ich Ziron geheiratet hätte. Am liebsten hätte ich Elando erzählt, dass seine Liebste meine Mutter war. Ahnte er es, denn er sah mich so eigenartig an, doch ich ließ es bleiben und schwieg. Ich war ein wenig irritiert. Hatte mein Vater nie gespürt, dass seine Frau eigentlich einen anderen liebte? War er deswegen nach ihrem Tod so verbittert geworden, weil sie es ihm gestanden hatte? Ich wusste es nicht. Es konnte mir auch keiner, außer mein Vater, beantworten. Doch vor ihm und Ziron lief ich ja gerade weg.

„Hey, wo bist du mit deinen Gedanken? Hat dich meine Liebesgeschichte so in tiefe Gedanken gerissen?" Elando stupste mich an. Erschrocken sah ich ihn an. Ja, ich war wirklich tief in Gedanken versunken gewesen.

„Entschuldigt, es hat mich nur so sehr getroffen. Es ist nicht gut, wenn man nicht den Menschen ehelichen darf, den man liebt.

So etwas sollte verboten sein, diese Zwangsehen."

„Ja, da hast du recht. Doch soweit ist das Denken bei den Menschen noch nicht. Die meisten Eltern meinen, dass nur sie genau wissen, wen ihre Kinder zu lieben haben. Nur wenige machen es anders."

Elando schaute traurig, weil er wusste, dass er es

nicht ändern konnte. Das war auch etwas, was geändert werden musste, dachte ich und gähnte herzhaft, was mir sichtlich peinlich war. Dieses Gähnen nahm Elando, als Anlass zur Nachtruhe zu bitten. Ich bekam ein eigenes Zimmer, wo ein gemütliches Bett stand, mit einer dicken Daunenfederdecke. Wie hat Elando das alles nur hierher bekommen, überlegte ich und schlief unter der warmen Decke ein. Zorlo war gleich nach dem Essen eingeschlafen und lag zusammengerollt auf dem Boden, ganz dicht am Ofen, wo es schön warm war. Mein Rufer gönnte mir scheinbar einen traumlosen Schlaf. So erwachte ich erholt an nächsten Tag auf. Ich hörte, dass Elando am Herumwerkeln war. Ein herrlicher Duft von einem Kräutertee kroch durch alle Ritzen des Hügelhauses. „Guten Morgen, hast du gut geschlafen?" Elando lächelte mich an, als ich auch dem Zimmer kam.

„Ja danke. Ist Zorlo auch schon wach?", fragte ich und rieb mir den Schlaf aus den Augen.

„Natürlich! Bin ja nicht so eine Schlafmütze wie du!", kam die Stimme von Zorlo aus einer Ecke. Er war dabei, einen kleinen Rucksack zu befülle, was mich verwunderte. Was will ein Erdgnom mit einem Rucksack? Kopfschüttelnd setzte ich mich. Elando hatte für uns Frühstück zubereitet, von dem ich nicht glauben konnte, dass er das alles im Wald zu finden war. Der Tisch war mit Rührei, Speck, frisches Brot und einem Fruchtaufstrich gedeckt, sowie einem Becher mit dem Kräutertee. Alles sah so lecker aus, dass ich gar nicht wusste, was ich zuerst essen sollte.

„Greif nur zu! In der Zwischenzeit werde ich euch etwas Speck und Brot in einen meiner Rucksäcke packen." Elando war so ein lieber Mensch, dass es mir wehtat, ihm nichts von dem Schicksal meiner Mutter zu erzählen.

Ich schwor mir, dieses nachzuholen, wenn es mir möglich war.

„Bist du fertig? Es wird Zeit, dass wir loskommen", forderte Zorlo zum Aufbruch auf und hüpfte wie ein Gummiball herum.

„Ja, ich bin fertig." Ich zog meinen Lodenmantel an, auch wenn es von Tag zu Tag immer wärmer wurde, so war es des Nachts doch noch kühl. Nach einem herzlichen Abschied schulterte ich Elandos Rucksack, dann marschierten wir los. Nach einer Weile fiel mir die kleine Flasche ein.

„Wir haben das Wurzöl vergessen!", rief ich erschrocken und wollte schon zurückrennen, als Zorlo mich aufhielt.

„Nein, nein, das habe ich eingepackt." Dabei klopfte er auf an seinen Rucksack.

„Wir brauchen es erst zu den Abendstunden, jetzt schläft der Gromba", entgegnete er sehr freundlich. Ich starrte ihn an. Was war mit Zorlo los? Er war viel zu nett, gar nicht garstig.

„Was stehst du da so herum, los komm oder wartest du darauf, dass dich jemand träg?", motzte der Erdgnom mich an. Ich lachte.

Da war er wieder, der kleine garstige Zorlo.

Genauso hatte ich ihn kennengelernt und nur so gefiel er mir. Wie schaffte es dieser Gnom nur, so flink auf seinen kurzen Beinen zu sein? Er war schon einige Meter vor mir. Schnell holte ich Zorlo wieder ein und folgte ihm, wohin er mich auch führen würde, ich vertraute ihm. Nach einigen Stunden Fußmarsch verlangte ich nach einer Pause. Dieses nutzte Zorlo aus, um mir ein klein wenig von dem Wurzöl in meine Handfläche zu geben.

„Reib dir davon etwas ins Gesicht", befahl er. Erst rieb ich das Öl auf den Händen und dann wie befohlen ins Gesicht. Ich verzog angewidert meine Nase. Es roch widerlich, wie verfaulte Eier. Eigentlich wollte ich in der Pause etwas essen, doch durch den scheußlichen Geruch verflog mein Hunger. Ich hoffte nur, dass später der Gestank nicht mehr so aufdringlich sein würde. Es dauerte weitere Stunden, bis Zorlo auf einen Baum zeigte. Es war wieder ein Laubbaum mit den großen immer grünen Blättern.

„Auf diesen werden wir hinauf klettern. Beziehungsweise, du wirst klettern und mich tragen." Erwartungsvoll stand Zorlo vor mir und wartete auf meine Reaktion. Er fragte sich sicher, ob ich mich weigern würde.

„Na dann komm in meinen Rucksack, aber esse mir ja nichts das Brot oder den Speck weg!" Ich grinste ihn frech an.

„Als ob ich ein Nimmersatt wäre", protestierte Zorlo und ließ sich von mir in den Rucksack stecken. Es sah lustig aus, wie da zwei Kulleraugen oben herausschauten. Ich musste wieder grinsen, schulterte den Sack und fing an auf den Baum zu klettern. Das Gewicht von dem Erdgnom merkte ich arg. Er war doch schwerer, als ich dachte. Zorlo feuerte mich immer weiter an, höher hinauf zu klettern, bis er endlich mit der Höhe zufrieden war. Ich setzte mich auf den Ast, auf dem ich stand und schnaufte tief durch. Nahm den Rucksack nach vorne und lehnte mich an den Stamm. Eine eklige Geruchswolke entstieg dem Rucksack.

„Boah, du stinkst! Willst du da drinnen bleiben oder herauskommen?", fragte ich und verzog angeekelt die Nase.

„Ich stinke nicht und nein, ich bleibe hier drinnen", motzte Zorlo laut und sagte kleinlaut weiter:

„Ich habe Höhenangst."

„Was? Das kann ich kaum glauben, du bist doch so mutig!", schmeichelte ich ihm.

„Doch, doch, wenn ich nicht auf dich aufpassen müsste, würde ich mir ein Loch buddeln und nicht hier auf dem Baum sitzen.

Ich würde auch nicht so stinken wie du!", meckerte Zorlo weiter.

„Also stinkst du doch!", ärgerte ich ihn lachend weiter.

„Ich stinke nicht, ich dufte. Du stinkst!", raunte er zurück und verzog genervt seine Schnute.

„Lass es gut sein. Gebe mir bitte das Brot und den Speck heraus", bat ich versöhnlich.

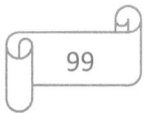

„Na schön, aber du musst den Sack gut festhalten, nicht dass ich hinunterfalle", forderte Zorlo und verschwand ganz in den Rucksack. Ich hatte Mühe diesen festzuhalten, denn Zorlo bewegte sich sehr stark darinnen. Endlich zeigte er sich wieder und schob das Brot und den Speck heraus, was für ihn Schwerstarbeit war, denn das Brot war fast genauso groß wie er. Ich nahm beides entgegen und zerteilte das Brot und reichte Zorlo ein Stück davon. Jetzt biss ich ein Stück von dem Speck ab. Hätte ich doch den Dolch mitgenommen, aber nein, alles im Moor gelassen, dachte ich dabei.

„Möchtest du ein Stück?" Ich reichte Zorlo das Speckteil hin, welches ich abgebissen hatte.

„Bist du verrückt! Das hast du im Mund gehabt. Willst du mich vergiften?" Zorlo schrie mich entsetzt an und seine Augen sprühten Funken.

„Ich bin doch nicht giftig!", erwiderte ich etwas beleidigt.

„Das sagst du! Aber weißt du das auch ganz genau, dass dein Speichel für mich nicht doch giftig ist?" Zorlo schüttelte sich angewidert. Ich wusste darauf keine Antwort und aß das Stück Speck selber. Gesättigt bat ich Zorlo, das Brot und den Speck wieder in den Rucksack zunehmen.

„Muss das sein? Hier drinnen ist es schon eng genug", maulte er herum.

„Ja, das muss sein. Wo soll das Brot und der Speck denn sonst bleiben?" Grimmig schaute ich Zorlo an.

„Ist ja schon gut, ich habe ja nur gehofft, ich hätte mehr Platz hier drinnen." Zorlo wurde kleinlaut und packte die Sachen zurück in den Rucksack. Er stopfte die Reste auf eine Seite des Sackes, dahin wo er nicht darauf herumtrampeln würde. Mein gefüllter Magen machte mich schläfrig, so schloss ich die Augen. Ich hoffte nur, dass diese Nacht nicht wieder so ein schrecklicher Traum zu mir kam. Ich hatte Angst, dass ich vom Baum fallen würde, wenn ich erschreckt aufwachen würde. Doch so tief schlief ich gar nicht erst ein, dass ich in die Traumphase fiel. Ich war in einem Halbschlaf und bekam jedes Geräusch des Waldes mit. So hörte ich ihn, wie er durch den Wald streifte. Zitternd rüttelte ich an dem Rucksack, aus dem ein tiefes Schnarchen zu hören war.

„Zorlo, Zorlo wach auf. Er ist da, der Gromba", flüsterte ich leise. Zorlo wollte schon laut motzen, weil ich ihn weckte. Doch ich hielt ihm den Mund zu, als er hinausschaute.

„Psst! Er ist da, direkt unter uns. Ich glaube, das Wurzöl funktioniert nicht und der Gromba kommt den Baum herauf. Zorlo, er wird uns holen", jammerte ich ängstlich. Zorlo wollte es nicht glauben und beugte sich weit aus dem Rucksack heraus, um nach unten zu schauen. Plötzlich bekam er Übergewicht und kippte aus dem Rucksack. In Sekundenbruchteil sah Zorlo sein Leben an sich vorüberziehen, als er genauso schnell wieder nach oben gerissen wurde.

„Das kommt nicht infrage, dass du mich mit diesem Gromba alleine lässt. Obwohl ...", ich stockte und überlegte, sprach dann aber weiter:

„Wenn er dich zuerst frisst, hat er vielleicht keinen Hunger mehr und lässt mich zufrieden." Am Kragen seines Fellmantels hielt ich Zorlo fest, der immer noch in der Luft baumelte. Entsetzt schaute er zu mir hoch.

„Das wagst du nicht. Lass mich sofort runter!", rief er und zappelte wild umher.

„Soll ich dich wirklich fallen lassen?"

Ich grinste ihn frech an und tat so, als ob ich ihn fallen ließ. Ein Schrei entfleuchte Zorlo.

„Nein, nein, hol mich rauf, bitteeeee!", flehte er mich an.

„Na gut, aber nur wenn du nicht mehr so garstig bist", forderte ich. Ehe er antworten konnte, zog ich ihn hoch und stopfte in wieder in den Rucksack. Beide hatten wir durch das Geplänkel gar nicht mitbekommen, dass der Gromba längst weiter gezogen war. Er hatte das Wurzöl gerochen und war nicht auf den Baum geklettert. Das hatte ich mir in meiner Angst nur eingebildet. Der Rest von der Nacht blieb ereignislos. Am Morgen kletterte ich wieder vom Baum, unten angekommen ließ ich Zorlo aus dem Rucksack.

„Ich werde dich nicht nochmal auf einem Baum tragen. Weißt du eigentlich, wie schwer du bist?", fauchte ich ihn an und stemmte dabei meine Hände in die Hüften.

„Das brauchst du auch nicht. Wenn wir uns beeilen, sind wir zur Mittagsstunde bei der Brücke. Dann bin ich dich endlich los", raunte er beleidigt zurück. Zorlo schmerzte es, dass wir uns bald trennen mussten. Er hatte sich an mich gewöhnt und mochte mich, dennoch wollte er mir dieses nicht zeigen. Wie der Erdgnom es sagte, waren wir kurz nach der Mittagszeit bei der Brücke.

Gutshof Enga

„So, hier trennen sich unsere Wege. Am Abend solltest du bei dem Gut Enga sein. Dort wirst du Schutz vor der Nacht finden", schniefte Zorlo. Er konnte es nicht verhindern, dass eine kleine Träne an seiner Wange herunterrollte.
„Du weinst ja! Du magst mich ja doch!" Ich hatte diesen frechen Erdgnom ebenso ins Herz geschlossen und fand es genauso schade ihn zu verlassen, doch es musste sein.
„Ach was, ich heule nicht, mir ist etwas ins Auge geflogen. Nun geh schon", schniefte er weiter. Ich konnte nicht anders, nahm Zorlo in die Arme und drückte ihn herzhaft. Als ich ihn losließ, verschwand er. Zorlo wollte nicht, dass ich sah, dass bei ihm doch mehr als nur eine Träne floss. So winkte ich ihm hinterher und schluckte meine Tränen hinunter. Als ich ihn nicht mehr sah, machte ich mich voller Elan auf den Weg. Ich hatte das Moor und den Wald

überwunden. Was sollte noch passieren, was ich nicht meistern konnte? Mutig schritt ich voran und überquerte die Brücke, die aus Stein erbaut war. Ich bewunderte dieses Bauwerk. So eine Brücke hatte ich noch nie gesehen. Dass es überhaupt möglich war eine aus Stein zu erbauen, fand ich faszinierend. Ich war richtig euphorisch, keine Angst ängstige mein Herz. Selbst als die Abenddämmerung einsetzte, schritt ich immer noch forsch voran. Im Dämmerlicht sah ich das Gut Enga. Langsam ging ich darauf zu. Was sage ich dem Herrn des Gutes? Auch sie werden sich wundern, dass ich alleine unterwegs war. Ich grübelte und mir fiel nur die Geschichte eines Überfalles ein. Ja, so würde das wohl gehen. In Gedankenversunken hatte ich nicht bemerkt, dass ich kurz vor dem Gutseingang war.

„Hey, wer kommt da den Weg herauf?"

Ich erschrak. Einer der Wachmänner, die dieses Gut bewachten, stellte sich mir in den Weg.

„Ich suche hier Hilfe. Im Wald wurde ich überfallen und habe alles verloren, bis auf das, was ich auf dem Leibe trage." Der Mann sah mich von oben bis unten an. Ich sah nicht gut aus und gut riechen tat ich auch nicht. Der Wachmann war am überlegen, ob er mich auf das Gut lassen sollte oder lieber davon jagen. Er versuchte auch herauszubekommen, ob ich ein Mann oder doch ein Weib sei und entschied, dass er ein Weib vor sich hatte. Er führte mich zu den Ställen der Pferde, hier sollte ich erst einmal die Nacht verbringen und morgens würde er mich dann zum

Gutsherrn bringen. Oberhalb der Pferde war das Stroh- und Heulager, dort machte ich es mir gemütlich. Eines der Pferde blubberte mich an, als ich zu den Tieren hinunterblickte. Auch wenn mir dieses Brummeln bekannt vorkam, wusste ich es nicht einzuordnen, so schlief ich zusammengerollt wie ein Baby schnell ein.

„Halina, lass dir nicht so viel Zeit. Ich erwarte dich mit Ungeduld."

Ich war froh, den Rufer wieder gehört zu haben. Auch dieses Mal sandte er Bilder. Ich war durch das Tor beim schwarzen Berg gegangen und schlich mit zitternden Beinen und tastenden Händen durch einen Gang. Endlich sah ich den Kristall, er leuchtete rötlich. Dann wurde es schwarz und ich erwachte.
Es raschelte im Stroh und ich sprang voller Angst auf. Vorsichtig schaute ich mich suchend um, um zu sehen, wer mich so erschreckt hatte und hoffte, dass es keine Maus war. Ich wollte schon aufschreien, als etwas Graues aus einem der Strohhaufen hüpfte und mich freundlich an mauzte.
„Du hast mich erschreckt. Das musst du doch nicht machen", lachte ich das Kätzchen an, welches um meine Beine strich.
„Ah, ihr seid schon wach. Kommt, ich bringe euch zu Herrn Silas von Enga", rief die Wache zu mir hinauf.
„Kann ich mich bitte vorher ein wenig waschen? So wie ich aussehe, möchte ich nicht vor euren Herrn

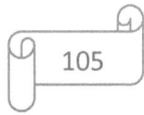

treten", bat ich. Der Wachmann nickt und wartete, bis ich vom Heuboden wieder herunterkam. Wir schritten gerade aus dem Stall hinaus, als ich zur Seite herumgerissen wurde. Ich wollte aufschreien, doch ich sah in blaue Augen, die ich kannte und erstarrte.

„Wie konntest du nur? Weißt du eigentlich, in was für Sorgen und Ängste du mich getrieben hast? Man müsste dich über das Knie legen. Einfach Mairi zu entwenden. Was hast du dir dabei gedacht?", bekam ich zuhören. Dann wurde ich in die Arme genommen und gedrückt, um genauso schnell wieder weggeschoben zu werden.

„Boah, du stinkst. Bist du in eine Jauchegrube gefallen? Und was hast du mit deinen Haaren gemacht?"

Ich verstand nichts mehr, erst wurde ich beschimpft, dann geherzt und nun weggestoßen. Mein Blick musste wohl so voller Angst gewesen sein, dass Rys mich freundlich ansah. Er konnte mir gar nicht böse sein, dafür war viel zu froh mich zu sehen.

„Wo kommst du denn her?" Endlich fand ich meine Sprache wieder.

„Ich denke, du bist in Trontera. Was machst du hier?" Ich starrte ihn immer noch an, denn mit ihm hatte ich hier nicht gerechnet.

„Das hättest du wohl gerne, um alleine in der Weltgeschichte herumzugeistern", Rys grinste. Doch ich hatte keinen Grund zu grinsen.

„Eines sage ich dir, ich gehe nicht zurück. Eher sterbe ich, bevor ich mich mit meinem Onkel verlobe!", schrie ich ihm entgegen. Rys wusste gar nicht, wie ihm geschah, dass ich ihn so anfuhr. Er hatte doch viel mehr Grund mich anzuschreien, dennoch tat er es nicht, er war ganz ruhig geblieben.

„Beruhige dich, ich bringe dich nicht zu deinem Onkel oder deinem Vater zurück", sagte Rys leise, sodass es kein anderer hörte. Er hoffte, dass ich nicht den Unterton gehört hatte, der in seiner Stimme mitschwang. Erstaunt sah ich ihn an, hatte ich doch damit gerechnet, dass Rys dem König treu ergeben war und nur in seinem Sinne handeln würde.

„Warum hast du mich nicht gleich in dein Vertrauen gezogen? Wir hätten schon längst bei diesem schwarzen Berg sein können." Er nahm meine Hand und führte mich Richtung Herrenhaus, zu einem der Seitengebäude.

„Ich hatte gehofft, dass du hier auftauchen würdest. Doch Morgen wäre ich weiter geritten, da ich hier schon sehr lange warte." Rys strahlte mich an und meinte weiter:

„Hier ist die Waschstube, ich sage der Magd, dass sie heißes Wasser bringen soll und saubere Kleidung." Rys rümpfte die Nase, womit er nochmals auf meinen Geruch anspielte.

„Übrigens, hier denkt man, dass du Cecelia Weingroot bist", erklärte er so nebenbei. Ich nickte und wusste nicht, was ich sagen sollte. Irgendwie bedauerte ich es, dass ich Rys nicht eingeweiht hatte. Doch woher wusste er von dem schwarzen Berg? Es konnte nur Kari ihm gesagt haben. So in

Gedanken versunken ging ich in den Waschraum. Warum habe ich nicht nach Kari gefragt? Abermals ärgerte ich mich über mich selber. Das musste jetzt bis nach dem Bad warten. Im Stillen hoffte ich, dass Kari gleich mit dem heißen Wasser hereinkommen würde. Doch als sich die Tür öffnete, kam nur die Magd herein und füllte zwei Eimer heißes Wasser in den Bottich.

„In zehn Minuten ist das Bad fertig", sagte sie nur und entschwand wieder, um mit weitere befüllte Eimer zukommen. Schnell war der Holzbottich gefüllt und das Wasser hatte die richtige Temperatur. Ich schlüpfte aus der Kleidung. Lederbeutel, Medaillon und sie Landkarte legte ich dicht an den Bottich ab, dann hüpfte ich in das nasse Element. Die Magd reichte mir Seife und eine Bürste. Mit rümpfender Nase verließ sie mich mit meiner Kleidung, die sie weit von sich weghielt. Ich schrubbte mich und wusch mir die Haare, langsam entschwand der scheußliche Geruch von dem Wurzöl. Ich hatte den Geruch schon gar nicht mehr selber wahrgenommen, nur durch die angewiderten Gesichter hatte ich gesehen, dass ich immer noch übel roch. Die Magd brachte mir frische Kleidung, ein edles Kleid, welches meinem Stand sehr wohl gerecht wurde. Auch das Unterzeug war aus edlem Stoff. Hatte Rys nicht gesagt, ich sei hier Cecelia? Dann würde mir so eine edle Robe nicht zustehen. Oder hatte er mich etwa belogen? Ich war verwirrt. Angekleidet stand ich vor der Tür und sah über den Hof. Hier war es fast genauso aufgebaut wie bei Herrn Marlon, nur dass hier alles viel größer war. Gegenüber dem Hofeingang stand das große Herrenhaus und links und rechts davon die Ställe und Gesindehäuser, sowie das Waschhaus. Rys, der plötzlich neben mir stand, schnupperte und grinste.

„Jetzt riechst du wieder angenehmer. Also was ist passiert, dass du dermaßen gestunken hast, oder darf ich das nicht wissen?" Rys wartete auf eine Antwort.

„Doch, es sollte uns nur dabei keiner zuhören. Ich glaube, dass man mich für verrückt erklären würde, denn so etwas kann kein normaler Mensch erleben", entgegnete ich und Rys lachte.

„Du bist ja auch kein normaler Mensch. Du kannst es mir später berichten. Nun komm, die Herrschaften warten schon auf dich. Ich habe ihnen erzählt, dass wir uns hier verabredet haben, da ich noch nach Trontera musste. Doch du wolltest schon weiter reisen. Also denke dir eine gute Geschichte aus, warum ich hier auf dich warten musste", bat Rys. Ich nickte und entschied, dass ich, wie schon bei dem Wachmann, bei der Überfallgeschichte bleiben sollte. Mir fiel auf, dass Rys mich duzte. Es gefiel mir, dass er dieses tat. Es gab mir das Gefühl des Vertrauens. So schritten wir auf das Herrenhaus zu. Eine ältere, etwas rundliche Frau stand in der Tür und lächelte uns freundlich an.

„Da seid ihr ja, kommt doch bitte herein". Sie trat beiseite und zeigte mit der Hand ins Haus hinein.

„Danke Frau Farah, darf ich ihnen Cecilia vorstellen", sprach Rys, dabei zeigte er auf mich. Ich machte einen Knicks, wie man es vor Adligen machte. Farah lachte.

„Du brauchst keinen Knicks zu machen. Ich bin doch nur die Frau des Gutsherrn und keine Adlige."

„Tut mir leid, ich dachte nur, bei dieser edlen Robe, die sie mir gaben, könnten hier nur Adlige leben. So schöne Kleidung hatte ich noch nie an", log ich und strich liebevoll über den Rock des Kleides. Ich fühlte mich in diesem Kleid wie eine Prinzessin, was ich ja auch war. Rys sah mich mit seinen blauen Augen erstaunt an, dass ich so lügen konnte, ohne rot zu werden. Er war gespannt, was für eine Geschichte ich den Herrschaften auftischen würde. Farah führte uns in die Wohnstube, die auch hier mit Kerzen beleuchtet wurde. Schwere Möbelstücke aus Eichenholz standen im Raum. Der Hausherr saß am Tisch und stand auf, als wir den Raum betraten.

„Herzlich willkommen Lady Weingroot, schön sie zu sehen. Kommt, setzt euch und erzählt uns, warum ihr so unvernünftig ward alleine zu reisen, so ohne jeglichen Schutz." Die Worte hörten sich für mich sehr streng an, doch Herr Silas hatte ein freundliches Lächeln im Gesicht. Er war genauso wie seine Frau etwas korpulenter, dadurch hatte er eine Ausstrahlung der Ruhe, die in mir eine Vertrautheit auslöste. Ich war in Versuchung nicht bei meiner Lüge zu bleiben, doch es war nur eine Versuchung. Zum Schutz für die Familie Enga und für mich blieb ich dabei. So erzählte ich, dass ich überfallen und von Dieben in den Wald verschleppt wurde. Wo ich dann eines Nachts, weil die Wachen eingeschlafen waren, fliehen konnte. Rys grinste in sich hinein. Ich war eine großartige Lügnerin, jeder aber auch jeder nahm mir diese Lüge ab, so auch Herr Silas und Frau Farah.

„Mann oh Mann, es wird auf unseren Wegen immer unsicherer. Du bist eine so mutige junge Frau", bewunderte Farah mich. Nun wurde ich doch rot, verlegen schaute ich auf den Boden.

„Herr Silas, wir werden morgen aufbrechen. Der Bräutigam von Cecilia wird schon voller Ungeduld auf sie warten und sich Sorgen machen", log nun Rys. Mein fragender Blick heftete sich auf ihn. Doch Rys reagierte darauf nicht. Zur Hausherrin gewandt fragte ich:

„Frau Farah, darf ich eine Bitte äußern?"

„Aber sicher mein Kind. Was kann ich für dich tun?" Farah war so mütterlich, dass ich an Kari denken musste, sie war auch immer so zu mir gewesen.

„Da Rys schon morgen wieder losreiten will, bräuchte ich meine Kleidung oder andere Kleidung. Mit diesem edlen Kleid kann ich nicht reisen und es ist meinen Stand auch nicht angemessen." Es tat mir leid, dass ich diese edle Robe ausziehen musste, denn sie umschmeichelte meinen Körper. Frau Farah konnte es verstehen, dass ich etwas anderes brauchte, denn zum Reisen war das edle Kleid wirklich nicht gedacht.

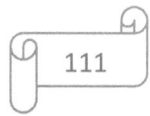

„Unter den Kleidern meiner Tochter werden wir sicher etwas Geeignetes für dich finden", meinte Farah.

„Ich kann doch eurer Tochter nicht ihre Kleidung wegnehmen." Ich war entsetzt, denn ich dachte an Gesindekleidung.

„Das tust du nicht, Ricka braucht die Sachen nicht mehr", sagte Farah mit einem seltsamen Unterton. Mit großen, fragenden Augen sah ich sie an. War ich jetzt in ein Fettnäpfchen getreten? Doch Farah sah nicht so aus, als ob ich dieses getan hätte.

„Ricka ist aus diesen ganzen Kleidungsstücken schon längst herausgewachsen. Ich konnte es nicht übers Herz bringen, die Sachen wegzugeben. Nur bei dir macht es mir nichts aus. Jetzt hat es doch einen Sinn, die Kleidung behalten zu haben." Ein Lächeln huschte kurz über ihr Gesicht, dann nahm sie mich bei der Hand und zog mich mit. Ich ahnte, dass Farah mir etwas nicht sagen wollte, was ihre Tochter anging. Ich hatte das Gefühl, ich würde Farah in Verlegenheit bringen, wenn nicht sogar zum Weinen, so fragte ich nicht nach. Im geheimen wünschte ich mir, dass Farah meine Mutter sein würde. So stellte ich mir Sofia vor, wie sie jetzt sein würde, genauso freundlich und herzlich. Auch wenn ich Kari an meiner Seite hatte, war die Sehnsucht nach meiner Mutter in mir geblieben. In dem großen Ankleidezimmer angekommen ließ Farah meine Hand los, die sie immer noch hielt, so zart, als ob ich zerbrechlich sei. Mit großen Augen drehte ich mich um mich selber. Im Ankleidezimmer war genauso viel Garderobe, wie ich es auf der Burg hatte. Farah deutete mein Erstaunen natürlich anders.

„Das sind Rickas und meine Kleidung. Wie du sicher bemerkt hast, gibt es auch Kinderkleidung darunter. Wie gesagt, ich kann nichts weggeben. Ich hatte immer die Hoffnung, einmal Enkelkinder zu haben." Traurigkeit machte sich in ihrer Stimme breit und ihr Blick schien so, als ob sie in der Vergangenheit weilte. Farah schüttelte den Kopf und lächelte mich wieder an.

„Lass uns schauen, nach was du suchst. Hast du an etwas Bestimmtes gedacht?" Farah führte mich vor einer ganzen Reihe von Kleidungsstücken, die alle hintereinander auf Holzbügel in einem Schrank ohne Türen hingen. Es war alles zu finden, von edlen Roben bis hin zu gröberer Kleidung. Ich suchte nach einer Reithose, solche wie ich selber gehabt hatte. Meine eigene Kleidung konnte ich nicht mehr anziehen, da sie immer noch in der Waschküche waren und wer weiß, ob man den Gestank vom Wurzöl überhaupt aus dem Gewebe bekam. Nach einiger Suche fand ich die gewünschte Reithose, ein blusenartiges Obergewand und auch einen Lodenmantel, genauso einen wie ich ihn besaß. Farah hatte für mich noch ein paar festere Lederschuhe herausgesucht, denn die edlen Schuhe, die ich trug, passten so gar nicht zur Reitkleidung. Ich kleidete mich um und drehte mich vor Farah.

„Das passt wie angegossen, so kannst du auf einem Pferd reiten", bestätigte sie mein Aussehen. Farahs Augen strahlten regelrecht und ich wurde ein wenig verlegen.

„Oh Gott, daran habe ich gar nicht gedacht, ich habe gar kein Pferd." Ich muss so ein entgeistertes Gesicht gemacht haben, dass Farah herzhaft anfing zu lachen.

„Na, daran soll es nicht scheitern. Pferde haben wir genug. Da wird sicher eines für dich zu finden sein."

„Das kann ich aber nicht annehmen, erst die Kleidung und dann noch ein Pferd." Ich fühlte mich wie eine Diebin, denn ich hätte die Kleidung und das Pferd bezahlen können. Den Geldbeutel trug ich ja immer noch, genauso wie die Kette, um den Hals. Doch wenn ich jetzt mit den Goldtalern kam, würde meine ganze Lügengeschichte auffliegen, so hielt ich den Mund. Irgendwann würde ich es wieder gut machen, dieses versprach ich still für mich selber. So umgekleidet begaben wir uns wieder zu den Männern in die Stube.

„Liebster, wir haben doch sicher ein Pferd für Lady Cecilia?", fragte Farah und schaute bittend ihren Mann an. Silas fasste sich an sein Kinn und zog seine Stirn kraus.

„Aber natürlich, hmm … ich habe auch schon eines im Sinn. Das könnte zur Lady passen", antwortete Silas.

„Bitte nennt mich nicht Lady, einfach nur Cecilia. Ihr erlaubt es mir doch auch, euch mit eurem Vornamen anzusprechen." Es war mir peinlich, als Lady bezeichnet zu werden. Denn so fühlte ich mich in dieser Reitkleidung nicht. Ich wollte es auch nicht sein, solange die Gefahr über mir schwebte, die Frau von meinem Onkel werden zu müssen. Obendrein musste ich weiter zum schwarzen Berg, so wie mein Traum es verlangte. Nur so würde ich frei sein und wieder eine Lady sein können. Jetzt war ich nur die Tochter eines Tuchhändlers, die auf Reisen zu ihrem Bräutigam war. Rys, der mich von oben bis unten musterte, fand, dass die Reitkleidung mir ausgezeichnet stand. Obwohl eine Frau ein Reitkleid zutragen hatte, wenn sie reiten wollte, Hosen waren für Frauen verpönt. Deswegen freute ich mich über dieses Kompliment von Rys. Ich war keine normale Frau, hatte meinen eigenen Kopf. Das hatte er schon festgestellt.

„Kommt, wir wollen schauen, welches Pferd ich für euch ausersehen habe", bat Herr Silas. Er hielt mir seinen Arm hin und ich harkte mich ein. Rys begleitete uns, er wollte mich nicht noch einmal aus den Augen lassen. Wer weiß, was ich wieder anstellen würde. Ich dachte gar nicht daran, ohne Rys weiterzureisen. Die Zeit im Moor und im Wald hatte mir doch gezeigt, wie sehr ich ihn an meiner Seite brauchte. Im Pferdestall angekommen, führte mich Silas zu einer Fuchsstute. Das Pferd spürte sofort, dass Silas von ihr etwas wollte. Sie hob stolz ihren Kopf. Ihr treuer Blick blieb bei mir hängen und ein freundliches Schnauben gab sie von sich.

„Das ist Janka, sie ist eine treue Seele. Wenn sie dich in ihr Herz gelassen hat, wird sie niemals von deiner Seite weichen, egal was auch passiert", schwärmte Silas, dabei strich er liebevoll über die Mähne.

„So, ich lasse dich und Janka alleine, gewöhnt euch aneinander. Falls du ausreiten möchtest, dort drüben findest du ihren Sattel und das Zaumzeug." Silas ging und gab dem Stallburschen, der die Boxen mit Stroh auslegen wollte, ein Zeichen auch zu gehen. Nun waren Rys und ich alleine, was ich auch gleich ausnutzte. Endlich konnte ich mit ihm alleine sprechen.

„Woher weißt du von schwarzem Berg? Hat Kari dir das erzählt? Wie geht es ihr, ist sie wieder gesund?", sprudelte es aus mir heraus.

„Uiii, eins nach dem anderen. Ja, Kari hat mir alles erzählt und ja, es geht ihr gut. Sie ist wieder gesund. Ich wollte sie mitnehmen, aber sie meinte, sie würde uns nur zur Last fallen. In Grunde hat sie ja Recht. Doch jetzt zu dir. Bitte erkläre mir alles nochmal, Kari sprach von einem Traum, dem du folgst." Rys setzte sich auf einen Haufen von Strohgarben und bat mich, mich zu ihm zu setzten. So erzählte ich, was ich träumte und was mir im Moor sowie im Wald passiert war. Rys atmete schwer durch.

„Du hättest dir einiges ersparen können. Aber wer weiß, wozu es gut gewesen war, dass du Berina, Zorlo und Elando kennengelernt hast. Jetzt werde ich an deiner Seite bleiben und auf dich aufpassen. Zusammen werden wir zum schwarzen Berg reisen und weiter, bis du deinen Rufer befreit hast." Ich war glücklich, dass ich nicht mehr alleine reisen musste. Wenn ich ehrlich zu mir war, hatte ich oft genug Angst gehabt. Rys seine Worte gaben mir so etwas wie Geborgenheit. Mit stolz zeigte ich ihm meine Landkarte.

„Das ist mein Heiligtum, ohne diese Karte würde ich nicht wissen, wo ich bin", erklärte ich selbstsicher. Rys bestaunte meine Landkarte, er selber hatte so etwas nie besessen. Er musste sich auf seiner Reise nach Katorio durchfragen oder sich nach den Wegweisern richten. Schnell hatte er auf der Karte den schwarzen Berg entdeckt.

„Wo ist der Eissee, von dem du erzählt hast?" Seine Augen wanderten suchend über die Landkarte.

„Das weiß ich nicht. Er muss auf einem anderen Land sein. Ich hatte vor, wenn ich beim schwarzen Berg war, zur Hafenstadt Norda zu gehen. Dort wollte ich die Seeleute befragen und eventuell mit einem Schiff in See stechen", antwortete ich selbstbewusst. Dennoch wusste ich, dass dieses nicht leicht war. Eine Frau an Bord eines Schiffes war nicht gerne gesehen.

„Da haben wir noch eine große Reise vor uns. Was mir aber im Moment viel mehr Sorgen macht, ist dein Vater und dein Onkel. Sie werden bald merken, dass wir nicht zurückkommen. Eine Garde wird sicher ausgeschickt, um uns zu suchen. Ich werde mit Herrn Silas reden müssen. Wir brauchen Verbündete, die hinter uns stehen. So wie ich die beiden kennengelernt habe, werden sie auf unserer Seite sein. Das bedeutet aber, dass wir ihnen die Wahrheit über dich erzählen müssen", offenbarte Rys. Mir fuhr der Schreck in die Glieder.

„Bist du dir sicher, dass wir das machen sollten?" Ich war davon nicht begeistert.

„Ja! Auch wenn du deine Spuren schon gut verwischt hast, wird man dich finden, wenn wir nicht unsichtbar bleiben. Stell dir vor, die Garde taucht hier auf. Herr Silas würde von uns berichten, dann zählen die Häscher eins und eins zusammen. Da spielt es keine Rolle, wie du dich nennst. Wir beide wären gefunden und die Garde wäre schneller hinter uns her, als wir denken können."

„Na gut, dann lass uns das jetzt machen. Wir werden ihnen aber nichts von meinem Traum erzählen, nur dass mein Vater mich zu dieser unmöglichen Hochzeit drängen will."

„Genauso werden wir es machen", bestätigte Rys nickend. Er sah mich eigenartig an, am liebsten hätte er mich wohl geküsst, doch dieses wagte er sich nicht. So blieb es bei sehnsüchtigen Blicken. Ich spürte Rys seine Blicke, um ihn nicht zu zeigen, dass ich errötete, ging ich mit einer Möhre in der Hand zu Janka. Genüsslich nahm die Stute die Wurzeln entgegen.

„Morgen geht es los und ich freue mich, dass du an meiner Seite bist", flüsterte ich ihr zu. Nach einem liebevollen Streicheln über die Blesse verließ ich den Stall und Janka wieherte freudig mir hinterher. Die

Stute hatte mich in ihr Herz gelassen. Rys, der an der Stalltür auf mich gewartete, war erstaunt, wie gut ich mit einem fremden Pferd umgehen konnte. Jetzt verstand er, warum Mairi so einfach mit mir gegangen war. Ich hatte eine besondere Ausstrahlung, die gleich Vertrauen bei allen Pferden aufkommen ließ, dass diese lammfromm wurden.

Das Gespräch mit Silas und Farah lief besser, als ich dachte.

„Falls hier irgendwelche Häscher auftauchen sollten und nach euch beiden oder nach einem einzelnen von euch fragen, dann seid ihr niemals hier gewesen. Wir kennen euch nicht und auch keine Cecilia Weingroot und erst recht keine Halina. Ihr beide könnt euch auf uns verlassen", sagte Silas mit ernster Stimme und Farah nickte.

„Aber was ist mit eurem Gesinde? Sie können doch von uns berichten", warf ich ängstlich ein.

„Habt keine Angst Lady Halina, die werden es nicht wagen etwas zu sagen, weil sie uns ergeben sind", entgegnete Silas. Freudig strahlte ich Rys an, keiner würde uns finden. Wir beschlossen, nochmals unsere Namen zu ändern, und entschieden uns für Mauro und Daja. Um Silas und Farah zu schützen, sagten wir ihnen nichts von der Namensänderung. Der Tag ging zu Ende und ich konnte in einem richtigen Bett schlafen. Die Nacht verlief traumlos, ich schlief tief und fest. Erst durch ein Klopfen an die Tür wurde ich am nächsten Morgen wach.

„Ich bin ja schon wach", antwortete ich gähnend. Die Tür wurde geöffnet und die Magd, die ich schon aus dem Baderaum kannte, sah durch den Türspalt herein.

„Entschuldigt, mir wurde von dem jungen Herrn aufgetragen, euch zu wecken. Er bittet euch, so schnell es ihnen möglich ist, in die gute Stube zu kommen."

„Ich werde mich beeilen", antwortete ich nochmals gähnend. Die Magd verschwand und ich krabbelte aus dem Bett. Die Waschschüssel mit dem Wasser aus der Kanne, welche auf dem Boden stand, war schnell gefüllt. Das kalte Wasser weckte meine Lebensgeister vollständig. Rasch zog ich mich an und ging zur Stube, wo Silas, Farah und Rys schon mit einem üppigen Frühstück auf mich warteten. Rys hatte nicht mehr die Gardekleidung an. Ich hätte ihn beinahe nicht erkannt. Auch er trug normale Reitkleidung, die er von Silas bekam. Als Silas diese einst trug, war er noch so schlank wie Rys. Farah hatte für uns einen Beutel mit Proviant fertig gemacht, welches in die Satteltasche von Mairi verstaute wurde. Die Pferde waren schon längst gesattelt, dafür hatte Silas gesorgt. So war der Abschied kurz, aber herzlich. Farah winkte uns hinterher, bis wir nicht mehr zu sehen waren.

Große Aufregung

Mein Vater Dogmar und Onkel Ziron sahen schon seit Stunden aus dem Fenster. Seit zwei Tagen sollte ich schon wieder zurück sein.

„Was machen wir? Wie lange wollen wir noch warten? Es muss unterwegs etwas passiert sein." Ziron war wirklich besorgt um mich. Unsere Verlobung sollte in wenigen Wochen stand finden. Es war so viel vorzubereiten. Das Verlobungskleid musste geschneidert werden, dafür war meine Anwesenheit erforderlich. Kein Schneider würde ein edles Kleid, ohne die richtigen Maßen schneidern wollen. Beide Männer durchwanderten den kleinen Saal von einer Seite zur anderen, wie ein Tiger im Käfig.

„Jetzt langt es mir!", brauste Dogmar auf. Mit Wut in der Stimme rief er nach dem Gardehauptmann.

„Ihr habt nach mir verlangt. Was kann ich für euch tun, mein König?" Der Gardehauptmann Corbo verneigte sich tief. Mit Dogmar war nicht gut Kirschen essen, wenn er so aufgebracht war. Man war auf der sicheren Seite, wenn man das tat, was von einem verlangt wurde.

„Corbo, nehmt ein paar Männer und reitet meiner Tochter entgegen. Sie war in Trontera im Kloster und sollte schon seit zwei Tagen wieder hier sein. Wir befürchten, dass ihr etwas zugestoßen ist. Eins sag ich euch, traut euch ja nicht, ohne sie hier

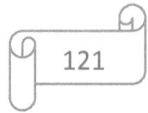

aufzutauchen. Das würde euch nicht gut bekommen." Grimmig sah Dogmar ihn an, ob der Hauptmann auch alles verstanden hatte. Dieser nickte.

„Erst wenn ich sie gefunden habe oder weiß, wo sie abgeblieben ist, werde ich zurückkehren." Corbo verneigte sich. Dann begab er sich zu seinen Leuten. Bald schon beobachtete Dogmar, als er aus dem Fenster auf den Innenhof sah, wie der Gardehauptmann mit zwei Reitern die Burg verließ. Corbo kannte sich gut im Land Katonag aus. Seine zwei Begleiter, Harbo und Klanis, stammten aus verschiedenen Ecken des Landes. So brauchten sie keine Landkarte. Mit schnellem Ritt, meist im gestreckten Galopp, ging es nach Trontera. Sie machten nur wenige, kurze Pausen. Auf dem ganzen Weg war ihnen nichts begegnet, kein Tier, kein Mensch und auch keine Kutsche. Corbo wunderte sich nicht darüber. Er dachte, dass ich einfach nicht an die Zeit gedacht hatte und brav im Kloster sitzen würde. So klopfte er, wie einst Rys, an die schwere Tür des Klosters. Es wurde abermals nur die kleine Luke in der Tür geöffnet.

„Was kann ich für dich tun, mein Sohn?" Lächelnd schaute eine Nonne durch die Luke.

„Ich wünsche, Lady Halina zu sprechen", bat Corbo.

„Ihr seid jetzt schon der Zweite, der nach dieser Lady fragt. Auch euch gebe ich die gleiche Antwort. Hier gibt es keine Lady Halina." Corbo machte ein überraschtes Gesicht.

„Das kann nicht sein. Sie muss bei euch sein und das schon seit über drei Wochen."

„Ich versichere euch, eine Lady Halina ist hier niemals angekommen. Das sagte ich auch dem anderen Gardemann, der nach ihr fragte. Kann ich sonst noch etwas für euch tun?", fragte die Nonne immer noch freundlich.

„Wie hieß der Gardemann?", forderte Corbo mit barschem Ton.

„Das weiß ich nicht. Er hat sich nicht vorgestellt und gefragt habe ich ihn nicht." Die Nonne fühlte sich genervt. Sie hatte Besseres zu tun, als sich mit dem Mannsvolk herumzuärgern.

„Habt Dank", kam nur von Corbo. Sie waren Tag und Nacht geritten und ratloser als vorher. Was sollten sie nun machen? Mit dieser Neuigkeiten konnten sie auf keinen Fall Dogmar unter die Augen treten.

„Wir reiten zurück, aber nur bis nach Gelras. Dort werden wir unsere Suche fortsetzen", erklärte er den anderen beiden. Doch vorerst blieben sie eine Nacht in der Herberge von Trontera. Die Männer waren durch den Schlafmangel viel zu kaputt, um in der Schänke noch ein Bier zu trinken. Hundemüde fielen die drei in ihre Betten. Die Pferde waren im Stall untergebracht und wurden mit Futter und Wasser versorgt. Am Morgen ritten sie ausgeschlafen und gesättigt wieder los. In Corbo kreisten einige Fragen. Warum ist Halina nicht im Kloster? Wo mag sie sein? Er hoffte, in Gelras Hinweise für meinen Verbleib zu finden. Als sie endlich in Gelras ankamen, fand er die

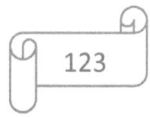

Bestätigung das Rys und ich dort waren. Im Pferdestall entdeckte der Hauptmann die Kutsche, mit der ich unterwegs sein sollte. Doch das was er sah, verwunderte ihn. Ein Stallbursche war dabei die goldenen Verzierungen zu entfernen.

„Was machst du da?", fauchte Corbo böse den jungen Mann an. Der Hauptmann war richtig sauer. Sie waren bis nach Trontera geritten und dann soll ich in Gelras sein, dieses nahm er jedenfalls an.

„Na was meint ihr denn, meine Arbeit natürlich! So wie es mir der Meister aufgetragen hat", entgegnete der Bursche und arbeitete weiter.

„Diese Kutsche gehört Lady Halina", grollte Corbo ihn weiter an.

„Das mag ja einmal der Lady ihre Kutsche gewesen sein. Jetzt gehört sie meinem Meister. Ich werde ihn holen, damit er euch den Kaufvertrag zeigt", sprach der Bursche ruhig und verließ den Stall. Es dauerte nicht lange, da kam der Stallbesitzer mit dem Vertrag und hielt diesen den Gardehauptmann unter die Nase. Corbo schaute sich den Vertrag genau an und sah, dass eine gewisse Cecilia Weingroot unterschrieben hatte.

„Wie sah diese Cecilia aus? Könnt ihr sie mir beschreiben?", raunte er. Der Stallmeister gab eine Beschreibung von mir und Corbo erkannte mich darin. Deswegen sah er keinen Grund, die Kutsche zurückzufordern. Der Gardehauptmann wandte sich schon dem Ausgang zu, als der Stallmeister meinte, dass er weitere Informationen hätte. Corbo horchte auf. Doch der Stallmeister wollte sich dieses bezahlen lassen. So war seine Geste mit dem Daumen und Zeigefinger zu verstehen, die er aneinander rieb.

„Ihr könnt froh sein, dass ich euch die Kutsche nicht wegnehme, also raus mit der Sprache. Was wisst ihr?" Corbo war erbost und ließ dieses dem Mann auch spüren. Sein Schwert war auf das Herz des Mannes gerichtet. So bekam der Gardemann alles erzählt, auch das Rys aufgebracht war, weil wir Frauen sein Pferd mitgenommen hatten. Innerlich musste Corbo grinsen. Er konnte Rys nicht leiden. Es hätte ihm zugestanden, mich zu begleiten. Jetzt musste er uns hinterherjagen. Leider konnte der Stallmeister ihm nicht sagen, wohin Kari und ich geritten waren. Etwas frustriert marschierten Corbo und seine Männer zur Herberge. Mit einem Humpen Bier für jedem besprachen sie das Für und Wider der jeweiligen Möglichkeiten, in die ich gegangen beziehungsweise geritten sein konnte. Nach vielen Hin und Her einigten sie sich, dass sie nach Tyas reiten sollten. Doch vorerst blieben in der Herberge. Sehr früh am Morgen, die Sonne war noch gar nicht aufgegangen, weckte Corbo seine Männer. Er wollte früh los, damit sie noch bei Tageslicht auf Tyas ankommen würden. Verschlafen saßen sie auf ihren Pferden. Doch Corbo ließ sie nicht im Schritttempo reiten, nein im Galopp ging es Richtung des Gutshofes.

Es war kurz vor Sonnenuntergang, als sie auf dem Hof von Herrn Tyas ritten. Marlon kam den Reitern schon entgegen, da er sie aus dem Fenster heraus gesehen hatte. Doch vorher bat er seine Frau Jeslyn, Kari zu verstecken, denn er erkannte die Gardeuniform des Hauses Katoro und ahnte, weshalb die Reiter auftauchten.

„Was führt die Garde des Königs auf meinen bescheidenen Hof?", fragte Marlon den Hauptmann. Corbo stieg von seinem Pferd ab und verneigte sich leicht, denn das Haus von Tyas hatte einen guten Ruf im Land.

„Wir sind auf der Suche nach der Lady Halina, ihrer Zofe Kari und Rys, einem aus der Garde. Waren sie hier?", forderte Corbo zu wissen. Marlon stimmte eine traurige Tonlage an.

„Ja, das waren sie!"

„Was soll das heißen, sie waren?", raunte Corbo.

„Wie soll ich es euch erklären?" Marlon holte tief Luft und sprach weiter:

„Als die Lady und ihre Zofe hier wieder losritten, müssen sie in das Moor gelangt sein. Wir nehmen an, dass sie dort umgekommen sind, da das Pferd der Lady mit Moorschlamm bedeckt alleine zurückkam. Auch Herr Rys wird dort sicher ums Leben gekommen sein, denn er ist ihnen nachgeritten. Ich würde euch nicht raten in das Moor zureiten, es ist noch niemand von dort zurückgekehrt. Es spuckt dort, die Geister der Toten lassen einen nie mehr hinaus. Auch wir haben einst unsere Nichte an das Moor verloren. Sie lief hinein und kam nicht mehr zurück. Aber ihr könnt das Pferd der Lady gerne mitnehmen, denn es gehört mir ja nicht." Corbo war am überlegen, ob Herr Tyas ihn nicht belog und mich versteckt hielt. Auch wenn er nicht wusste, aus was für Gründen er dieses tun sollte.

„Ich werde mir das Pferd und eure Räumlichkeiten anschauen. Es tut mir leid, aber ich muss mich vergewissern, dass Lady Halina nicht hier ist", entgegnete Corbo.

„Wir haben nichts zu verbergen. Seht euch nur um. Haltet aber keinen von seiner Arbeit ab." Marlon machte eine einladende Geste. Der Gutsherr war froh, dass Kari längst in ihrem Versteckt saß. Er hoffte, dass die Männer der Garde schnell wieder verschwanden, denn bequem war es für Kari in dem geheimen Ort nicht. Sie saß hinter einem Küchenschrank in einer Nische, wo im Mauerwerk ein kleines Loch war, was einen Lichtstrahl in das Versteck ließ. So sah Kari die vielen Spinnen, die schon auf ihr herumliefen. Nur wer wusste, wie der Mechanismus für das Versteck funktionierte, würde diesen auch finden! Weder Marlon noch Jeslyn verloren ein Wort darüber.

Harbo bekam den Auftrag die Ställe zu durchsuchen und Klanis die Gesindehäuser. Corbo inspizierte das Herrenhaus. Er untersuchte jeden einzelnen Raum, doch keiner deutete auf die Anwesenheit von mir und meiner Zofe hin. Zum Schluss kam Corbo in die

Küche. Es ärgerte ihn, dass er bis jetzt nicht finden konnte.

„Meint ihr wirklich, dass wir die gesuchten hier in der Küche versteckt halten? So ein Unsinn. Wo sollten sie denn sein?", fauchte die Köchin Corbo an, der in jeden Schrank und in jede Ecke schaute. Kari bibberte vor Angst in ihrem Versteck. Ihr fiel es schwer, nicht aufzuschreien. Sie hasste Spinnen. Kari hatte das Gefühl, dass diese achtbeinigen Wesen schon unter ihrer Kleider herumkrabbelten. Am liebsten wäre sie aufgesprungen, doch das ging nicht. Zum einen war es viel zu eng in der Nische und zum zweiten würde der Gardemann jeden Laut von ihr hören, so wie sie jedes Wort von ihm verstand. Doch dann sah Kari direkt vor ihren Augen eine dicke fette Spinne, die sich mit einem Faden von der Decke herab ließ und drohte auf ihrer Nase zu landen. Ein kleiner, kaum hörbarer Schrei entfleuchte ihrer Kehle. Corbo drehte sich um und schaute auf den Küchenschrank, der hinter ihm stand.

„Was war das? Hat da eben nicht jemand gequiekt?" Corbo öffnete nochmals den Schrank und klopfte die Rückwand ab. Er horchte auf den Ton, welches das Klopfen verursachte.

„Ich muss schon sagen, ihr habt ein gutes Gehör, dass ihr das Piepsen einer Maus hört!", lobte die Köchin ihn.

„Hmm, eine Maus?", fragte Corbo eigentlich sich selber. Dabei strich er mit der Hand durch seine Haare. Er wollte das nicht glauben, nach einer

Hausmaus hatte sich das nicht wirklich angehört. So forderte er, dass man den Schrank von der Wand wegziehen sollte. In dem Moment kam eine Maus unter dem Geschirrschrank hervor und blieb einen Moment still stehen. Verwundert starrte Corbo das Tier an, welches unter einen anderen Schrank verschwand. Er schüttelte den Kopf und ohne ein weiteres Wort zu sagen, stampfte er hinaus. Die Köchin entspannte sich und dankte der kleinen Maus. Corbo hätte sicher darauf bestanden, dass alle Schränke abgerückt werden, dann wäre es um die Zofe geschehen gewesen. Für Kari dauerte es viele Stunden, bis endlich der Küchenschrank sich in Bewegung setzte und volles Licht in ihr Verlies kam. Schreiend und wild auf ihre Kleider klopfend sprang Kari aus ihrem Versteck.

„Spinnen, Spinnen überall, Spinnen. Ich hasse Spinnen! Ein Bad! Macht mir sofort ein Bad. Sie krabbeln und kriechen überall auf mir herum!", schrie sie hysterisch. Dabei schüttelte sie sich wie ein nasser Pudel. Jeslyn konnte es verstehen und gab gleich die Anweisung nach einem Bad weiter, dennoch grinste sie. Es sah zum Lachen aus, wie Kari in der Küche herumhüpfte. Nur gut, dass die Gardemänner schön längst davon geritten waren. Sie führten Zadoc mit sich auf dem Weg zurück zu Dogmar. Sie hatten die Gewissheit, dass ich nicht mehr leben würde, im Moor umgekommen. Corbo ärgerte sich. Herr Tyas hätte sie gerne bei sich nächtigen lassen können. Doch Marlon dachte gar nicht daran, dieses zu tun. Er war froh, dass die Garde weg war.

Der König schäumte vor Wut, als ihm die Nachricht über meinen Tod überbracht wurde. Wie konnte ich es ihm nur antun, einfach im Moor zu versinken? Jetzt würde der Name Katoro für immer untergehen, dachte er. Dogmar stampfte durch den Raum. Er wollte es nicht glauben und schickte Corbo wieder aus. Dieser sollte nach Norda reisen und den Hafen im Auge behalten.

Fischerdorf Omla

Rys und ich ritten im schnellen Galopp auf dem Weg nach Omla. Wir jagten regelrecht, als ob der Teufel hinter uns her sein würde.

„Rys langsamer bitte! Janka scheint dieses Galoppieren, auf länger Zeit, nicht gutzutun", rief ich. Meine Stute wurde immer langsamer, dann blieb sie stehen. Ich versuchte sie wieder voranzutreiben, doch Janka blieb stur und machte keinen Schritt mehr.

„Was ist los? Warum bleibst du zurück?" Rys kam zurück.

„Ich glaube, Janka ist es nicht gewohnt, längerer Zeit im schnellen Tempo unterwegs zu sein. Lass uns eine kurze Pause machen, bis sie sich erholt hat. Nicht, dass ich Janka überlaste und sie meinetwegen mit einem Herzkollaps zusammen bricht."

„Herr Silas hätte für dich ein anderes Pferd aussuchen sollen", grollte Rys.

„Er dachte wohl, dass du nicht gut reiten kannst, dass er dir ein so gutmütiges Tier gab. Ein Rassigeres wäre besser für dich gewesen."

„Ach komm, gib Janka etwas Zeit sich zu erholen. Sie wird sicher schnell Ausdauer aufbauen. Ich glaube fest daran." Ich sah Rys bittend an. Janka schaute kurz zu Rys und schnaufte ihn an, als ob sie seine Worte genau verstanden hatte.

„Siehst du, du hast sie verärgert." Nun warf ich Rys einen bösen Blick zu. Doch er lachte nur.

„Ich nehme eher an, dass ich sie an ihre Ehre gepackt habe." Janka schnaufte ihn wieder an. Da schon die Mittagsstunde anbrach und wir schon über eine Holzbrücke geritten waren, legten wir am Ufer eine Pause ein. Ich war froh darüber, denn nicht nur Janka brauchte diese Rast, auch ich hatte sie nötig.

„Laut der Landkarte ist es bis Omla nicht mehr weit", meinte ich. Rys studierte mit mir zusammen die Landkarte, dabei kam er mir sehr nahe. Er spürte meine Wärme, die ich ausstrahlte. Am liebsten hätte er mich in die Arme genommen. Auch ich spürte die seine und genoss es, dass er so nah bei mir saß. Ich fragte mich, was das für ein Gefühl war, was sich in meinem Bauch breitmachte, es kribbelte auf eine ganz eigenartige Weise. Es war nicht unangenehm, nur ungewohnt. Die Sonne schien und wärmte nicht nur uns, sondern auch das Land. Es wurde langsam Sommer. Ich genoss es, nicht mehr den schweren

Lodenmantel anhaben zu müssen. Nach kurzer Zeit, nachdem wir losgeritten waren, erreichten wir Omla. „Suchst du hier etwas? Wir könnten doch weiter reiten. Ich brauche nicht in einer Herberge zu schlafen." Mir passte es gar nicht, dass Rys hier nach irgendetwas Ausschau hielt, ich wollte weiter.

„Ja, ich suche jemanden. Aber vorher lass uns die Pferde unterstellen und dann gehen wir zum Hafen", sagte er und hüllte sich ansonsten in Schweigen. Ich wusste nicht, wen Rys hier suchte, so versank ich ins Grübeln.

Omla war doch nur ein Fischerdorf mit einem kleinen Hafen, wo kleine Fischerboote ankerten. Große Schiffe, so eines wie wir es bräuchten, würden wir hier niemals finden.

Mairi und Janka waren schnell untergestellt, wo man sich liebevoll um sie kümmerte. Rys nahm mich an die Hand und zog mich, schnellen Schrittes, mit sich. Abrupt blieb ich stehen, ich wollte mich nicht so von Rys mit ziehen lassen wie ein kleines Kind.

„Ich gehe keinen Schritt weiter! Was soll das Ganze? Erst jagst du wie ein Verrückter durch die Landschaft und hier machst du dasselbe. Bist du oder ich auf der Flucht?" Ich war sichtlich sauer. Seitdem Rys eingeweiht war, benahm er sich so sonderbar.

„Ich will dich doch nur beschützen. Es könnte doch schon längst jemand hinter uns her sein", entgegnete er.

„Ach Rys schau mich einmal an, sehe ich wie eine Prinzessin aus? Niemand aus der Königsgarde wird mich erkennen, selbst mein Vater oder mein Onkel würden an mir vorbeigehen. Nun sag schon, wen suchst du hier?" Ich blieb stur. Keinen Schritt würde ich weitergehen, bevor er mir nicht sagte, was ich wissen wollte. Rys holte tief Luft.

„Na gut, ich suche Gandro!", gab er kurz von sich.

„Wer ist Gandro? Lass dir nicht alles aus der Nase ziehen", meckerte ich ihn an.

„Du musst wohl alles wissen, oder? Also Gandro ist ein Fischer, der in Gegenden fischt, wo andere sich nicht hin trauen. Er könne wissen, wo wir deinen See finden", erklärte er. Ich lächelte ihn an, dass er sich Gedanken machte, damit hatte ich nicht gerechnet.

„Woher kennst du diesen Gandro?", fragte ich und musterte ihn von der Seite her an. Rys druckste herum, er schien nach den richtigen Worten zu suchen.

„Gandro hat mich aus dem Meer gefischt, nachdem mein Schiff untergegangen war." Mit offenem Mund starrte ich ihn an. Rys war ein Schiffbrüchiger? Mir fiel ein, dass ich ihn nie gefragt hatte, woher er kommt und wer seine Eltern waren? War er vom adligen Blut, so wie er sich gab oder doch nur ein Bauernsohn? Diese Fragen kreisten durch meinen Kopf. Ich hatte gar nicht bemerkt, dass wir uns längst wieder in Bewegung gesetzt und den kleinen Hafen erreicht hatten. Rys sein Blick kreiste suchend über die Fischerboote, die im Hafen lagen, bis ein frohes Lächeln in seinem Gesicht zu sehen war.

„Gandro ist zu Hause, ich sehe sein Boot. Komm, ich weiß, wo er wohnt." Schon wieder zog er mich hinter sich her. Dieses Mal ließ ich es geschehen. Es dauerte nicht lange, da standen wir vor einer Fischerkate. Ein extremer Geruch von Fisch, Algen und Meer stieg mir in die Nase. Ich schaute mich um, um zu entdecken, woher dieser penetrante Gestank kam. Dann entdeckte ich die Fischernetze, die über einem Galgen zum Trocknen hingen, von ihnen kam der Geruch. Rys klopfte an die Tür und wartete. Ein alter Mann mit derbem Gesicht, grauen Bart und Haare öffnete mürrisch die Tür. Die Sonne blendete ihn, sodass er blinzelte. Erst als er Rys erkannte, erhellte sich sein Gesicht. Jetzt sah er nicht mehr so brummig aus.

„Was sehen meine alten Augen? Rys bist du das? Wie lange ist es her, dass ich dich aus dem Wasser gefischt habe?" Gandro nahm Rys in die Arme, so wie ein Vater seinen Sohn in die Arme nahm.

„Ja mein Freund, ich bin es und es sind zwei Jahre erst vergangen", antworte Rys und versuchte sich aus den Armen von Gandro zu lösen. Doch dieser hielt ihn immer noch fest und schaute dabei an Rys vorbei.

„Wow, eine Frau hast du auch schon. Ein schönes goldblondes Ding, was du dir da geangelt hast. Auch wenn ihre Haare gerne länger sein könnten!"

Gandro sah mich von oben bis unten an. Ich schluckte, wie konnte ein Fischer mich als Ding bezeichnen. Ich wollte protestieren, schnappte nach

Luft und blieb stumm. Es interessierte mich mehr, wie Rys reagierte? Endlich ließ Gandro ihn los, dafür umarmte er mich genauso, nur nicht so lange.

„Oh ja, nun, wie soll ich es sagen", druckste Rys herum und schluckte den Frosch hinunter, der in seinem Halse steckte.

„Das ist Daja und leider nicht meine Frau, aber was nicht ist, kann ja noch werden." Frech grinste Rys und suchte meinen Blick. Ich starrte in verblüfft an. Er konnte nicht an meinem Blick erkennen, was ich dachte. Hatte er jetzt zu viel gewagt, mir ein wenig von seinen Gefühlen zu zeigen? Rys war total unsicher. Ich zeigte keine weitere Reaktion und ließ ihn zappeln. Erst als Gandro uns in seine Kate bat, löste sich das Knistern, welches in der Luft lag, auf. Die Fischerkate war spärlich eingerichtet, ein Bett, Tisch mit vier Holzhocker, zwei Schränke, sowie eine Kochstelle mehr gab es nicht. Für Gandro war das ein Vermögen, gerade die beiden Schränke. Diese waren etwas robuster gefertigt und hatten eine schöne Bemalung auf den Türen, dadurch sahen sehr edel aus. Er fühlte sich als ein reicher Mann, da er ein Dach über den Kopf hatte. So etwas besaß mancher Bettler nicht. Ich hatte nicht das Gefühl, dass Gandro unglücklich sei. Seine Augen strahlten eine große Lebensfreude aus.

„Setzt euch. Was treibt dich zu mir?" Gandro ahnte, dass Rys einen Grund haben musste.

„Du kommst doch auf dem Meer überall hin und steuerst so manche Insel an?", fragte Rys. Gandro nickte.

„Wir suchen eine Insel mit einem Eissee. Ich dachte, wenn einer diese Insel kennt, dann kannst nur du das sein." Rys sah ihn erwartungsvoll an.

„Ja, ich kenne sie. Doch auf dieser geht keiner, der noch alle Sinne bei sich hat", antwortete Gandro. Seine Stimme hatte einen ängstlichen Unterton.

„Warum?", mischte ich mich ein.

„Auf ihr spuckt es. Man hört es grollen und heulen, was einem die Haare zu Berge stehen lassen. Niemals wieder werde ich in diese Gegend fahren und erst recht nicht diese Insel noch einmal betreten. Ich hatte Glück, dass ich noch hier bin, viele Strudel umschließen die Insel. Ich bin diesen entkommen und fordere nicht noch einmal mein Glück heraus", erklärte der Fischer. Er schüttelte vehement verneinend den Kopf. Es schien, als ob er in Gedanken immer wieder „Nie wieder" sagen würde.

„Guter Freund, das würden wir niemals von dir verlangen. Wie hast du es geschafft durch die Strudel auf die Insel zukommen, ohne dass dir etwas passiert ist?" Gandro wusste nicht, warum Rys dies alles wissen wollte. Die anderen Fischer, denen er von der Insel erzählt hatte, hielten ihn für verrückt. Es tat ihm gut, seine Erfahrung zu berichten.

„Es ist kein Problem auf die Insel zukommen. Da spürt und sieht man die Strudel nicht, erst wenn man wieder herunter will."

„Das ist ja Magie! Strudel, die nur von einer Seite ihre Wirkung tun." Unterbrach ich ihn und lachte. Ich glaubte ihn kein Wort. Gandro war für mich ein Aufschneider.

„Ja, so ist es. Ich hatte wirklich mehr als Glück, dass mich keiner der Strudel hinuntergezogen hat." Er machte so ein ernstes Gesicht, dass ich nachdenklich wurde. Sollte Gandro doch nicht geflunkert haben? Dann wäre es sicherlich viel zu gefährlich auf die Insel zugehen. Ich bekam etwas Angst. Will mein Rufer mich an diese Insel binden oder gar Schlimmeres? In mir kreisten so viel Fragen, auf die ich keine Antwort hatte, so hoffte ich auf meinen Rufer.

Gandro zeigte uns grob, wo diese Insel zu finden war, indem er auf das Meer hinaus wies. Nachdem alles geklärt war, fragte Gandro auf einmal.

„Wie geht es Mairi?"

„Ihr geht es gut. Sie steht im Stall bei der Herberge. Du wirst sie sicher später noch sehen", antwortete Rys mit einem Lächeln. Ich stand nur mit offenem Mund da und fragte mich woher, Gandro Mairi kannte? Wir wollten uns verabschieden, um zur Herberge zu gehen. Gandro wollte uns nicht gehen lassen, er freute sich viel zu sehr, dass er Besuch hatte.

„Aber Gandro, wo sollen wir den schlafen? Es gibt doch nur ein Bett und das ist deines. Weder Daja noch ich, würden es dir wegnehmen. Ich verspreche dir, bevor wir morgen früh aufbrechen, schauen wir nochmal bei dir rein", versprach Rys seinen alten Freund. Gandro sah es ein und ließ uns ziehen, aber nicht ohne uns für den Morgen zum Frühstück einzuladen.

„Woher kennt Gandro Mairi?", wollte ich endlich wissen, als wir auf dem Weg zur Herberge waren.

„Ich bekam Mairi von Gandro geschenkt", entgegnete Rys kurz, ansonsten schwieg er.

Die kleine Herberge hatte nicht viele Zimmer. Es war nur noch eines frei, eines mit einem großen Bett. Ich starrte auf das Bett und dann zu Rys. Kopfschüttelnd fragte ich:

„Hmm, ein schönes großes Bett und wo schläfst du?" Beherzt breitete ich mich auf dem Bett aus.

„Na neben dir!" Für Rys war es selbstverständlich, er hatte kein Problem damit. Ich lachte.

„Das hast du dir fein ausgedacht. Erst duzt du mich und nun denkst du, dass du in meinem Bett schlafen darfst? So weit sind wir noch lange nicht, mein Freund." Eine der Decken und ein Kopfkissen flogen ihm an den Kopf.

„Du schläfst auf dem Boden. Sei froh, dass ich dich nicht aus dem Zimmer schmeiße", raunte ich ihn weiter an. Rys wusste nicht, was er dazu sagen sollte. Hielt ich ihn für ein Wüstling? Er würde doch niemals so eine Gelegenheit ausnutzen. Er schüttelte nur den Kopf. Seine Hoffnung in einem Bett schlafen zu können war zunichtegemacht worden. So hatte er sich das nicht vorgestellt, da hätte er auch bei Gandro in der Fischerkate schlafen können. Ich war schon längst ins Bett gesprungen, schlief den Schlaf der Gerechten und träumte.

„Halina ich spüre, dass du Angst hast und Zweifel hegst. Habe bitte keine Angst, mir zu helfen. Ich werde es niemals zulassen, dass dir nach meiner Befreiung etwas Böses zustößt. Komm nicht vom Weg ab, habe stets dein Ziel im Blick und beeile dich, die Zeit wird immer knapper."

Bilder schickte der Rufer nicht. Rys drehte sich auf dem harten Boden von einer Seite auf die andere. Er konnte nicht wirklich schlafen, immer wieder erwachte er aus seinem Halbschlaf. Er hörte mich, wie ich ruhig und regelmäßig atmete, ich schien tief und fest zu schlafen. Vorsichtig legte sich Rys zu mir ins Bett und schlief fest ein. Durch einen lauten, entsetzten Schrei wurde Rys am Morgen geweckt. Er saß senkrecht im Bett und seine Hand suchte nach seinen Degen, um den Bösewicht, der mich zum Schreien brachte, zu stellen. Doch da war keiner im Raum. Dann spürte Rys auch schon meine Fäuste, die auf seinen Arm prügelten.

„Wirst du wohl aus meinem Bett verschwinden! Was fällt dir ein, hier neben mir zu liegen!", schrie ich ihm entgegen. Langsam wurde es Rys bewusst, wem dieser Schrei galt, ihm selber. Lachend stand er auf und fragte:

„Was ist los? Bist du nun entehrt, weil ich ruhig und sittsam neben dir lag? Ach Halina, du benimmst dich wie eine Prinzessin, stell dich doch nicht so an!"

„Ich bin eine Prinzessin und darf mich so anstellen!", grollte ich weiter. Rys konnte nicht anders, er lachte, welches immer lauter wurde. Ich schaute immer grimmiger drein und zog die Bettdecke enger um mich.

„So, so eine Prinzessin ist sie. Die stelle ich mir aber in schönerer Kleidung vor und nicht in Reitkleidung des Kleinadels", neckte er mich weiter. Ich sprang wütend auf, holte tief Luft, um zu protestieren. Rys schaute immer noch lachend auf meine nackten Beine und mein Blick haftete auf seinen nackten Oberkörper. Ich schluckte und fing auch an zu lachen. Wie konnte ich es nur vergessen, so wie ich mich benahm, so wollte ich nie sein. Rys hielt sich schon den Bauch vor Lachen.

„Hör schon auf. Ich weiß ja, dass ich nicht so aussehe. Das war doch das, was ich wollte, Cecelia oder Daja, eine ganz normale Bürgerin des Landes sein", kam lachend aus meinem Mund. Erst nach ein paar Minuten beruhigten wir uns wieder und zogen unsere Kleidung an. Eigentlich war es schade nicht mehr auf Rys seinen nackten durchtrainierten Oberkörper zu schauen.

„Trotzdem war es nicht richtig, dich in mein Bett zu schleichen", schmunzelte ich.

„Ich weiß, aber der Boden war so hart und fragen konnte ich dich ja nicht mehr, du schliefst schon", meinte Rys mit einem aufgesetzten Dackelblick.

„Schau nicht wie ein Hund, der etwas ausgefressen hat oder bettelt. Lass uns lieber zum Frühstück gehen. Gandro wartet sicher schon auf uns." Ich rieb mir über den Bauch, der sich leise meldete. Für mich war es nicht immer leicht, ab und an kam doch das Wesen der Prinzessin durch, was mich ärgerte. Ich musste stets aufpassen, dass ich mich nicht verraten würde. Bei Gandro angekommen, gab es ein fischreiches Frühstück. Ich griff nur zu dem Brot, was auf dem Tisch stand.

„Hast du keinen Hunger?" Gandro hielt mir einen Teller mit einem geräucherten Fisch unter die Nase.

„Doch, doch! Ich esse nur keinen Fisch", erklärte ich leise. Gandro stellte den Teller wieder ab und grinste mich an.

„Das ist doch kein Problem, ich mache dir schnell ein paar Eier. Kein Gast verlässt mein Haus hungrig." Gandro zauberte ein paar Spiegeleier, die ich von ganzem Herzen verspeiste. Rys und Gandro flüsterten leise miteinander. So sehr ich mich auch anstrengte, ich verstand kein einziges Wort. Gesättigt verabschiedeten wir uns von dem alten Mann und begaben uns auf den Weg zum schwarzen Berg. Doch zuerst ging es zurück zu unseren Pferden.

Küstenweg

„Was hattest du da mit Gandro zu flüstern gehabt?"
Ich mochte es gar nicht, wenn ich das Gefühl hatte,
dass man mir die Leinen aus der Hand nahm und
Geheimnisse vor mir hatte.
„Es war nichts Wichtiges", entgegnete Rys nur.
„So und deswegen habt ihr geflüstert. Was war es,
was ich nicht erfahren sollte?", forderte ich
energisch.
„Du musst nicht alles wissen, auch ich habe meine
Geheimnisse und nun Schluss damit, ich will mit dir
darüber nicht reden."
Rys benahm sich gebieterisch und ich sah ihn böse
an. Was war das nur, was Rys da vor mir
verheimlichte? Welches Geheimnis hütete er? Hatte
mein Rufer mich nicht vor jemanden gewarnt, der mir
Böses wollte? Sollte er gar Rys gemeint haben und
nicht meinen Vater? So viele Gedanken gingen
wieder einmal durch meinen Kopf. Mit einem Grollen
im Bauch sattelte ich Janka, die sofort spürte, dass
ich sauer war. Mein Pferd war so ruhig und gelassen,
dass ich mich schnell beruhigte. Rys ritt mit Mairi
voran, als ob er genau wusste, wo lang es ging. Wir
sagten kein Ton, ritten nur stumm nebeneinanderher.
Ab und an sah ich vorsichtig zu Rys hinüber, in der
Hoffnung, dass er endlich etwas sagen würde. Doch
er blieb stumm, wie ein Fisch im Wasser. So ging es
seit Stunden immer an der Küste entlang. Dieses
hatte uns Gandro geraten, da es der kürzeste Weg

zum Berg war. Erst als wir vor einem Wald endlich eine Pause einlegten, löste Rys die Stille, die um ihn hing.

„Entschuldigung Halina, es war nicht fair, dass ich mit Gandro geflüstert habe. Natürlich darfst du wissen, worüber wir sprachen. Ich habe nur solange geschwiegen, weil ich mir erst einmal Gedanken machen musste über das, was Gandro mir erzählte."

Wir saßen im Gras und ließen uns von der Sonne bescheinen. Links von uns war die Küste, wo man das Rauschen des Meeres hörte. Vor uns war, woher wir kamen, die weite, flache Graslandschaft und im Rücken ein dichter, dunkler Tannenwald. Ich sagte kein Wort, sondern wartete auf das, was da kommen sollte.

„Musst du wirklich zum schwarzen Berg?", fragte Rys besorgt. In seinem Gesicht spiegelte sich wirklich Sorge, Sorge um mich. Ich nickte und Rys sprach weiter:

„Dort leben die Bergos und der Wald ist ihr Jagdgebiet. Gandro sagte mir, dass die Bergos keinen zu ihrem Berg lassen. Jeder der es auch nur versuchte, ist schon im Wald umgekommen oder konnte wenigstens aus diesem fliehen. Bis zum schwarzen Berg hat es noch keiner geschafft."

„Und das war jetzt dein Geheimnis? Ach Rys, das hättest du mir doch erzählen können. Ich habe vor den Bergos keine Angst. Ich bin den Gromba entkommen, dann können mich diese Bergos nicht schocken", unterbrach ich ihn lachend.

„Der Gromba hat dich nur nicht erwischt, weil du dieses stinkende Öl hattest. Mit den Bergos ist das eine ganz andere Nummer. Halina, ich will dich nicht an die Bergos verlieren. Sie sind gefährlich!" Rys flehte mich regelrecht an, von meinem Plan abzuweichen.

„Es tut mir leid, aber ich muss zum schwarzen Berg und auch hinein!

Wie du jetzt sicher sagen würdest, in die Höhle des Löwen. Es gibt keinen anderen Weg. Wenn du nicht mitkomme willst, kann ich das verstehen. Aber ich werde gehen, da kann es noch so gefährlich sein. Ich muss es einfach tun!", beteuerte ich.

„Ich kann dich nicht davon abbringen?", versuchte es Rys nochmals.

„Nein. Das kannst du nicht. Es ist mir vorher bestimmt, diesen Weg zu gehen. Ich hoffe, du lässt mich nicht alleine und kommst mit." Meine Worte hatten einen flehentlichen Unterton.

„Natürlich komme ich mit. Ich wollte es nur nicht unversucht lassen, dich umzustimmen."

Erleichtert atmete ich auf und war froh, dass Rys mich nicht alleine ließ.

„Doch eine Bitte habe ich", sagte Rys.

„Was denn jetzt noch?" Ich war dieses diskutieren und rechtfertigen langsam müde.

„Wir werden Mairi und Janka hier vor dem Wald lassen. Ich bat Gandro, dass er uns folgen sollte, um die Pferde zurück nach Omla zu bringen. Ich liebe meine Mairi und möchte nicht, dass sie von den

Bergos geschlachtet wird. Was diese Monster mit Sicherheit machen, wenn sie uns mit den Pferden erwischen. Ich kann mir nicht vorstellen, dass du Janka dieses Schicksal wünschst." Man spürte regelrecht, dass sich Rys große Sorgen um die Pferde machte. „Auch wenn ich mich nur schweren Herzens von Janka trennen möchte, sehe ich die Gefahr und stimme dir zu", entgegnete ich. Nach dieser Offenbarung schaute ich zum Horizont und versuchte den alten Fischer zu erblicken. Doch es war kein Lebewesen auszumachen. Das würde wieder Wartezeitzeit bedeuten, wo doch der Rufer mich immer wieder zur Eile ermahnte.

„Warum hast du nicht früher mit mir darüber gesprochen, dann hätte Gandro doch gleich mit uns zusammen hierher reiten können. Und wir hätten uns den ganzen Weg nicht angeschwiegen", grollte ich ihn ein wenig an.

„Dann hätten wir in Omla noch warten müssen. Gandro wollte noch ein Fuhrwerk für sich besorgen, da er nicht reiten kann. Deswegen bat er mich, dass wir schon losreiten sollten. Ich schätze, dass er bald hier sein wird. Wir sollten erst Morgenfrüh in den Wald gehen. Dann ist die Gefahr am geringsten, den Bergos zu begegnen", erklärte Rys.

„Die Bergos könnten uns doch auch hier überfallen, oder?" Beunruhigt schaute ich in den Wald hinein.

„Nein, sie verlassen niemals den Wald und halten auch einen großen Abstand zum Waldrand", erklärte Rys weiter. Ich fragte mich nur, woher Rys das alles wusste? Er wurde für mich immer undurchschaubarer. Auch wenn ich am liebsten jetzt schon weiter gegangen wäre, sah ich es auch ein, dass es besser war zu warten bis Gandro und der nächste Morgen da war. Nach einer Stunde, die wir schon vor dem Wald warteten, tauchte endlich Gandro mit dem Fuhrwerk auf.

„So sieht man sich wieder", grinste er mich an.

„Ja, ja und das musstet ihr im Flüstern vereinbaren", raunte ich zurück.

„Oh, oh, da ist jemand sauer", lachte Gandro.

„Ich bin nicht sauer, ich bin wütend! Es war gemein, von euch mich nicht mit eingeweiht zu haben", entgegnete ich und funkelte Gandro wütend an.

„Ich habe euch etwas mitgebracht", wechselte Gandro schnell das Thema. Er wollte nicht meinen Groll auf sich nehmen. Neugierig schauten wir auf die Pritsche des Fuhrwagens. Wir entdeckten zwei Decken und ein Leinenbeutel, der prall gefüllt aussah.

„Decken haben wir doch", meinte ich etwas enttäuscht.

„Stimmt, aber nicht solche. Schau, auf der einen Seite ist eine Schicht drauf, die das Wasser abhält und von der anderen Seite ist sie flauschig zum Wärmen", pries Gandro die Decken mit freudigen Strahlen an und strich liebevoll über die weiche Seite. Wir bestaunten die Decken. So etwas hatten wir noch nie gesehen. Sie waren sehr nützlich, gerade wenn es regnete.

„Was für ein Material ist das?", fragte ich und knuddelte die Decke regelrecht. Ich konnte nicht erfühlen, woraus diese bestand.

Leinen oder Schafwolle war es jedenfalls nicht, solches Material der Decke kannte ich nicht.

„Das kann ich dir auch nicht sagen. Ich habe sie auf einer meiner Reisen auf einer der weit entfernten Inseln erworben und möchte sie euch jetzt überlassen. Ich habe dafür keine Verwendung mehr, da ich nur noch eine kurze kleine Reise auf dem Wasser machen werde. Langsam werde ich zu alt, um auf dem Meer zu fischen. Mein Schiff werde ich dem jungen Laslo überlassen. Er hat mich oft begleitet und beherrscht den Beruf des Fischers sehr gut", erläuterte Gandro.

„Was wirst du dann machen, wenn es nicht mehr auf das Meer hinausgeht?" Ich vermochte es nicht, mir Gandro als einen alten Mann im Schaukelstuhl, mit einer Pfeife im Mund vorzustellen.

„Ich werde Laslo beim Flicken der Netze helfen. Dafür überlässt er mir dann den einen oder anderen Fisch. Um mich braucht man sich keine Sorgen machen, ich werde ein freudiges Leben haben", entgegnete Gandro lächelnd. Ich sah Gandro an, dass er sich auf die Zeit der Ruhe freute. Rys hatte in der Zwischenzeit den Leinenbeutel in Augenschein genommen. Ein herrlicher Duft entströmte diesem.

„Es duftet nach frischen Brot, Speck und Käse", schwärmte Rys. Das Wasser lief ihm im Mund zusammen.

„Wir haben nur altes Brot und ein paar verschrumpelte Äpfel in Omla erwerben können", bemerkte ich, denn auch in meinem Mund sammelte sich schon das Wasser. „Ja, die Menschen im Dorf geben ungern die guten Sachen an Fremde heraus". Gandro achte und verteilte den Proviant.

Am nächsten Morgen wurde Mairi und Janka am Fuhrwerk angebunden, dann machte sich Gandro auf den Heimweg. Rys und ich schauten den Pferden etwas traurig hinterher.

Im Wald der Bergos

„Jetzt geht es auf Schusters Rappen weiter, komm!", forderte ich. Schultere den Leinenbeutel, klemmte eine der Decken uns den Arm und marschierte los. Auch Rys nahm sich eine Decke und beeilte sich mir hinterherzukommen. Es war ein Tannenwald, in den wir hinein schritten. Nach einigen Metern, die Tannen standen immer enger zusammen, sahen wir, wo die Bergos stets lang liefen. Ein regelrechter Pfad war zu sehen, da viele Äste abgebrochen waren und der Boden fest getrampelt war.

„Ob wir es wagen können, auf dem Pfad zu gehen?", fragte ich leise.

„Ich weiß nicht, vielleicht für eine Stunde, dann müssen wir eh vorsichtiger sein", erwiderte Rys. Erschreckt schaute ich mich um, denn in den Tannen raschelte es. Etwas Graues huschte über die Äste. Ängstlich sah ich zu Rys, der dieses Rascheln auch gehört hatte. Sind das Bergos in den Bäumen? Rys erriet meine Gedanken und grinste.

„Davor brauchst du keine Angst zu haben. Das war sicher ein Hörnchen, was nach Tannenzapfen sucht. Komm, wir sollten nicht stehen bleiben. Ich möchte so schnell wie möglich durch diesen Wald. Auf der anderen Seite können wir uns verbergen und erst einmal die Bergos beobachten", erläuterte er, wie wir weiter vorgehen sollten. Nach einer gefühlten Stunde, die Sonne kam nicht wirklich durch die Tannenäste bis zum Boden, begaben wir uns vom Pfad weg hinein in das Unterholz, wo es noch dunkler wurde. Ich fühlte mich in diesem Wald nicht glücklich. Immer wieder mussten wir zwischen das Geäst der Tannenbäume kriechen. Dabei scheuchte ich so manchen Hasen und andere Kleintiere auf. Diese wiederum, erschreckten mich fast zu Tode, wenn sie geräuschvoll davon liefen, bevor ich sie sah. Jedes Mal dachte ich, die Bergos würden durch das Tannengrün brechen, wenn sich die Zweige bewegten oder ein Knacken zu hören war. Es fiel mir schwer, nicht gleich aufzuschreien. Nur die Anwesenheit von Rys hielt mich davon ab. Ich wollte stark sein und keine Angst haben. Doch Rys bemerkte meine Angst, denn ich griff immer zu

seinem Arm und krallte mich bei jedem Ton des Waldes fest. Er unterdrückte den Schmerz, den ich mit meinen Fingernägeln auf seiner Haut verursachte, schließlich war er ja ein Mann und steckte so etwas weg. Rys sein Arm fühlte sich schon durchbohrt an. So wechselte er die Seite, sodass ich den anderen Arm durchsieben konnte. Auf einmal riss er mich zu Boden. Ich wollte schon meckern, als Rys seinen Zeigefinger zu seinem Mund führte zum Zeichen, dass ich still sein sollte. Flach auf dem Bauch liegend, von den Tannenzweigen verborgen, horchten wir. Ein Stampfen und ein Grölen waren zu hören. Weder Rys noch ich verstanden, was da gebrüllt wurde. Flüsterns fragte ich:
„Sind das die Bergos?" Rys nickte und starrte durch die Tannenzweige. Die Geräusche kamen immer dichter. Nun schnappten wir ein paar Wörter auf, aus denen wir entnehmen konnten, dass die Bergos auf der Jagd waren. Wildschweine sollten ihre Beute sein und sie waren die Treiber. Ich zitterte vor Angst, was mich ärgerte, denn dieses Zittern konnte ich vor Rys nicht verbergen, dafür lag er viel zu dicht bei mir. Die Bergos standen jetzt direkt neben uns. Wenn sie unter die Tanne geschaut hätten, wären wir entdeckt worden. Ich schluckte einen aufkommenden Schrei hinunter, als ich die schuhlosen, behaarten Füße direkt vor mir sah. Ein grässlicher Geruch entströmte diesen. Es kribbelte in meiner Nase und qualvoll versuchte ich, ein Niesen zu unterdrücken. Die

Bergos bewegten sich gerade weiter als mir doch das unterdrückte Niesen entfleuchte.

„Was war das?" Hörten wir brummend fragen. Einer der Bergos drehte sich um und meine Hand legte sich vor Schreck auf meinem Mund. Ich sah uns schon an den Händen gefesselt von den Bergos gefangen genommen. Doch der Bergos brummte nur so etwas wie:

„Immer diese Hörnchen." Genau in diesem Moment hüpfte dieses graue Wesen durch das Geäst. Kopfschüttelnd marschierte der Bergos den anderen hinterher. Rys atmete tief durch und ich schaute schuldbewusst.

„Das war knapp", meinte er. Rys wollte mir keine Vorwürfe wegen des Niesens machen, denn auch er hatte mit dem Geruch zu kämpfen gehabt.

„Ja und dieser Gestank. Mir graut es schon, wenn wir durch ihren Höhlen schleichen müssen", jammerte ich erleichtert, dass die Bergos verschwunden waren und sie nicht mehr riechen musste.

„Mach hier keinen Aufstand, du hast das so gewollt und musst jetzt dadurch", brummte Rys mich an.

„Ja, ja, ist schon gut. Ich weiß ja selber, dass es nicht anders geht. Doch lass uns nicht so laut sein, nicht dass die Bergos uns noch hören und zurückkommen", flüsterte ich zurück. Mit sorgenvollem Blick schaute ich in die Richtung, in die die Bergos verschwunden waren. So krauchten wir weiter durch das Tannengestrüpp. Als wir endlich an das Ende des Waldes kamen, ging die Sonne fast schon unter. Wir suchten uns ein Versteck unter einer Tanne, deren Zweige weit und tief herunter hingen. Nach dem Genuss vom Speck und Brot wickelten wir uns in die Decken. Beobachteten die Pfade, so weit wie das Dämmerlicht es zuließ. Wir sahen, wie einige Bergos mit toten Wildschweinen, die sie über ihren Nacken trugen, in den schwarzen Berg verschwanden. Als es zu dunkel wurde, versuchten wir zu schlafen. Ein schrecklicher Traum ließ mich unruhig sein. Er war alptraumartig und hatte so gar nichts mit meinem Rufer zu tun. Ich erwachte und fing vor Scheck das Schreien an. Wir waren von Bergos umringt, einer war dabei Rys vom Boden hochzuziehen, wie eine Puppe, die man an einem Arm zerrte. Rys strampelte mit den Beinen und versuchte zu boxen, doch der Bergos hielt ihn mit ausgestrecktem Arm von sich weg.

„Hör auf zu strampeln, sonst bekommst du meine Keule zu spüren", grollte der Bergos ihn an.

„Und du bist ruhig! Dein Geschrei schmerzt in den Ohren", fauchte ein anderer mich an. Mit aufgerissenen Augen verstummte ich schlagartig.

„Was machen wir mit den beiden? Sie gleich hier schlachten?", griente der kleinste Bergos. Er war gerade einmal so groß wie ich. Mir schien es, dass dieser Bergos noch ein Kind sei, welches nur spielen wollte. Seine Gesichtszüge waren nicht so grob und derbe wie von den anderen. Das scheinbare Bergoskind stupste Rys mit seiner Keule immer wieder an. Ich bekam es mit der Angst und schrie ein lautes:

„NEIN!"

„Oh, da hast du ja eine Fürsprecherin für dich." Mit diesen Worten wandte sich der kleine Bergos mir zu und schwang immer noch seine Keule, die ich schon auf mich heruntersausen sah.

„Wehe du tust ihr was, dann kannst du was erleben!", brüllte Rys.

„Hä? Was willst du, kleiner Wicht, mir denn antun? Du baumelst ja am Arm meines Bruders", lachte das Bergoskind.

„Örig lass die beiden zufrieden. Wir bringen sie in den Berg. Urug will sicher wissen, was sie hier zu suchen haben", sprach der größte Bergos.

„Ach Üler, lass mir doch diesen kleinen Spaß, die Wichte zu ärgern." Örig schaute enttäuscht drein und schlug die Keule in seine Pranke. Üler ließ Rys los, der auf sein Hinterteil fiel. Grob wurden wir auf unsere Füße gestellt und vorwärts geschubst.

„Los, ihr geht voran." Rys griff nach meiner Hand. Ich zitterte und rümpfte die Nase wegen des scheußlichen Geruches, welches die Bergos ausströmten.

„Keine Angst, ich bin ja bei dir", flüsterte Rys mir zu. Ich nickte, doch meine Augen und mein Körper zeigten, dass ich Angst hatte, welches Rys mir auch nicht nehmen konnte. Was würden die Bergos nur mit uns anstellen? Sterben wollte ich nicht und auch nicht gefoltert werden. Davor hatte ich am meisten

Angst. Ich wollte mich so stark vor Rys geben und war nur ein Häufchen Elend. Mir wurde klar, dass ich ohne Rys dieses nicht überstanden hätte und das stärkte mich. So hörte ich auf zu zittern und erhob stolz den Kopf. Die Bergos schubsten uns immer wieder, sodass ich in mir eine Wut verspürte. Ich drehte mich um, legte meine Stirn in Zornesfalten und schnauzte den Bergos an, der mich abermals schubste.

„Wenn du mich noch einmal mit deinen stinkenden Flossen schubst, trete ich dir gegen dein Schienbein!" Laut fing der Bergos, der Üler hieß, anzulachen. Üler konnte sich nicht vorstellen, dass ich dazu in der Lage war, geschweige so viel Kraft hätte, dass er es spüren würde. Die anderen Bergos lachten ebenfalls, was sich wie ein tiefes ho, ho, ho, anhörte. Am liebsten hätte ich den Bergos getreten, doch ließ ich es bleiben, denn wir standen am Tor des schwarzen Berges.

Unerwartete Hilfe

Der Berg hatte zu Recht seinen Namen, denn das Gestein war so schwarz, dass jegliches Licht geschluckt wurde. Links und rechts neben dem Eingang standen zwei Bergos. Sie sahen so grauenhaft aus, mit ihren Eckzähnen, die aus ihren breiten Mündern herausragten, dem derben lederartigen Gesicht und diesen übergroßen Knollnasen, genauso wie die anderen Bergos. Ihr mächtiger Kopf saß auf einem stämmigen, breiten Körper. Der dicke Hals war kaum zu erkennen. Sie trugen nur eine Art von Lendenschurz, ansonsten war dunkle Behaarung auf den Körpern zu sehen. Ich musste zu ihnen hochschauen, da sie sogar Rys um drei Köpfe überragten. Im Grunde war ich durch den Traum schon auf die Bergos vorbereitet gewesen, doch im realen waren sie noch abscheulicher. Ob ihr Wesen auch so grauenhaft war, dieses sollten wir sicher noch feststellen. Wir wurden in den Schlund des Berges geschubst. Es war fast so wie in meinem Traum gewesen. Wir schlichen langsam durch die nur mit Fackeln beleuchteten Gänge. Immer weiter von zwei Bergos vorangetrieben hieß es wieder links oder rechts herum. An einer Kreuzung sah ich ein rotes Licht vor uns, erstaunt blieb ich stehen. Doch der Bergos, der hinter mir lief, gab mir einen Stoß und raunzte mich an:

„Links herum."

Rys war die ganze Zeit still geblieben. Vorwürfe breiteten sich in seinem Kopf aus. Er hätte Wache halten müssen, anstatt zu schlafen, dann wären wir nicht gefangen genommen worden. Ohne sein Degen konnte er mich noch nicht einmal beschützen, denn mit der Waffe spielte ein Bergos herum. Mit hängendem Kopf schlich Rys den angesagten Gang entlang. Er erhob erst seinen Blick, nachdem wir in eine dunkle Zelle geschubst wurden. Es gab nur Stroh auf dem Boden, was man sich zu einem Lager zusammen klauben musste. Etwas Licht, von der

Fackel auf dem Gang, ließ die Zelle nicht ganz im Dunkel sein, so wie es mir zu Anfang vorgekommen war.

„Seid schön brav darinnen, ihr zwei", lachte der Bergos. Ich hatte das Gefühl, dass dieser Bergos so etwas wie Humor hatte. In meinem Gesicht machte sich ein Grinsen breit.

„Was macht ihr denn, wenn ich den da verprügel?" Ich nickte mit dem Kopf Richtung Rys, der geknickt wie ein Häufchen Elend an der Rückwand der Zelle stand.

„Wenn du daran Spaß hast. Wir halten dich sicher nicht davon ab. Aber denk daran, dass dieser Wicht, das Gleiche mit dir tun könnte. Ich an deiner Stelle würde es mir überlegen. Solltest du nach Hilfe schreien, ich denke gar nicht daran, dir zu helfen", knurrte der Bergos und funkelte mich mit seinen kleinen Augen böse an.

„Na dann sind wir uns ja einig." Ich lachte gekünstelt. Als der Bergos gegangen war, untersuchten wir erst einmal die Zelle. Doch außer Wände aus Felsgestein und einer Gittertür aus Eisenstäben sowie dem Stroh, gab es nichts Interessantes zu entdecken.

„Mach etwas, wir müssen hier raus! Hast du es gesehen? Der Kristall mit der Flamme ist ganz in der Nähe", forderte ich ihn auf. Ich war aufgewühlt dem Kristall so nah zu sein und doch nicht an ihn heranzukommen. Rys rüttelte an der Tür. Sie war verschlossen, was er sich natürlich gedacht hat, dennoch wollte er es nicht unversucht lassen. In ihm nagten die Vorwürfe, die er sich immer noch machte. Er traute sich nicht, mir in die Augen zuschauen.

„Wie denn oder hast du einen Schlüssel für diese Tür?", fauchte Rys leise zurück. Ich boxte ihm wieder einmal auf seinen Arm.

„Wo soll ich den Schlüssel denn haben? In meinen Taschen? Wenn ich einen Schlüssel hätte, wären wir schon längst draußen!", blaffte ich ihn böse an. Wir setzten uns frustriert, mit den Rücken an die Felswand auf den Haufen Stroh, den ich mit den Füßen zusammen geschoben hatte.

„Und nun? Was unternehmen wir jetzt?" Ich schaute Rys erwartungsvoll an, als ob er eine zündende Idee hätte.

„Es tut mir leid", flüsterte Rys so leise, dass ich es kaum hören konnte.

„Was hast du gesagt?", schrie ich ihn wieder an. Nun etwas lauter antwortete Rys, dabei betonte er jedes einzelne Wort.

„ES TUT MIR LEID."

„Das ist auch das Mindeste. Willst mein Beschützer sein und dann lässt du dich einfach überrumpeln von diesen stinkenden Biestern!", grollte ich.

„Ich weiß und so etwas passiert mir sicher nicht noch einmal. Irgendwie werde ich uns hier herausholen, auch wenn ich noch keinen Weg sehe." Ich schüttelte ungläubig den Kopf. Auch ich wusste nicht, wie wir aus dieser Lage herauskommen sollten. Rys hatten sie alles abgenommen. Nur mich haben die Bergos nicht durchsucht. So hatte ich immer noch mein

Medaillon, den Lederbeutel mit den Goldstücken und die Landkarte. Doch wie sollten diese Sachen uns hilfreich sein? Ich hatte keine Ahnung. Nach Stunden erschien ein Bergos, man roch ihn schon von weitem. Es war Örig, der kleine Bergos, er hatte zwei längliche Schalen und ein Lederschlauch dabei.

„Bei uns braucht keiner hungern oder dursten, auch nicht solche hässlichen Kreaturen, wie ihr es seid." Örig schien sauer zu sein. Er schob knurrend die Schalen und den Lederschlauch unter das Eisengitter in die Zelle. Ich nahm gierig den Lederschlauch entgegen und setzte diesen sogleich zum Trinken an. Das Wasser schmeckte etwas eigenartig, doch das war mir egal, ich hatte Durst. Das Essen rührten wir nicht an, da es aus rohem Fleisch bestand, was fürchterlich roch. Örig war schon wieder verschwunden, sodass ich mich nicht beschweren konnte. Die Zeit schien endlos zu sein, Zeitgefühl gab es hier unter dem Berg nicht. Wir wussten nicht, ob es noch Tag oder schon Nacht war. Auch wenn ich mich mutig gab, so hoffnungslos fühlte ich mich. Wie sollten wir hier herauskommen? Bald schon lagen wir auf dem Strohlager und schliefen ein.

„Halina, ich spüre, du bist dem Kristall sehr nahe. Lass dich nicht aufhalten, beeile dich."

Im Traum versuchte ich, mit dem Rufer zu sprechen. Doch ich hörte mich nicht, egal wie sehr ich mich auch anstrengte. Meine Worte kamen nicht an. Diese einseitige Kommunikation nervte mich. Könnte der Rufer sich nicht endlich einmal zeigen? Nein, er zeigte mir den Kristall, der in seinem Inneren so rot leuchtete wie eine Flamme.

„Halina! Halina wach auf!" Ich öffnete meine Augen und meinte noch zu träumen, denn ein mausgraues Wesen saß vor mir und wackelte mit einem Schlüssel vor meiner Nase herum. Ungläubig schaute ich das Wesen an und schüttelte den Kopf. Ich versuchte das Bild, welches ich sah wegzuschütten. Wie sollte Zorlo, der Erdgnom, hierhergekommen sein und hat auch noch den so begehrten Schlüssel bei sich? Ich konnte es nicht glauben und schloss wieder die Augen, es konnte nur ein Traum sein.

„Wirst du jetzt wohl aufstehen! Was ist das für eine Art? Da wage ich, unter Einsatz meines Lebens, diesen Schlüssel zu klauen und du straffst mich mit Missachtung", schimpfte das Wesen und stupste mich immer wieder an. Rys, der wach wurde, starrte auf das Wesen, welches so dicht vor mir saß.

„Hey, was machst du da? Lass Halina sofort zufrieden", grollte Rys und versuchte nach dem Wesen zuzugreifen. Doch das Wesen hüpfte beiseite. Erst jetzt wurde mir bewusst, dass ich nicht träumte, dass Zorlo wirklich vor mir saß. Schnell richtete ich mich auf.

„Halt Rys! Das ist ein Freund", rief ich. Rys hielt in seine Bewegung inne und schaute fragend von Zorlo zu mir und wieder zurück.

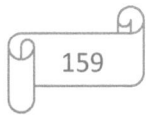

„Darf ich vorstellen. Das ist Zorlo, der liebste Erdgnom, den ich kenne und das ist Rys." Ich zeigte von einem zum anderen, so machte ich sie miteinander bekannt.

„Du kennst ja nur einen, kein Wunder, dass ich der Liebste bin", feixte Zorlo. Rys nickte zwar, dennoch beäugte er Zorlo skeptisch. Dass der Erdgnom, ein liebes Wesen sein sollte, wollte er noch nicht so recht glauben.

„Was machst du hier? Wie bist du hierhergekommen?" Ich lächelte den Erdgnomen an und Hoffnung keimte in mir auf.

„Das spielt doch im Moment keine Rolle. Schau, ich habe den Schlüssel für diese Tür!" Zorlo wackelte mit dem Schlüssel, den er hochhielt. Rys riss ihm den Schlüssel aus der Hand und grummelte sich etwas in seinen Bart, den er mittlerweile bekommen hat.

„Was ist das denn für einer? Kann er nicht fragen?", grollte Zorlo. Garstig schaute er Rys an, weil er ihm den Schlüssel weggenommen hat.

„Wenn er gefragt hätte, hätte ich ihm den Schlüssel ganz brav gegeben. Aber nein, dieser Kerl muss ihn mir ja entreißen. Also Halina, den da mag ich nicht! Muss der auch befreit werden?", flüsterte Zorlo mir zu. Doch Rys hatte jedes Wort verstanden.

„Ja, der da muss auch befreit werden und der da hat einen Namen, der immer noch Rys lautet", fauchte er zurück. Rys mochte den Erdgnom nicht. Wenn Blicke töten könnten, wäre Rys und Zorlo tot umgefallen, so sehr gifteten sie sich an. Rys griff durch die

Gitterstäbe und versuchte, mit dem Schlüssel das Schloss zu öffnen. Es dauerte, bis er es endlich geschafft hat. Gespannt starrten wir auf seine Finder und dann verwundert die geöffnete Tür.

„Wollt ihr da Wurzeln schlagen oder mitkomme?" Rys machte eine einladende Geste, damit wir die Zelle verließen. Er erwartete ein Lob, doch ich blieb stumm und Zorlo, der immer noch eingeschnappt war, erst recht. Na ja, dies wird wohl die Strafe dafür sein, dass wir gefangen genommen worden sind und Halina im Moment dieser ... dieser Kanalratte mehr Aufmerksamkeit schenkte, dachte Rys. Mit einem zornigen Blick sah er zu Zorlo. Ray war eifersüchtig auf diese Kanalratte, wie er den Erdgnom bezeichnete. Zorlo, der in diesem Halbdunkel sehr gut sehen konnte, führte uns durch die Gänge. An der Kreuzung, wo ich das rote Licht entdeckt hatte, wandte ich mich diesem Gang zu.

„Nicht da entlang, der Ausgang ist in diese Richtung!", raunte Zorlo leise mit seiner piepsigen Stimme und zeigte zu dem entgegengesetzten Weg.

„Ich weiß, aber ich brauche diesen Kristall. Ohne ihn gehe ich hier nicht weg!" Ich schritt mutig voran.

„Warte Halina, wir müssen vorsichtiger sein. Der Kristall wird sicher bewacht sein. Lass mich bitte vorausgehen. Lieber sollen die Bergos mir etwas über den Kopf geben als dir", bat Rys. Er war froh, dass er sich wieder in den Vordergrund stellen konnte. So hatte er die Chance wenigstens ein klein bisschen sein Ansehen bei mir wieder zu verbessern, jedenfalls hoffe Rys das. Vorsichtig schlich er voran immer an der Felswand entlang, direkt hinter ihm kam Zorlo und zum Schluss ich. Das rote Licht, welches aus dem Kristall leuchtete, wurde immer stärker, je näher wir kamen. Als sich der Gang zu einem Raum ausweitete, versuchte Rys, zu erspähen, ob Wachen vor Ort seien. Zorlo nervte es hinter Rys marschieren zu müssen. So überholte er ihn und rannte einfach in den Raum hinein.

„Hey du Kanalratte, bist du verrückt geworden?", raunte Rys. Er wollte nach dem Erdgnom greifen, doch Zorlo war zu flink.

„Ich bin ein Erdgnom, du .... du ... du!" Zorlo fiel kein gerechtes Wort für Rys ein, so sah er ihn nur garstig an. Man hatte das Gefühl, dass Zorlos Augen Funken sprühten.

„Wenn hier ein Bergos wäre, hätten wir ihn schon längst gerochen. Oder hat sich deine übergroße Knolle, was du Nase nennst, sich schon an den Gestank gewöhnt?", schnauzte er Rys an. Dieser griff automatisch zu seiner Nase, die wirklich nicht groß war.

„Könnt ihr euch endlich anfreunden? Es ist nicht schön, wie ihr miteinander umgeht", meinte ich zu diesem Wortaustausch. Die beiden schauten mich nur mit offenem Mund an und schluckten weitere Wörter der Beleidigung hinunter.

Mein Blick richtete sich auf den Kristall, der weit über unseren Köpfen in einer Nische in der Felswand lag.

„Wie kommen wir da nur heran? Selbst wenn Rys mich auf seine Schulter nehmen würde, wäre es noch zu hoch für uns." Ich sah keinen Weg. Traurig sah ich hinauf, da war der Kristall so nah und doch so weit weg.

„Das ist doch leicht!", rief Zorlo. Flink wie ein Wiesel kletterte der Erdgnom die Wand hinauf. Er nutzte dazu jede kleinste Erhebung. Ich staunte. Es sah aus, als ob eine Spinne mit vier Beinen die Wand hochlief.

„Sei vorsichtig, Zorlo, du hast doch Höhenangst", rief ich ihm hinterher.

„Habe ich nicht mehr. Ich schiebe den Kristall hinunter. Ihr müsst ihn auffangen!" Kaum dass er zu Ende gesprochen hatte, verschwand Zorlo in der Nische, dann war ein Schaben zu hören. Gespannt schauten wir nach oben und sahen, wie der Kristall anfing, sich zu bewegen. Laut rief Zorlo:

„Er kommt!"

Der Kristall rutschte über den Rand der Nische und stürzte zu uns herunter. Im ersten Moment behinderte mich Rys. Wir schubsten uns immer wieder gegenseitig weg, jeder von uns wollte den Kristall auffangen. Wenn ich nicht nachgegeben hätte, wäre der Kristall sicher auf dem Felsenboden zersprungen. Rys schaffte es in letzter Sekunde dieses zu verhindern. Er hechtete wie ein Springer nach dem Edelstein, freudig hielt er ihn in seiner Hand. Etwas sauer nahm ich Rys den Kristall weg.

„Das ist meiner und wage es nicht noch einmal mich aus dem Weg zu schubsen", grollte ich ihn an. Rys hatte genau das Gegenteil erreicht von dem, was er erreichen wollte. Er wollte doch sein Ansehen bei mir wieder aufbauen. Dieses ging total daneben. Mit hängendem Kopf schaute er sich im Raum um und entdeckte seinen Degen, den Proviantbeutel sowie unseren Wasserschlauch. Er fühlte sich gleich besser, da er wieder bewaffnet war. Auch seine Haltung wurde wieder straffer. Zorlo war mittlerweile heruntergeklettert.

„Kommt, ich führe euch hinaus. Ich habe einen Weg gefunden, der von den Bergos nicht bewacht wird. Lasst uns hoffen, dass ihr nicht so schnell zu dem Anführer gebracht werden sollt und dass das Verwinden des Kristalls nicht bemerkt wird", meinte Zorlo und gab uns Zeichen, dass wir ihm folgen sollten. Eigentlich hatte ich gedacht, dass dieser Kristall viel größer sein würde, so rot wie er geleuchtet hat. Dass er bequem in meiner Hand passte, damit hatte ich nicht gerechnet. Ich fand es gut, so konnte ich ihn vor fremden Augen gut verstecken halten. Rys grollte nicht und schob sich auch nicht mehr in den Vordergrund, sondern begab sich in Zorlos Führung. Wir hatten Licht von den Fackeln, die in einigen Abständen an den Felswänden in den Halterungen steckten. Auf einmal kam uns ein grässlicher Geruch in die Nase. Ein Grummeln und Brummeln war zu hören.

„Wo ist der Dieb, der mir den Schlüssel weggenommen hat? Seinetwegen bekomme ich jetzt nichts zu essen." Ein Bergos schien auf den Weg zu dem Gang zu sein, in denen wir waren. Ich hielt mich ängstlich an Rys seinen Arm fest und Zorlo bibberte auch. Der Bergos kam immer dichter und wir sahen, keine Möglichkeit uns zu verbergen.

„Mach die Fackel aus", flüsterte Zorlo zu Rys. Er nahm diese aus der Halterung und trat das Feuer aus. Vor uns war eine Kreuzung und wir drückten uns in dunkleren Bereich des Ganges an die Wand. Jeder von uns betete, dass der Bergos nicht in unseren Gang kam. Der Gestank wurde immer stärker und meine Beine schlotterten immer mehr. Wir warteten und warteten, doch der Bergos tauchte nicht auf, der Gestank verflog langsam aber sicher.

„Puh, da haben wir Glück gehabt", meinte Zorlo und führte uns weiter.

Erst als Zorlo Rys darum bat eine der brennenden Fackeln mitzunehmen, es war die letzte Fackel, die wir sahen, gingen wir in einen sehr schmalen Gang hinein. Jetzt verstand Rys, warum dieser Gang von den Bergos nicht bewacht wurde, dieser war für die Bergos viel zu schmal. Die Bergos rechneten nicht damit, dass überhaupt jemand da hindurchpassen würde. Rys und ich wunderten uns schon die ganze Zeit darüber, dass uns gar kein Bergos begegnet war. So fragte er Zorlo danach.

„Ha, diese stinkende Biester sind so durchschaubar. Ich habe sie schon früher einmal beobachtet und weiß, dass sie immer zur gleichen Zeit gemeinschaftlich ihren Futterplatz aufsuchen. Anschließend legen sie sich schlafen, außer die zwei, die am Haupteingang Wache halten müssen", erklärte er stolz. Ich musste eingestehen, dass mein kleiner Freund ein ganz großer war. Selbst Rys bekam mehr Achtung vor Zorlo. Im Grunde tat es im schon längst leid, dass er ihn Kanalratte genannt hatte. Er war wohl Eifersucht gewesen, welches ihn dazu getrieben hatte.

Ein Wiedersehen und Abschied

Wir gingen gefühlte Stunden durch diesen schmalen Gang. Oft mussten wir unsere Köpfe einziehen oder auf allen vieren kriechen bis wir endlich vor uns einen hellen Punkt erblickten, der auf den Ausgang hindeutete. Auf einmal hörten wir ein lautstarkes Grollen, welches durch den Berg hallte.
„Was war das?", fragte Rys. Ich schreckte zusammen und stieß mir den Kopf an einer Felsennase, die von der Decke hing, nur gut, dass wir dem Ausgang immer näher kamen.
„Oh, oh, man hat bemerkt, dass der Kristall und ihr nicht mehr da seid, wo ihr sein solltet. Gut, dass die Bergos nicht wissen, wohin ihr verschwunden seid", entgegnete Zorlo grinsend. Er liebte es, wenn er den Bergos eines auswischen konnte.

„Bist du dir da sicher?" Rys zweifelte ein wenig an Zorlos Worten.

„Natürlich bin ich mir sicher! Ich würde Halina niemals in Gefahr bringen, so wie du!", motzte der Erdgnom zurück. Das war für Rys wie ein Faustschlag in den Magen. Der helle Punkt wurde mit jedem Schritt größer und nach einigen Minuten befanden wir uns im Sonnenlicht. Es schien die Mittagsstunde zu sein, denn die Sonne stand im Zenit. Ich hatte das Gefühl, dass wir Wochen in diesen Berg gewesen waren und drehte mich im Sonnenlicht und genoss jeden einzelnen Strahl auf meinem Gesicht. So glücklich fühlte ich mich schon lange nicht mehr. Der Kristall hing um meinem Hals und wir waren den Bergos entkommen.

„Hier sind wir sicher. Die Bergos müssten erst um das ganze Gebirge herumlaufen, um zu dieser Schlucht zu gelangen. Doch sie werden nicht kommen, weil sie so weit nicht denken", erklärte Zorlo mit stolzgeschwellter Brust. Beruhigt setzten wir uns auf den Boden und genossen die Sonnenstrahlen.

„So, jetzt möchte ich aber wissen, was du hier zu suchen hast? Bist du mir etwa gefolgt?" Ich tippte Zorlo so fest an, dass er beinahe umgefallen wär.

„Ja, ich bin dir hinterhergeschlichen. Da ich euer Gespräch mitbekommen habe, wusste ich, wohin du wolltest. So lief ich voraus und versteckte mich im Wald der Bergos, bis ich euch entdeckt habe. Die ganze Zeit habe ich auf dich aufgepasst. Nur vor den

Bergos konnte ich euch nicht warnen, da auch ich geschlafen habe. Ich dachte ja, dass Rys schlau genug sei und Wache halten würde."

„So, so belauscht hast du uns. Warum hast du dich nicht bemerkbar gemacht?", fragte ich weiter.

„Ich hatte die Befürchtung, da Rys bei dir war, das du meine Hilfe nicht mehr gewollt hättest. Ich wollte doch in deiner Nähe sein." Zorlo schaute mich so lieb mit einem Dackelblick an, dass ich ihm nicht böse sein konnte, weil er mich und Rys belauscht hatte. Lächelnd drückte ich ihn. Ich war doch froh, dass er da war. Ohne ihn säßen wir immer noch in der Zelle. Wer weiß, was die Bergos mit uns noch angestellt hätten. Dieses wollte ich mir lieber nicht ausmalen. Rys hatte mittlerweile in den Proviantbeutel geschaut und noch etwas Speck entdeckt. Es war nicht mehr viel, doch für einen Tag würde es langen, danach mussten wir essen, was wir fanden. Ich holte die Landkarte heraus und bat Zorlo uns zu zeigen, wo wir uns befanden und wo wir herauskommen würden, wenn wir diese breite Schlucht hinter uns hätten. Das tat er und Rys war begeistert. Wir stellten fest, dass wir ganz im Norden, an der Steilküste, herauskommen würden. So brauchten wir nur an der Küste längst zu gehen bis zur Mündung des Ilmas. Wie wir über den Ilmas kommen würden, darüber machte ich mir noch keine Gedanken. Nach der kargen Mahlzeit begaben wir uns auf den Weg durch die Schlucht. Schnell hatten wir es geschafft und standen an der Steilküste. Ich schaute auf die Weite des Meeres. Der Wind wehte uns entgegen und die Wellen rauschten gegen die Felswände. So eine Brandung gab es selten an der Südküste.

„Komm Halina, du kannst die Brandung noch eine lange Zeit genießen. Bis wir am Fluss sind, vergehen ein paar Stunden, da wir ja marschieren müssen", meinte Rys. Griff nach meiner Hand und zog mich mit sich.

„Mir macht es nichts aus, auf Schusters Rappen unterwegs zu sein! Wie mir scheint, hast du damit Probleme", grinste ich frech und streckte ihm die Zunge aus, befreite mich von seiner Hand und lief lebhaft voraus. Rys schüttelte nur den Kopf. Ich benahm mich wie ein verzogenes Kind, dennoch lachte er. Zorlo lachte ebenfalls, so ausgelassen hatte er mich noch nicht erlebt. Ich sprang wie ein aufgescheuchtes Reh den Küstenpfad entlang.

„Wandern hier die Bergos auch entlang?", fragte Rys. Da ich weit voraus war, fühlte sich Zorlo angesprochen.

„Nein, auf dieser Seite des Gebirges kommen die Bergos nicht hin, deswegen sagte ich vorhin, dass wir sicher seien."

„Dann hoffen wir einmal, dass kein gefährliches Tier unseren Weg kreuzt, welches diesen Pfad hier getrampelt hat", entgegnete Rys. Er war skeptisch und schaute sich immer wieder um. Es gab viele Wesen auf Katonag, die den Menschen nicht wohlgesonnen waren. Die beiden waren so in ihrem Gespräch vertieft gewesen, dass sie nicht mitbekamen, dass ich verschwunden war. Als Rys es bemerkte, schaute er nicht mehr nach gefährlichen Tieren, sein suchender Blick galt nun mir.

„Halina wo bist du? Melde dich!", rief er gegen das Geräusch der Meeresbrandung an. Rys horchte, doch es war nichts zu hören, was nach mir klang. Er wollte schon losrennen, da hielt Zorlo ihn am Hosenbein fest und deutete auf ein größeres Loch im Felsenboden. Nach wenigen Schritten standen sie am Rand des Loches und schaute hinab. Ich lag dort unten, drei Meter tief war ich gefallen und rührte mich nicht.

„Halina so werde doch wach. Bist du verletzt?" Rys war voller Sorge. Er hatte Angst, dass Schlimmeres passiert war, da ich mich immer noch nicht bewegte. Zorlo war schon längst einen Schritt weiter, er kletterte schon die Felswand hinab, dann stand er neben mir. Zorlo beugte sich zu meinem Mund und spürte meinen Atem, den ich ihm entgegenhauchte. So deutete er zu Rys hinauf, dass ich am Leben war. Rys atmete erleichtert tief durch und machte sich ebenfalls daran hinunterzuklettern. Er kniete neben mir und untersuchte mich besorgt. Ich schien nichts gebrochen zu haben. Ob ich innere Verletzungen hatte, dieses vermochte er nicht zu sagen.

„Halina wach doch auf. Wage es ja nicht, hier wegzusterben. Das kannst du mir nicht antun, mich alleine zurückzulassen." Rys nahm mich in seine Arme. Tränen flossen über seine Wangen hinunter.

„Du weinst ja. Ist etwas passiert? Was mache ich auf dem Boden und warum hältst du mich fest?", fragte ich leise.

„Hast du Schmerzen, tut dir etwas weh?", bestürmte er mich, als er mich freigab.

„Nein, mir geht es gut. Was hast du nur?" Ich stand auf und strich über meine Kleidung. Erst dann bemerkte ich, wo ich war. Mit Grauen fiel mir ein, was passiert war. Ich war abgerutscht und in dieses Loch gefallen. Ein Kopfschmerz machte sich bemerkbar. Automatisch griff an meinen Kopf und fühlte eine Beule. Diese schmerzte noch mehr, sobald ich sie berührte. Ich hoffte, dass es nur bei Kopfschmerzen blieb. Doch Rys sah, dass sich eine Blutspur auf meinem rechten Unterarm zeigte. So ganz unverletzt war ich doch nicht. Einige Schürfwunden hatte ich mir zugezogen und die Größere war am Arm. Erst als Rys mich darauf aufmerksam machte, stellte sich auch der Schmerz bei mir ein. Ich sackte zusammen und saß wieder auf dem Boden. Rys nutzte es aus und schaute sich meinem Arm ganz genau an. Die Verletzung blutete immer noch leicht. Da wir kein Verbandszeug hatten, zerriss Rys sein Leinenhemd, welches er unter der Tunika trug, in Streifen und verband die Wunde. Langsam kam ich aus dem Schock heraus und stand wieder auf den Beinen.

„Lass uns hinaufklettern. Schaffst du das oder soll ich dir helfen?", fragte Rys immer noch mit einem besorgten Tonfall. Ich starrte ihn entgeistert an.

„Das kann ich schon! Ich bin doch keine von diesen verwöhnten Dingern, die nichts zustande bringen", beschwerte ich mich. Ich versuchte hinaufzuklettern, was mir schwerer fiel, als ich dachte. Zweimal musste Rys mich abstützen, indem er mir an meinem Hinterteil faste. Jedes Mal bekam er einen bösen Blick von mir, doch ich sagte nichts. Ich knurrte ihn nur an. Das war Rys egal, ihm war es wichtiger, dass ich nicht wieder hinabfiel.

„Stell dich nicht so an oder willst du wieder abstürzen", er murrte zurück. Ich war froh, als wir endlich oben waren. Wie gefährlich dieser Pfad war, hatten wir zur Genüge erfahren. Bevor wir weiter gingen, säuberte Rys meine Wunde mit dem Wasser, welches wir bei uns hatten. Danach verband er die Verletzung wieder. Die Beule am Kopf war nicht so schlimm, wie sie sich anfühlte. Endlich marschierten wir los, doch dieses Mal mit weit mehr Vorsicht, bis wir am Horizont einen Wald ausmachten. Am Waldrand machten wir Rast. Ich konnte auch nicht weiter, da der Kopf immer noch schmerzte. Rys studierte meine Landkarte und stellte fest, dass es der Wald der Bergos war. Er überlegte und entschied, dass wir erst am nächsten Morgen durch den Wald gehen sollten. Da unsere Mägen knurrten, begutachteten wir den Proviant. Nur ein sehr kleines Stück Speck war noch übrig, welches unter uns aufgeteilt wurde. Am Morgen gab es nichts zu essen, unser Proviant war aufgebraucht, so mussten wir hungrig marschieren. Zorlo vorweg. Er sollte auskundschaften, ob der Weg sicher für uns war. Wir hatten Glück, alle Bergos suchten uns auf der anderen Waldseite. So kamen wir unbehelligt durch den Wald. Ein weiterer Tag verging auf dem Küstenweg. In der Nacht entdeckte ich in der Ferne einen Feuerschein.

„Du Rys, dahinten hat jemand ein großes Feuer entfacht. Sollten wir darauf zugehen, anstatt hier jetzt Rast zu machen?" Ich zeigte in die Richtung des Feuers. Rys grinste geheimnisvoll. Er schien ganz genau zu wissen, wer dort das Feuer entfachte.

„Das ist eine gute Idee. So werden wir es machen, also auf mit den müden Gliedern. Dort hinten wartet ein wärmendes Lagerfeuer auf uns", gab Rys vergnügt von sich.

„Woher willst du wissen, dass es für uns leuchtet?", raunte Zorlo. Er war skeptisch, ob es nicht eine Falle sein könnte, von wem auch immer. Rys antwortete nicht, sondern schmunzelte nur und trabte im Stechschritt weiter. Selbst mich, die ihn fragend anschaute, grinste er stumm an. Spät in der Nacht kamen wir bei dem Feuerschein an. Ich traute meinen Augen nicht, Gandro winkte uns entgegen. Jetzt wusste ich, warum Rys so geheimnisvoll gegrinst hatte.

„Du bist mir vielleicht einer, wusstest ganz genau, wer hier auf uns wartet und sagst kein einziges Wort. Jetzt weiß ich, worüber ihr wieder einmal getuschelt habt. Doch warum ist Gandro hier?" Ich boxte Rys freundschaftlich auf seinen Arm.

„Ja, ich wusste, wer hier auf uns wartet. Gandro bringt uns zur Hafenstadt Norda. Dir wird die Segeltour guttun, kannst deinen Arm schonen", entgegnete Rys und rieb sich über seinen Arm. Freudig begrüßten wir den alten Fischer.

„Wie geht es Mairi? Fühlt sie sich wohl bei dir?", wollte Rys wissen.

„Ihr und Janka geht es gut. Im Moment verpflegt sie Laslo, ihr braucht euch keine Sorgen zu machen. Ihr seid schneller hier, als ich dachte. Habt ihr das gefunden, weswegen ihr zum schwarzen Berg aufgebrochen seid?" Gandro war genauso wissbegierig. Mit einer Handbewegung bat er uns, um das Lagerfeuer Platz zu nehmen. Gandro bemerkte, dass ich geschafft war und mich kaum noch auf den Beinen halten konnte. In eine Decke gewickelt legte ich mich in die Nähe des wärmenden Feuers und schlief so gleich ein. Rys bat Gandro darum, auf unseren Bericht bis zum Morgen zu warten. Dieser nickte, so legten sich alle zur Nachtruhe hin. Zorlo hatte sich mit Absicht im Hintergrund gehalten. Er wollte erst sehen, wer Gandro war. So entdeckte der Fischer ihn erst am Morgen, denn Zorlo saß nun vergnügt neben mir. Das Feuer brannte immer noch. Am Rand der Feuerstelle stocherte Gandro mit einem Stock herum. Voller Neugier beobachten Zorlo und ich den alten Mann. Es dauerte nicht lange, bis wir den Sinn seines Tuns entdeckten. Gandro hatte große Kartoffeln am Rande des Lagerfeuers zum Garen gelegt. Diese beförderte er hervor, sowie drei größere Pakete, die in Ölbaumblättern gewickelt waren. Das Besondere an diesen Blättern war, dass sie nicht verbrannten. Deshalb wurden diese Blätter oft zum Garen verwendet, in diesem Falle waren sie mit Fisch gefüllt gewesen. Ich griff zu den heißen Kartoffeln, die anderen zu den Fischen. Ich fand es toll, mit allen am Feuer zu sitzen und etwas Warmes zu essen. So etwas bekam man ja nicht alle Tage so mitten in der Natur. Gandro lächelte, er freute sich, dass es uns allen schmeckte. Doch was ihn verwunderte war, dass der Erdgnom ebenso nach dem Fisch griff. Er war immer der Meinung gewesen, dass Erdgnome sich nur von Wurzeln ernähren. Nachdem Frühstück wollte Gandro endlich wissen, was uns widerfahren war, seit unserem letzten zusammentreffen. So berichtete Rys, was alles passiert war. Ab und an warf Gandro ein „Oh", ein „Mein Gott" oder ein erstauntes „Wirklich" dazwischen.

„So, so, Zorlo heißt also euer kleiner Freund. Seid gegrüßt verehrter Zorlo", sagte Gandro und nickte leicht mit dem Kopf zum Gruße. Zorlo lief rot an. Er und ein Verehrter, so etwas hatte er ja noch nie zuhören bekommen. Die meisten Menschen hatten nur Verachtung für ihn, außer Rys, Elandro und ich achteten ihn.

„Ich grüße euch auch. Wenn ihr ein Freund von Halina und Rys seid, dann seid ihr auch mein Freund. Ich sage euch, einen Erdgnom zum Freund zu haben ist nicht das Schlechteste", grinste Zorlo. Bei diesen Worten sah Gandro mich verwundert an, hatte Rys ihm nicht einen anderen Namen genannt. Er fragte sich, wie ich nun heißen mochte, doch er fragte weder Rys noch mich danach. Er entschied, dass Rys sicher einen Grund hatte für mich einen anderen Namen zu nennen, ob nun bei ihm oder bei dem Gnom.

„Oh ja, ohne Zorlo würden wir immer noch in der Zelle der Bergos stecken", bestätigte ich Zorlos Worte. Gandro atmete tief durch.

„Wir sollten an Bord gehen, bis nach Norda ist es noch weit." Ich hätte es zwar besser gefunden, wenn Gandro uns nur auf die andere Seite des Flusses gebracht hätte, da ich die Befürchtung hatte seekrank zu werden. Leider hatte ich keine andere Wahl, ich musste mit an Bord. Es war ein komisches Gefühl, nur die Planken unter meinen Füßen zu haben. Für mich schaukelte das große Fischerboot sehr stark, obwohl es nur leicht schwankte. Der Wind war günstig, schnell waren wir auf dem offenen Meer.

„Du darfst nicht gegen das Schwanken arbeiten, sondern musst mitgehen, ansonsten kann es dir schlecht ergehen", erklärte Gandro mir, so wie man sich auf einem großen Boot verhielt. Ich war schon ganz grün im Gesicht. Mir machte nicht nur das Schwanken zu schaffen, sondern auch der Fischgeruch, der auf dem Boot herrschte, ließ meinen Magen rumoren. Erst als ich mich an Gandros Anweisung hielt, bekam ich wieder meine normale Gesichtsfarbe wieder. Obwohl mein Magen anderer Meinung war und mir leichte Schmerzen zufügte, behielt ich den Inhalt bei mir.

„Na, doch nicht so seefest wie du dachtest?", griente Rys. Ich warf ihm nur einen bösen Blick zu. Zorlo fand es aufregend, er war noch nie auf einem Boot gewesen und hüpfte von einer Seite zur anderen. Ihm machte das Schwanken des Bootes überhaupt nichts aus. Als er am Bug stand, hob er die Hände nach oben und rief hüpfend:

„Wer kann mich einmal hochheben? Ich sehe doch nur Bootswand. Wo ist das Meer?" Rys hatte Mitleid mit ihm und setzte sich den Erdgnom auf seine Schulter. Zorlo hielt sich an seinen Haaren fest, um nicht herunterzufallen. Seine Augen wurden immer größer, so groß und weit hatte er sich das Meer nicht vorgestellt. Zorlo verstummte vor dieser gewaltigen Weite.

Hafenstadt Norda

Wir blieben einen ganzen Tag auf dem Meer, bevor Gandro das Boot wieder Richtung Land segelte. Erst in den Morgenstunden sahen wir die Hafeneinfahrt von Norda. Ein gewaltiger Turm stand auf der rechten Seite des Hafens. Ich bestaunte diesen mit offenem Mund.

„Das ist ein Leuchtturm! Jeden Abend steht dort oben ein Wächter mit einer Lampe und geht immer im

Kreis um den Mittelpunkt des Turmes. So haben die Boote des Nachts eine Orientierung, wo genau die Einfahrt zum Hafen ist", erklärte Gandro.

„Dann hat er sicher ganz viele Kerzen in seiner Lampe, damit man es auch sieht. Wäre es nicht besser, wenn er die Lampe an einen Platz stellen würde, als herumzulaufen?", fragte ich.

„Nein. Das feste Licht könnte ja von einem Haus an der Küste kommen oder ein Lagerfeuer sein. Die Seeleute forderten, dass es da einen Unterschied geben musste und das ist halt diese Drehbewegung. Wenn der Wächter auf dem Meer abgewandte Seite war, sieht man den Lichtschein nicht, erst wenn er wieder hervorkommt", erklärte Gandro weiter. Ich nickte zum Zeichen des Verstehens. Rys hatte mittlerweile das große Segel eingeholt. Das Boot schwamm jetzt nur noch durch Muskelkraft, mittels eines Schwenkruders, langsam in den Hafen hinein. So glitten wir an eine freie Stelle beim Steg, wo Rys das Boot vertäute. Gandro verabschiedete sich von uns, er wollte schnell wieder zurück nach Omla segeln. Herzlich und traurig zugleich war der Abschied. Nachdem Rys das Tau wieder gelöst hatte, standen wir noch lange auf dem Steg und winkten Gandro hinterher, bis wir ihn nicht mehr sahen. Viele Boote und Schiffe lagen im Hafen. Mit einem der größeren Schiffe würden wir sicher zur Eisinsel fahren, so hoffte ich es. Da mein Gesicht nicht gerade sauber aussah, war ich voller Zuversicht, dass keiner mein Angesicht erkannte. Ich schob meine blonden Haare, die schon wieder etwas länger geworden waren, unter die Mütze. Was auch gut so war den Rys entdeckte Plakate wo er und ich drauf gesucht wurden.

„Gut, dass der Zeichner mich nicht kannte und nur durch eine Beschreibung ein Bild von mir machen konnte. Ich finde, es hat so gar keine Ähnlichkeit mit mir. Auch dein Bild ähnelt dir nicht wirklich", flüsterte Rys.

„Stimmt", bestätigte ich.

„Hier werden wir uns ab sofort mit den anderen Namen ansprechen", forderte Rys. War es mein Vater oder mein Onkel, der uns auf diese Weise suchen ließ? Immer wieder stellte ich mir diese Frage, ohne eine Antwort darauf zu bekommen. Rys war froh, dass er nicht mehr die Kleidung der Garde trug, als ob er es geahnt hatte, dass wir auf diese Art gesucht wurden. Nachdem wir durch einige Straßen gelaufen waren, fanden wir eine Unterkunft, die uns zusagte. Wir hatten uns entschieden, dass ich/Leo als junger Mann und Bruder von Rys/Mauro auftreten sollten. So trugen wir uns als diese ins Gästebuch ein. Was zu meinem Ärger dazu führte, dass wir nur ein gemeinsames Zimmer bekamen. Mich als Daja einzutragen, wie wir es zuerst wollten, hielten wir für zu riskant. Wer weiß, vielleicht wurden alle Pärchen kontrolliert. Für Zorlo bekamen wir kein Zimmer. Dem Wirt war es überhaupt nicht recht gewesen, den Erdgnom in sein Haus zu lassen. Doch Rys bestand darauf, dass Zorlo wenigstens bei uns schlafen

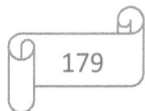

konnte, er wollte dafür auch bezahlen. In den Augen des Wirtes funkelte es, auf das zusätzliche Geld wollte er nicht verzichten. Doch in den Schankraum durfte Zorlo auf gar keinen Fall. Der Wirt war der Meinung, dass der Erdgnom seine anderen Gäste vergraulen würde. Was natürlich Blödsinn war, doch Zorlo fügte sich. Auf unserem Zimmer fingen Rys seine Augen an zu funkeln, grinsend schaute er mich frech an. Und ich? Ich sprühte vor Ärger. Wir fanden nur ein einzelnes Bett vor. Auch wenn dieses breiter war als normal, war es immer noch nur ein Bett. Rys ließ sich bestimmt nicht dazu zu bewegen auf dem Boden zu schlafen, so wie Zorlo. Ich wollte nichts unversucht lassen.

„Ist doch ein schönes Zimmer, besser als draußen zu schlafen", meinte Rys. Sein grinsen wollte nicht vergehen, im Gegenteil es wurde nur noch breiter. Mein Ärger dagegen steigerte sich ins Maßlose.

„Wie kannst du erwarten, dass du in dem Bett schläfst!", fauchte ich ihn an. Rys saß schon auf der Bettkante und strich mit der Hand über die Bettdecke.

„Ach Halina", fing er an, doch ich unterbrach ihn gleich.

„Leo bitte und von wegen, ach Halina. Du schläfst auf dem Boden!" Ich stampfte mit dem Fuß auf, um meinen Worten Nachdruck zu verleihen.

„Du bist gemein, es gibt nur eine Bettdecke, ich werde erfrieren", versuchte er, mich jammernd umzustimmen.

„Du kannst meine Decke benutzen, die wir von Gandro auf dem Schiff bekommen haben, dann hast du sogar zwei und frierst nicht!" Damit nahm ich ihm den Wind aus den Segeln. Grummelnd breitete er eine Decke als Unterlage und die andere als Zudecke aus.

„Jetzt drehe dich um, ich möchte mich entkleiden und wage es ja nicht zu schauen", brauste ich Rys wieder an. Auch zu Zorlo sandte ich einen Blick, sodass er sich schnell umdrehte.

„Bist du endlich im Bett?", fragte Rys ungeduldig.

„Ja, bin ich", antwortete ich nur knapp. Rys fing an, sich zu entkleiden. Ich starrte ihn mit aufgerissenen Augen an. Er hatte einen muskulösen Oberkörper. Schnell drehte ich mich errötend weg, als sich unsere Blicke trafen. Rys lachte über mein Verhalten und in mir grummelte es schon wieder. Wie konnte er es wagen, mich so zu reizen? Mein Erröten war sicher Genugtuung für ihn, weil er auf dem Boden schlafen musste. Zorlo schüttelte über uns beiden nur den Kopf, drehte sich zu einer Kugel zusammen und schlief ein. Sein leises Schnarchen war für mich wie ein Wiegenlied, welches mich in das Land der Träume schickte.

„Halina, ich freue mich, dich wieder im Traum zu sehen. Du kommst mir immer näher. Doch sei vorsichtig, die Seeleute würden niemals eine Frau auf ihrem Schiff dulden. Komm nur mit deinen

Gefährten auf die Insel. Ich erwarte dich schon sehnsüchtig."

Am Morgen wunderte ich mich über die Worte, die mir mein Rufer übermittelte. Dachte er, wir würden das mit den Seeleuten nicht wissen? Für wie dumm hielt er mich?

„Gut geschlafen, meine Schönheit?", fragte Rys lächelnd. Es brodelte immer noch in mir wegen meines Rufers und Rys bekam es ab.

„Ich bin nicht deine Schönheit, sondern dein Bruder", fauchte ich ihn an. Da er schon angezogen war, ging er zur Tür, drehte sich nochmals zu mir um und raunte zurück:

„Ich warte mit dem Frühstück unten auf dich." Dann war er zusammen mit Zorlo verschwunden. Ich blieb alleine im Zimmer zurück. Mein Groll verebbte langsam, nur mein Magen knurrte. Schnell zog ich mich an und marschierte in den Schankraum. Rys hatte schon etwas zu essen bestellt. Rührei, Speck und leckeres frisches Brot stand auf dem Tisch.

„Guten Morgen Leo. Hast du gut geschlafen?", fragte Rys nochmals, in der Hoffnung, dass ich ihn nicht wieder anfauchte.

„Ja, danke Mauro. Ich hoffe, du auch." Ich grinste ihn frech an. Rys schüttelte den Kopf, jammerte aber nicht, dafür reichte er mir die Schüssel mit dem Rührei hin. Der Wirt schaute mich komisch an, dass ich ihn anblaffte, was das solle.

„Entschuldigung, es ist nicht üblich, dass man seine Mütze auf dem Kopf behält, wenn man in einem Raum ist. Ich habe mich gefragt, warum ihr sie nicht absetzt?", erklärte er sein Verhalten.

„Oh. Ich leide unter einem starken Haarschuppenbefall. Es ist zum Schutz, dass diese hier nicht überall herumfliegen", rechtfertigte ich meine Kopfbedeckung. Ich achtete darauf, dass meine Stimme etwas tiefer klang, halt männlicher. Der Wirt nickte bestätigend, dann begab er sich wieder in die Küche.

„Wir werden gleich zum Hafen gehen, um nach einem Schiff zu sehen", bestimmte Rys. Ich nickte, da ich mir gerade ein Stück Brot in den Mund schob.

„Was machen wir mit Zorlo, sollen wir ihn mitnehmen? Ich habe meine Bedenken, dass er auf ein Schiff nicht gerne gesehen wird." Fragende Augen sahen mich an, die auf eine Lösung warteten.

„Laß Zorlo doch selber entscheiden. Wenn er mit möchte, müssen wir mit dem Kapitän verhandeln." Ich rieb Daumen und Zeigefinger aneinander. Rys verstand die Geste und nickte.

„Mit Bestechung sollte es vielleicht gehen", flüsterte er. Nach dem Frühstück machten wir uns auf.

Das war knapp

Zorlo wartete draußen vor der Tür auf uns. Ich überreichte ihm etwas von dem Brot, damit nicht hungern musste.

„Danke Hal ... äh Leo. Das ist lieb von dir." Er stopfte sich gleich ein großes Stück in seinen Mund und kaute genüsslich darauf herum. Gespannt auf die Schiffe marschierten wir los, um kurze Zeit später geschockt stehen zu bleiben. Wir sahen Corbo, den Gardehauptmann, wie er jedes blonde Mädchen anhielt, die mein Alter hatte. Er begutachtete jede ganz genau, um sie frustriert weiter ziehen zulassen, sie waren ja nicht ich. Mit stark pochenden Herzen gingen wir an ihm und seinen Männern vorbei. Ich rechnete jeden Augenblick damit, dass er mich erkannte und mich in Gewahrsam nehmen würde. Rys sah mit Absicht auf den Boden und zog sein rechtes Bein hinterher, so als ob es steif sei. Ich machte große breite Schritte, in der Hoffnung, dass sich Männer so bewegten. Die Gardemänner beachteten uns keines Blickes. Wir schienen nicht in ihr Suchschema zu passen. Zorlo war schon längst am Hafen und wartete ungeduldig auf unser erscheinen.

„Puh. Das war knapp", flüsterte Rys. Mir war vor Angst beinahe das Herz in die Hose gerutscht. Dass man uns mit den Plakaten suchte, das wussten wir ja schon, aber dass die Gardemänner in der Hafenstadt sein würden, damit hatten wir nicht gerechnet.

„Du scheinst wirklich wichtig zu sein", bemerkte Zorlo, der auf uns zugelaufen kam.

„Nicht so laut", ermahnte ich ihn leise. Doch Corbo hatte mitbekommen, was Zorlo sagte. Nachdenklich kräuselte er seine Stirn und schaute uns hinterher. Er schien zu überlegen, was er davon halten sollte, dann schüttelte er den Kopf. Scheinbar hatte Corbo sich entschlossen, dass der Gnom etwas anderes mit seinen Worten meinte. Rys war froh, als wir endlich aus dem Blickwinkel von Corbo verschwanden und er wieder normal gehen konnte. Wir schritten am Kai entlang, wo viele Schiffe ankerten. Doch Rys hatte dafür keine Augen, er wollte auf einmal etwas ganz anderes, als nach einem geeigneten Schiff zu sehen.

„Wir brauchen ein Barbier", bestimmte er mit festem Tonfall. Ich schaute ihn verwirrt an und fragte:

„Warum das?"

„Weil du etwas mit deinen Haaren machen musst. Wenn Corbo wieder vor uns stehen sollte, wird er von dir verlangen, die Mütze abzunehmen. Sobald er deinen blonden Haarschopf sieht, wird er dich erkennen. Dann sind wir geliefert!" Rys hatte einen besorgten Gesichtsausdruck und ich verstand es. Doch wo sollten wir ein Barbier finden? Schneller als ich gedacht hatte, entdeckten wir ein Stück weiter in einer Seitengasse diesen. Wir betraten den Laden und ein sehr schlanker, fast schon hagerer, Mann sprang aus seinem Stuhl und sah uns fragend an. Ich lüftete meine Mütze und sagte mit tiefer Stimme:

„Ich bräuchte eine Kurzhaarfrisur und dunkle Haare."
„Aber ihr Haar ist doch so schön, warum dunkel machen?" Der Barbier war entgeistert über meinen Wunsch.

„Ich muss zur See gehen und will nicht als Schönling angesehen werden", erklärte ich bestimmend. Der Mann nickte und bat mich, mich auf dem Stuhl zu setzen. Er nahm ein Rasiermesser zur Hand und schärfte es erst einmal über eine Lederstrieme. Nachdem er mein Haar durchgekämmt hatte, fing er an, es Strähne für Strähne mit dem Rasiermesser zu schneiden. Mein Herz blutete, dass die Haare noch kürzer wurden, als sie schon waren. Als er fertig war, hatte ich fast eine Igelfrisur. So fühlte es sich für mich an, als ich mit den Fingern durch die Haare strich, auch wenn sie doch noch ein wenig länger waren. Der Barbier sah mein erschrecktes Gesicht.

„Habe ich es zu kurz geschnitten?" Er machte ein entsetztes Gesicht.

„Nein, es ist genau richtig so. Jetzt muss es nur noch dunkel werden", bestätigte Rys die Haarlänge. Der Barbier atmete erleichtert tief durch und verschwand in den Nebenraum. Nach einiger Zeit kam er mit einer Holzschüssel wieder, worin ein stinkender schwarzer Brei war. Diese Masse patschte er mir auf den Kopf und schmierte es über das ganze Haar. Kein einziges goldblondes Haar blieb davon verschont. Selbst meine Augenbrauen wurden dunkel gemacht.

„Das muss jetzt etwas drauf bleiben", sagte er zu mir und wandte sich dann an Rys.

„Möchte der Herr eine Rasur?" Dieser schüttelte den Kopf. Ich versuchte zu riechen, woraus diese Masse auf meinem Kopf bestand. Doch ich konnte dem Geruch nichts Bekanntes zuordnen. Es roch für mich nur ekelhaft. Nach gefühlten Stunden musste ich meinen Kopf über eine große Schüssel halten und mir wurde kaltes Wasser darüber gegossen. Erst nach einigen Wasserduschen war der schwarze Brei von meinem Haupt verschwunden. Die Pampe auf meinen Augenbrauen wurde schon weit früher entfernt. Da der Barbier keinen Spiegel zur Hand hatte, wusste ich nicht, wie ich aussah. Mein Blick richtete sich zu Rys. Dieser nickte und lächelte.

„Wow Brüderchen, jetzt sagt keiner mehr Goldlocke zu dir." Ich grinste, dennoch setzte ich meine Mütze wieder auf. Rys bezahlte den Barbier und wir marschierten zu den Segelschiffen. Ein großer Dreimaster stach uns in die Augen, ein stolzer Windjammer. Eine wunderschöne Meerjungfrau hatte es als Galionsfigur. Bei der Gangway saß ein alter Seemann an einem Tisch, worauf ein Buch lag, sowie Tintenfass und Schreibfeder.

„Schau, die suchen Seeleute. Ich rede mit dem alten Seebären, vielleicht nehmen sie uns mit", meinte Rys und ließ Zorlo und mich einfach stehen. Der Seebär musterte mich schon von weitem, von oben bis unten. Er schien nicht gerade begeistert von mir zu sein. Dennoch hat Rys es geschafft, dass wir auf dem Segler anheuern konnten. Er winkte uns heran. Zorlo durfte nur mit, wenn wir ihn in einem Rucksack auf das Schiff schmuggeln und er sich nicht auf dem Deck zeigen würde. Dieses versprach Rys hoch und heilig. Der Seebär wusste ganz genau, was für ein Wesen Zorlo war, doch viele der anderen Seeleute nicht. Dem Erdgnom gefiel das nicht, er wollte doch noch viel mehr von dem weiten Meer sehen und nicht in einem Rucksack hausen müssen.

„Wenn du nicht unter Deck bleiben willst, dann wirst du hierbleiben müssen", machte ich Zorlo klar. Er haderte mit sich und stimmte dann zu. Zorlo wollte mich ja nicht aus den Augen lassen. Aus seiner Sicht war nur er in der Lage mich zu beschützen. So trugen wir uns in das Seemannsbuch ein. In drei Tagen sollten wir an Bord kommen, da dann das Schiff ausläuft. Zufrieden gingen wir Richtung Herberge. Rys fing wieder an zu humpeln, da Corbo uns wieder in sein Blickfeld hatte. Wir wollten, wie schon vorher, ganz in Ruhe an den Gardemännern vorbeigehen, doch Corbo rief:

„Halt, sofort stehen bleiben!"

Der Hauptmann stellte sich uns in den Weg und sah mich skeptisch an.

„Nimm die Mütze ab", befahl er barsch.

„Muss das sein?", brummte ich ihn an. Das hätte ich lieber lassen sollen, denn Corbo zog mir mit einem Ruck die Mütze vom Kopf. Ich wollte mich über diesen Übergriff schon beschweren, da bekam ich einen Klaps an den Kopf.

„Verhält man sich so einem Gardehauptmann gegenüber? Du wirst dich sofort entschuldigen. Ich werde dir, Lausebengel, die Hammelbeine lang ziehen!", schimpfte Rys mit mir. Ich schluckte meinen Groll hinunter, zog den Kopf ein und blickte auf den Boden.

„Ich bitte um Verzeihung, dass ich nicht sofort eurem Wunsch nachgekommen bin", sagte ich zu Corbo und verbeugte mich so, wie es die Bauern meinem Vater gegenüber taten.

„Ich entschuldige mich auch für meinen Bruder. Er ist noch jung und unerfahren und weiß nicht, wie man sich zu benehmen hat. Bitte vergebt ihm", bat Rys. Auch er verbeugte sich.

„Es ist schon gut. Geht weiter", brummte Corbo. Dabei schmiss er mir meine Mütze enttäuscht entgegen. Schnell machten wir uns vom Acker, nachdem ich meine Mütze wieder aufgesetzt hatte.

„Das ist ja nochmal gutgegangen. Du hast es geahnt, dass er uns auf dem Rückweg aufhalten wird?", fragte ich erleichtert.

„Nachdem Zorlo so laut gesprochen hatte, dass es jeder hörte, war es doch logisch", entgegnete Rys.

„Ja, ja. Schiebt es nur auf den kleinen Erdgnom, dass Leo jetzt dunkelbraune Haare hat", beschwerte sich Zorlo flüsternd. Er war der Einzige, den die Gardemänner nicht angehalten hatten, er durfte weiter marschieren.

Bei der Herberge angekommen, stürmte Rys als Erstes auf den Wirt zu.

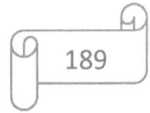

„Habt ihr jetzt ein weiteres Zimmer für uns?"

„Ist etwas mit dem anderen nicht in Ordnung?", fragte der Wirt, ohne Rys seine Frage zu beantworten.

„Mit dem Zimmer nicht. Ich habe mich mit dem frechen Bengel verkracht und möchte die nächsten zwei Nächte nicht mit ihm in ein Bett verbringen." Ein böser Blick von Rys war auf mich gerichtet, um seinen Zorn auf mich zu bestätigen. Ich streckte ihm nur frech die Zunge heraus. Der Wirt musste über unser Geplänkel grinsen.

„Ihr habt Glück, es ist gerade eines frei geworden. Aber könnt ihr auch ein Zweites bezahlen?" Der Wirt war halt ein Geschäftsmann und hatte nichts zu verschenken.

„Was sind wir ihnen für alles schuldig?", wollte Rys wissen. Der Gastwirt rechnete alles zusammen.

„Ohne Essen wären es 25 Kupfertaler." Rys holte sein Geldbeutel hervor, seufzte und reichte dem Wirt seinen letzten Goldtaler hin. Der Hausherr ärgerte sich, dass er nicht mehr verlangt hat. Doch wie konnte er auch ahnen, dass ein einfacher Mann ein Goldtaler bei sich haben würde! So bekam Rys 75 Kupfertaler zurück und den Schlüssel für das zweite Zimmer. Grinsend schwenkte Rys den Schlüssel vor meiner Nase.

„Püh, aber Zorlo schläft bei dir!", äußerte ich eingeschnappt. Eigentlich sollte ich doch froh sein, dass ich das Zimmer nun für mich alleine hatte, doch kam kein Gefühl der Freude in mir auf. Im Gegenteil ich fühlte mich einsam als ich alleine in meinem

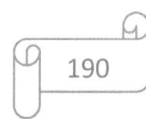

Zimmer stand. Erschrocken zuckte ich zusammen, als es an der Tür klopfte und mich aus meinen Gedanken riss.

„Herein", rief ich. Wie erwartet standen Rys und Zorlo vor der Tür.

„Wollt ihr da Wurzeln schlagen? Kommt endlich rein", raunte ich sie an, ohne zu wissen, warum ich so barsch zu den beiden war.

„Oh, oh, ihre Laune hat sich nicht verbessert", bemerkte Zorlo. Ich ging darauf gar nicht ein.

„Was wollt ihr?", fragte ich, dabei versuchte ich meine Stimmlage nicht angefressen klingen zu lassen.

„Wir dachten, du möchtest mit in den Schankraum kommen", meinte Rys.

„Gerne, aber was macht Zorlo in der Zwischenzeit? Er darf doch nicht mit hinein." Ein trauriger Blick richtete ich auf Zorlo. Er tat mir leid, dass er draußen bleiben musste.

„Ich möchte mich ein wenig außerhalb von Norda umsehen. Übermorgen werde ich wieder hier sein", erklärte der Gnom.

„Wie? Was? Warum?", kam nur aus meinem Mund, dabei starrte ich ihn verwundert an.

„Ich war noch nie auf dieser Seite von Katonag. Das Gebirge hatte mich immer abgehalten", antwortete Zorlo.

„Aber du bist rechtzeitig zurück", forderte ich. Im Grunde war es mir gar nicht Recht, dass Zorlo in der Gegend herumwandern wollte.

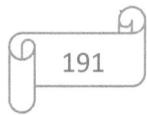

„Selbstverständlich! Meinst du, ich lasse dich mit dem da", Zorlo schaute kurz giftig zu Rys, bevor er sich mir wieder zuwandte, „und wer weiß, mit wie vielen anderen Kerlen auf dem Segler alleine."

„Ich dachte, weil du doch in dem Beutel bleiben musst, dass du nicht mehr mit willst", erwiderte ich. Rys der sich auf mein Bett gesetzt hatte, sagte zu alldem kein einziges Wort. Er hätte nichts dagegen gehabt, wenn Zorlo hierbleiben würde, doch ich hätte das niemals zugelassen.

„Ich bin mit dabei", bestätigte Zorlo nochmals.

„Na gut, dann ist das ja geklärt. Ich habe Durst", bemerkte Rys, stand auf und verließ den Raum.

„Kann er nicht auf mich warten?", grollte ich. Schnell umarmte ich den Erdgnom noch, bevor er mich verließ.

Auf dem Segler

Die drei Tage vergingen schnell. Mein Rufer hat sich nicht mehr gemeldet, was mich beunruhigte. Wie sollten wir auf die Insel kommen? Was sollte ich mit dem Kristall genau anstellen, wenn wir dort waren? Welche Gefahren werden wir dort ausgesetzt sein? Diese Fragen mussten gelöst werden, doch erst einmal hatte ich andere Sorgen. Konnte ich wirklich die Seemänner davon überzeugen, dass ich ein Mannsbild war? Oder werden sie gleich das weibliche Wesen in mir sehen? Es klopfte wieder einmal an meiner Tür. Rys trat einfach ein, ohne abzuwarten, dass ich ihn hereinbat. Über seinen Arm trug er Kleidungsstücke.

„Ich habe gestern Abend Seemannskleidung gekauft. Ziehe das bitte an." Er legte die Kleidung auf mein Bett. Sein letztes Geld hatte er dafür ausgegeben.

„Ich warte draußen auf dich."

Rys ließ mir keine Gelegenheit etwas zusagen, so schnell wie er im Zimmer war, war er auch wieder verschwunden. Noch nicht einmal ein Kopfnicken von mir hatte er abgewartet. So sah ich mir die Kleidung an und fand keinen Unterschied zu der Kleidung der Fischer. Rys zu liebe zog ich die neuen Kleidungsstücke an, sowie diese klobigen Schuhe. Wovon ich mich nicht trennte, war die Mütze, die mir im Grunde noch nicht einmal gehörte. So trat ich vor die Tür, in der Erwartung, Rys vorzufinden. Doch er hatte dort nicht gewartet, er stand draußen vor der Haustür. Suchend schaute ich mich um, Zorlo sollte schon längst wieder da sein. Wo war dieser Erdgnom nur? Ich machte mir Sorgen.

„Sollten wir nicht auf Zorlo warten?", fragte ich bei Rys nach.

„Das können wir nicht. Wir haben angeheuert und müssen auch erscheinen. Es ist wie ein Vertrag, den man unterschrieben hat", flüsterte Rys bedauernd. Traurig nickte ich. Dennoch hoffte ich, dass Zorlo noch auftauchte. Mit gesenkten Kopf schlurfte ich Rys hinterher, Richtung Hafen. Von den Gardemännern war nichts zusehen, scheinbar war

es ihnen noch zu früh. Wir mussten nur noch um eine Ecke gehen, dann sahen wir das Segelschiff. Ich seufzte, mir fehlte der kleine Gnom.

„Hey, so wartet doch", rief eine mir bekannte Stimme. Wir drehten uns um und sahen, wie Zorlo uns hinterherrannte.

„Ihr wollt doch nicht ohne mich abreisen!", grinste er uns an.

„Wenn du nicht gekommen wärst, dann schon. Wo warst du so lange? Wolltest du nicht schon gestern hier sein? Ich habe mir Sorgen gemacht", grollte ich ihn böse an, um ihn auch gleich in die Arme zu nehmen und feste zu drücken.

„Nicht so fest, du zerdrückst mich ja!", meckerte Zorlo. Erschrocken ließ ich ihn los.

„Entschuldigung, ich wollte dir nicht weh tun", japste ich auf.

„Schon gut, so fest war es nun auch nicht", entgegnete er und lachte

„So, jetzt genug damit. Komm du Erdgnom, hinein mit dir in den Sack!", raunte Rys. Er hielt einen größeren Beutel hin. Zorlo schüttelte sich, verzog die Nase und kroch hinein, dann schulterte Rys den Sack.

„Ich hätte gerne noch gewusst, warum Zorlo erst jetzt auftauchte", grollte ich Rys an.

„Das kannst du später machen. Wir müssen zum Segler", knurrte er zurück. Als wir beim Segler ankamen, begrüßte uns der alte Seebär.

„Ihr habt euch Zeit gelassen. Jetzt ist die Mannschaft endlich komplett. Los rauf ihr zwei und aufgestellt, der Kapitän will gleich alle begrüßen", kommandierte der Seebär und machte in seinem Buch ein Haken hinter unseren Namen. An Bord standen wir in Reih und Glied, dennoch schaute jeder nach links und rechts. Ganz unterschiedliche Charaktere waren wir. Vom grimmigen Raubein bis zum schüchternen Grünschnabel. Dieser war natürlich ich.

„Kapitän auf Deck!", rief der Seebär.

Sofort richteten sich unsere Blicke nach vorne, kein einziges Wort kam von unseren Lippen. Alle sahen zum Kapitän. Dieser trug einen großen schwarzen Hut, worauf eine schwarz rote Feder befestigt war. Grimmig schaute er jeden Einzelnen kurz an. Für mich sah er wie ein Pirat aus, mit diesem Hut und seinem Rauschebart. Ein Schauer lief über meinem Rücken, als unsere Blicke sich für diesen kurzen Moment trafen.

„Ich bin Kapitän Sorgo und dies hier", Sorgo zeigte auf den Seebären, „ist Bruno. Was er sagt, ist Gesetz! Außer, ich habe etwas zusagen. Macht eure Lauscher auf und hört, was Bruno euch zu sagen hat." Sorgo hatte eine mächtige dunkle Stimme, die uns fesselte. Wir glaubten ihm jedes Wort. Dann schritt Bruno an uns entlang und wies jeden eine Arbeit zu. Rys musste wie die meisten in die Wanten zum Segelsetzen oder zum Ankerlichten. Bruno blieb lange bei mir stehen. Seine dunklen Augen begutachteten mich nochmals von oben bis unten.

Ich hatte Angst, dass er in mir die junge Frau sah und nicht den jungen Mann.

„Wie war noch einmal dein Name? Seit wann gehst du schon zur See?", fragte er mit seiner brummigen Stimme. Ich versuchte, meiner Stimme wieder diese dunklere Tonlage zu geben und antwortete:

„Dies ist meine erste Reise und man nennt mich Leo."

„Oh, so ein starker Name und doch nur eine mickrige Landratte." Bruno lachte laut auf und alle anderen stimmten mit ein, selbst Rys. In mir brodelte es. Doch ich musste standhaft bleiben, wenn ich nicht auffliegen wollte. Bruno gab ein Zeichen und die Männer verstummten schlagartig.

„Na ja, aus dir werden wir auch noch einen Seemann machen. Einschüchtern lässt du dich ja nicht. Das ist schon einmal gut. Doch vorerst wirst du in der Kombüse unserem Smutje zur Hand gehen und den anderen beim Deck schrubben helfen." Ich nickte nur. Was habe ich mir da nur eingebrockt. Deck schrubben! Ich schaute auf meine zarten Hände und dachte mir mein Teil. Erst als mir jemand mit der flachen Hand auf den Rücken klopfte, kam ich aus meinen Gedanken.

„Na mein Schiffsjunge, hast du jetzt Muffensausen?" Einer der bärtigen Seemänner grinste mich an. Ich schüttelte nur den Kopf.

„Na dann komm, wir gehen in die Kombüse. Ich bin Hannes. Wir kommen schon miteinander klar, solange du das erledigst, was ich dir sage. Na los, ab mit dir. Deinen Schlafplatz kannst du dir später anschauen. Wir müssen für den Haufen das Essen zubereiten." Dabei nickte Hannes zu den Rest der Mannschaft. So marschierte ich ihm nach. Schnell blickte mir Rys noch bedauernd hinterher. Ich hörte noch, wie Bruno die Männer anbrüllte und ein Getrampel auf dem Deck einsetzte. Mich führte Hannes unter Deck, wo mir ein unangenehmer Geruch von totem Fisch entgegenkam. Als ich die Kombüse sah, schüttelte ich den Kopf. Ich wollte nicht glauben, was ich erblickte. Töpfe und Geschirr, saubere wie dreckige, standen durcheinander.

„Was ist los?", brummte mich Hannes an, der meine weit aufgerissenen Augen sah.

„Hier sollte einmal ordentlich geschrubbt werden", erwiderte ich. Hannes lachte laut auf.

„Na dann weißt du ja, was du zu tun hast, nachdem wir die Saubande abgefertigt haben."

Da hatte ich mir was eingebrockt. Kombüse schrubben, dieses war ja noch schlimmer, als Deck schrubben. Hätte ich doch nur den Mund gehalten. An den derben Ton, der an Bord herrschte, musste ich mich ebenso gewöhnen. Zuerst durfte ich Kartoffeln und Möhren schälen. Hannes beobachtete mich ganz genau. Ich war nur froh, dass ich oft unten beim Küchengesinde gewesen war und Magda, die Köchin mir gezeigt hat, wie man was schält. So war ich nicht ganz unwissend.

„Na, schälen kannst du ja schon. Du musst eine starke Mutter haben, dass sie dir das beigebracht hat", bemerkte er.

„Sie sagte, wenn ich zur See will, muss man so etwas können", antwortete ich darauf. Ich musste mich so auf das Sprechen konzentrieren, damit ich nicht in meine normale Tonlage verfiel, dass ich beinahe das Schälen vergaß.

„Eine kluge Frau. Ja, ja, eine kluge Frau", meinte Hannes nur. Dann wandte er sich wieder der Kochstelle zu. In einem großen Kessel kamen die Kartoffeln, die Möhren und etwas Pökelfleisch, welches mit viel Wasser gekocht wurde. Als die Suppe fertig gegart war, schleppte Hannes den schweren Topf hinauf auf das Deck. Wir segelten mittlerweile unter vollem Segel schon weit auf dem Meer. Vom Land war nichts mehr zu sehen.

„Hey, Essen fassen! Wer nicht rechtzeitig hier ist, wird hungrig bleiben!", brüllte Hannes über das Deck. Alle reihten sie sich wie Perlen auf einer Kette auf und hielten eine Holzschüssel in den Händen.

„Du solltest dich auch anstellen. Hier deine Schüssel", raunte mich Hannes an und warf mir eine Schüssel sowie ein Holzlöffel entgegen. Ich stellte mich hinter den letzten Seemann, doch es kamen noch mehr anmarschiert und schubsten mich immer weiter nach hinten, sodass ich mich sogar hinter Rys wieder fand.

„Es tut mir leid, aber so ist das nun einmal auf einem Schiff unter den Seeleuten, der Schiffsjunge gehört ganz nach hinten", flüsterte Rys zu mir. Ich funkelte ihn böse an, hätten meine Blicke töten können, wäre Rys jetzt tot umgefallen. So hatte ich mir das Leben auf dem Segler nicht vorgestellt. Nach dem Essen musste ich alle Holzschüssel säubern und dann die Kombüse schrubben. Am späten Abend gab es für die Seemänner noch einen Apfel. Die ich aus einem Fass hervorholte. Erst als das erledigt war, entließ mich Hannes. Endlich konnte ich schauen, wo mein Schlafplatz war. Rys, der schon lange auf mich gewartete, zeigte mir meine Hängematte.

„Das ist doch, nicht wahr? Ich soll hier mit allen anderen zusammen schlafen? Wie stellst du dir das vor?", grollte ich ihn an.

„Psst, nicht so laut! Oder willst du, dass man dich gleich entlarvt? Dir wird nichts anderes übrig bleiben. Meinst du, ein Schiffsjunge bekommt eine eigene Kabine, sowie der Kapitän?", raunzte Rys mich mit gedämpfter Stimme an. Mir schoss die Röte ins Gesicht. Nur gut, dass es hier unter Deck dunkel war, nur eine einzige Lampe, mit ein paar Kerzen darinnen, spendete ein wenig Licht.

„Entschuldigung", flüsterte ich verlegen zurück. Ich hatte erst Bedenken, dass ich mich entkleiden musste, doch alle Seemänner schliefen in ihren Kleidern, was mir natürlich zugutekam. So legte ich mich in die Hängematte, was schwierig war, doch irgendwie hatte ich es doch geschafft. Die klobigen Schuhe standen unter der Hängematte. Rys kümmerte sich um Zorlo, sodass ich gleich, hundemüde wie ich war, einschlief.

„Halina beeile dich, die Zeit, sie drängt! Ich brauche doch deine Hilfe. Wo bleibst du?"

Herrschte mich mein Rufer in Traum an.
Durch das Schwanken des Schiffes, schwankte auch meine Hängematte, welches durch meinen unruhigen Schlaf sich noch verstärkte und ich aus der Matte purzelte. Polternd landete ich auf dem Boden.
„Hey, mach nicht so einen Krach!", wurde mir gleich von allen Seiten zu gebrüllt. Nur Rys sprang aus seiner Matte.
„Ist dir was passiert? Noch alles heil?", fragte er besorgt, reichte mir seine Hand, um mir aufzuhelfen. Ich schüttelte und nickte gleichzeitig meinen Kopf. Rieb mir über mein Hinterteil, der scheinbar etwas mehr abbekommen hat, denn dieser schmerzte ein wenig. Ich sagte kein Wort, dafür stand ich noch zu sehr neben mir. Meine Stirn kräuselte sich. Warum war ich auf dem Boden? Was war passiert? An schlafen war für mich nicht mehr zu denken. Im ganzen Raum war von allen Seiten ein Schnarchen, Gemurmel und Geschmatze zuhören. Ich fragte mich, wie die anderen bei diesen Geräuschen nur schlafen konnten.
„Ich gehe auf das Deck", flüsterte ich Rys zu. Er nickte und folgte mir.

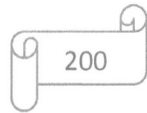

Es war noch mitten in der Nacht und ein sternenklarer Himmel war zu sehen. Nur ein paar Männer hatten Nachtwache. Einer von ihnen stand am Ruder. Weder vom Kapitän noch von Bruno war etwas zu sehen. Rys und ich gingen nach vorne an den Bug. Wir schauten auf das Meer. Die Sterne und das Mondlicht funkelten auf der Wasseroberfläche und ein leichter Wind blies in die Segel. Ja, so hatte ich mir die Seefahrt vorgestellt und nicht den ganzen Tag in der Kombüse eingesperrt zu sein und zu schrubben. Ich lehnte mich an Rys und spürte seine Wärme. Von mir aus hätte ich stundenlang so neben ihm sitzen können. Es war ein schönes Gefühl, was mich durchflutete.

„Du solltest dich nicht so ankuscheln. Das könnte von den anderen falsch verstanden werden", flüsterte er mir ins Ohr. Ich sah ihn verwundert an, denn ich wusste nicht, worauf er anspielte.

„Vielleicht würde einer bezweifeln, dass du ein männliches Wesen bist. Also halte etwas Abstand", sprach er leise, obwohl er meine Nähe genauso genoss. Erschrocken rückte ich weg und sah nach hinten, doch keiner hatte uns beobachtet. Erleichtert atmete ich auf, so etwas durfte uns nicht noch einmal passieren. Dabei war es so schön romantisch gewesen.

„Wir müssen herausfinden, wann wir in die Nähe von dieser Insel mit dem Eissee kommen. Du wirst sicher die Kabine des Kapitäns reinigen müssen, dann kannst du dich dort umsehen. Mit Glück hat er eine

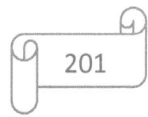

Seekarte auf dem Tisch liegen, wo er die Route eingezeichnet hat und den jeweiligen Standort des Schiffes", flüsterte Rys noch leiser, dass ich mich anstrengen musste seine Worte zu verstehen. Ich fing an zu zittern bei dem Gedanken, dass ich spionieren sollte. Rys hätte mich am liebsten in den Arm genommen, doch er ließ es zu unserem Schutz bleiben.

„Komm, du musst noch etwas schlafen. Hannes wird dich sicher früh wecken wollen." Rys war trotz allem um mein Wohlergehen besorgt. So schlichen wir so leise wie möglich wieder hinunter zu unseren Hängematten. Ich schlief wirklich nochmals ein. Hannes weckte mich wirklich sehr früh, um Schiffszwieback und Stockfisch bereit zulegen. Bevor die Mannschaft anmarschierte, griffen wir zu. Ich nur zu dem Zwieback, was mir einen seltsamen Blick von Hannes einbrachte. Verlegen zog ich nur die Schultern kurz hoch. Polternd kamen die Seemänner an getrottet. Jeder schrie nach diesem heißen dunklen Gesöff, was sie Kaffee nannten und nebenbei nach Rum roch. Als auch ich zu diesem Kaffee greifen wollte, bekam ich von Hannes etwas auf die Finger.

„Das ist nichts für einen Schiffsjungen. Hier, du kannst Wasser trinken!"

Ein Grinsen ging durch die Mannschaft.

„Ja, ja, ein Schiffsjunge hat nicht einfach!", meinte einer der Männer und schlug mir auf den Rücken, sodass mir die Hälfte des Wassers aus dem Becher schwappte. Wieder johlte die Mannschaft über meine Ungeschicklichkeit. Wenn ich doch nur so aufbrausen könnte, wie ich wollte. Ich hielt mich zurück und spielte weiter den schüchternen Schiffsjungen. Hannes schickte mich wirklich zum Kapitän. Ängstlich stand ich vor der Tür und klopfte zaghaft an.

„Nur herein!", rief Sorgo. Als ich hereintrat, bat mich Sorgo, etwas aufzuräumen. Er verstand darunter das Wegräumen des Holzgeschirrs und das Machen des Bettes. Er selber verließ den Raum. So war ich alleine und konnte mich umsehen. In so einer Kabine hätte ich auch gerne genächtigt. Es war ein großer Raum, mit einem großen Bett und einer weichen Matratze, sowie Stühle und ein großer Tisch, worauf wirklich, wie Rys sagte, eine Seekarte lag. Es war schwer für mich sie zu lesen, die ganzen Linien, die darauf verzeichnet waren, wusste ich nicht zu deuten. Ich bekam gar nicht mit, dass Kapitän Sorgo wieder eingetreten war und mich beobachtete, wie ich die Karte studierte.

„Dich scheint die Seekarte zu interessieren", sprach er und ich zuckte schuldbewusst zusammen. Mit hochrotem Kopf fing ich an zu stottern.

„Jjja", brachte ich nur heraus. Ich dachte, dass Sorgo mich hochkant auf der Kabine schmeißen würde, doch das tat er nicht. Im Gegenteil, er erklärte mir genau, was auf der Seekarte zu sehen war.

„Dann ist das dort eine Insel?", fragte ich ihn und zeigte auf einen Fleck, wo die Schiffsroute dicht vorbeilief.

„Ja, aber an der werden wir nicht anlegen. Diese Insel ist verflucht", erklärte er weiter. Ich bedankte mich bei dem Kapitän, dass er mir die Karte verdeutlicht hatte. Ich hatte alles erfahren, was ich wissen wollte. In zwei Tagen zur Mittagsstunde würden wir an der Insel vorbeisegeln. Ich sammelte das Geschirr zusammen und begab mich damit in die Kombüse. Hannes hatte weitere Arbeit für mich, so konnte ich Rys nicht berichten, was ich herausgefunden hatte. Nach gefühlten Stunden hatte ich endlich alles erledigt und Hannes entließ mich für den Rest des Tages. Ich nutzte dieses um mir den Wind, um die Nase wehen zu lassen. Nur ein paar Männer waren am Arbeiten, mit Wasser aus dem Meer und einem Schrubber bewaffnet, schrubbten sie die Planken des Decks. Es war schön ihnen zuzusehen und zuzuhören, denn sie bewegten sich im Takt zu einem Lied. Ich kannte das Lied nicht, so hörte ich genau hin. Sie sangen von dem Meer und die Sehnsucht nach zu Hause, wo die Liebste auf sie wartete. Andere lümmelten auf dem Deck herum, sowie Rys. Er saß auf einer Kiste und schaute auf das Meer hinaus. Er schien in Gedanken zu sein. So fragte ich schon von weitem:

„Hey Mauro, hast du nichts zu tun?"

„Hallo Leo, du scheinst auch nicht arbeiten zu müssen. Komm, setzt dich zu mir." Rys schaute zu mir, dann klopfte er mit der Hand auf die Kiste, wo auch für mich noch Platz war. Als ich mich zu ihm setzte, fragte er leise:

„Hast du etwas erfahren?" Ich nickte, blieb dennoch still.

„Nun rede schon. Lass dir doch nicht alles aus der Nase ziehen", forderte Rys.

„Scht ... nicht so laut!" Mein Blick ging über die Männer, ob einer von ihnen lange Ohren machte. Doch keiner achtete auf uns.

„Der Kapitän ist gar nicht so grob, wie er uns vorgekommen war. Er hat mich erwischt, als ich mir die Seekarte angeschaut habe."

„Oh, nein!", sagte Rys dazwischen. Dabei sah er mich erschrocken an.

„Ach was, es war gar nicht so schlimm. Er hat mir alles ganz genau erklärt. In zwei Tagen zur Mittagsstunde werden wir an der Insel vorbeisegeln. Doch wie sollen wir es anstellen, vom Schiff zukommen?", flüsterte ich stolz.

„Lass das Mal meine Sorge sein", grinste Rys. Mir schien, dass er schon einen Plan hatte. Wir waren so sehr in unserem Gespräch vertieft gewesen, dass wir nicht mitbekamen, dass sich Bruno zu uns gesellte und uns zuhörte.

„Was muss ich da hören, ihr wollt von Bord?", grollte er uns leise an.

„Nein, nein, ihr habt euch verhört", entgegnete Rys.

„Junger Mann, ich bin zwar alt, aber nicht taub. Ich habe genau gehört, was gesagt wurde. Also lügt

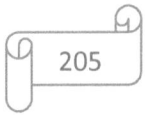

mich nicht an", flüsterte Bruno in einem barschen Ton. Seine Stirnfalten kräuselten sich, weil er verärgert war. Ich sah ihn verängstigt mit offenem Mund an und Rys wusste nicht, was er tun sollte. Wir brauchten einen Sekundenbruchteil, um unseren Schreck zu verarbeiten. Rys sah zu mir und ich nickte. Wir dachten beide an das Gleiche. Wir brauchten einen Verbündeten und warum nicht Bruno, der uns ja schon wegen Zorlo geholfen hatte. „Na gut. Wir wollen nicht, wir müssen auf die Eisinsel", antwortete Rys. Brunos Kinnlade fiel herunter. An alle möglichen Ausreden hatte er gedacht, aber nicht an so etwas.

„Das kann nicht euer Ernst sein. Auf der Insel haust der Teufel", meinte Bruno, nachdem er sich gefangen hat.

„Doch das ist unser Ernst", entgegnete ich. Bruno sah mich entgeistert von oben bis unten an, denn er vernahm eine Glockenklare Stimme. Ich hatte nicht darauf geachtet, mit einer männlichen Stimme zu sprechen.

„Du, du bist ja eine Frau!", stellte er verdattert fest.

„Wie kommt ihr denn auf so etwas? Nur, weil meine Stimme manchmal höher klingt? Ich bin im Stimmbruch oder habt ihr vergessen, dass wir Jünglinge dieses leider durchleben müssen?", protestierte ich. Dieses Mal achtete ich darauf, dass meine Stimme in der Tonlage schwankte. Der alte Seebär kam ins Zweifeln. Er stellte es aber auch nicht klar, was er dachte.

„Was wollt ihr auf der Insel?", wechselte Bruno das Thema. Worüber ich froh war, denn sein Augenmerk richtete sich wieder auf Rys.

„Das müsst ihr nicht wissen. Es langt, dass ihr wisst, dass wir dorthin wollen", grollte Rys.

„Schon gut. Doch ihr werdet nicht ohne Hilfe von Bord kommen, um auf die Insel zu gelangen", meinte Bruno grimmig. Wo er Recht hatte, hatte er Recht. Doch ich wollte ihm den wahren Grund nicht nennen, so musste ich mir wieder einmal eine Lüge ausdenken. Ich atmete tief durch und wollte schon ansetzen, als Rys mir mit einer Erklärung zuvorkam.

„Auf der Insel wächst eine ganz besondere Blume. Diese muss ich holen, um das Mädchen heiraten zu dürfen, welches ich von ganzem Herzen liebe." Bruno sein Gesichtsausdruck erhellte sich und lachte.

„Deswegen macht ihr hier so ein Geheimnis daraus. Wenn es um die Liebe geht, helfe ich gerne. Auch wenn ich es nicht richtig finde, dass ihr ausgerechnet auf diese Insel wollt."

„Ich weiß, doch wenn ich diese Blume nicht bekomme, kann ich mich auch gleich an die Rah hängen", jammerte Rys. Ich tätschelte seinen Rücken, weil er so herzzerreißend schniefte.

„Jetzt hör doch auf, dich wie ein Weib zu benehmen. Ich helfe doch", befahl Bruno. Rys schniefte nochmals und fragte:

„Wirklich? Wir können uns darauf verlassen, dass sie hinter uns stehen?"

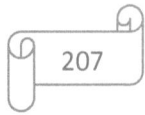

„Bei allem, was mir heilig ist, ja das werde ich!", schwor Bruno.

„Gut, ihr werdet merken, wann und wo wir eure Hilfe brauchen", entgegnete Rys geheimnisvoll. Rys stand auf und zog mich mit. Es wurde Zeit, dass wir ans Schlafen dachten, denn die Sonne war längst untergegangen.

„Ich wusste gar nicht, dass du so gute Lügengeschichten erzählen kannst. Ich hatte Schwierigkeiten nicht laut loszulachen, so wie du geschnieft hast." Frech grinste ich ihn von der Seite her an. Rys lächelte und zwinkerte.

„Da kannst einmal sehen, nicht nur du kannst so etwas".

Unter Deck ergab es sich nicht mehr ungestört weiter zureden. Zu viele Ohren, die auf Lauschen geschaltet waren, befanden sich dort. So krabbelte jeder in seine Hängematte. Wobei Rys es am schwersten hatte. Er musste erst eine kleine Leiter hinauf, da seine über meine Matte hing. Dieses schaffte er besser, als ich dachte. Meine Hängematte drehte sich erst einmal mehrmals um sich selber. So musste ich sie wieder entwickeln, bis ich endlich hinein konnte. Ein paar Seemänner hatten meine Beschäftigung beobachtet und grienten zu mir herüber.

„Hey, du Landratte. Du solltest dich am besten festschnüren, damit du nicht wieder hinaus plumpst", bemerkte einer der Männer.

„Ich werde versuchen, leiser zufallen. Du kannst dich ja unten hinlegen, dann falle ich weich", konterte ich lachend. Ein Grölen ging durch das Unterdeck. Scheinbar hatte ich richtig reagiert. Denn nicht nur Rys, auch ein paar andere erhoben den Daumen. Dankend nickte ich allen zu. Die zweite Nacht in der Hängematte war schon besser, schnell schlief ich ein.

„Halina Hilfe, beeile dich, sonst sterbe ich. Die Zeit wird knapp."

Gerädert wachte ich auf. Wieso sollte mein Rufer sterben? Ich bin doch schon auf dem Weg zu ihm. Nur noch eine Nacht dann würde ich bei der Insel sein um meinen Rufer zu retten. Auch in der letzten Nacht ließ mein Rufer mich unruhig schlafen, da er mich stärker drängte, mich zu beeilen. Der Vormittag verlief wie die anderen Tage auch, in der Kombüse schuften. Rys hatte sich die ganze Zeit in Schweigen gehüllt, was mich ärgerte. Kein einziges Wort hat er mir verraten, wie er es schaffen wollte uns von Bord zubringen. Wenn ich ihn danach fragte, schmunzelte er nur. Obwohl Hannes mir eine Arbeit zugewiesen hat, ging ich auf das Deck. Mein Blick schweifte auf der Backbordseite voraus über das Meer. Am Horizont zeichnete sich eine Insel ab. Die großen Bäume, sah man schon von weitem, sowie ein Gebirge. Nach der gesuchten Eisinsel sah diese nicht aus.

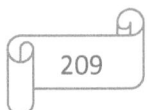

„Ich bin gespannt, wie ihr von Bord kommen wollt?", flüsterte mich Bruno von der Seite an.

„Das kann nicht die gesuchte Insel sein, sie ist so grün", antwortete ich. Meine Enttäuschung war aus meinen Worten heraus zuhören.

„Nur weil sie Eisinsel genannt wird, muss sie doch nicht aus Eis bestehen", entgegnete Rys, der mit unserem Gepäck auf uns zukam, welches ja nur aus drei Rucksäcken und einem Wasserschlauch bestand. Ich zählte aber nur zwei und sah ihn verwundert an, denn ein ganz besonderer Sack fehlte. Rys verstand meinen fragenden Blick und zwinkerte mir nur zu. Ehe ich mit Worten nachfragen konnte, wurde es auf Deck laut.

„Klabautermann, Klabautermann! Wir sind verflucht, der Klabautermann ist an Bord!", schrien die Seeleute und zeigten auf ein mausgraues Wesen, was von einer Seite zur anderen Seite flitzte. Nur Bruno blieb still und beobachtete das Treiben. Im ersten Moment wusste ich nicht, was die ganze Aufregung sollte, bis mir klar wurde, wer als Klabautermann deklariert wurde. Meine Augen weiteten sich, als ich sah, wie die Männer mit dem Deckbesen nach dem Klabautermann schlugen, der immer noch hin und her sauste und dabei in den höchsten Tönen quiekte.

„Nein, haltet ein!", schrie ich und rannte auf das Wesen zu.

„Das ist kein Klabautermann, das ist Zorlo, mein Freund!" Zorlo sauste auf mich zu und versteckte sich hinter mir.

Der Kapitän war aus seiner Kabine gekommen, weil ihn der Lärm der Männer beunruhigte. Er war froh, dass der Lärm keine Meuterei war. Doch ein Klabautermann an Bord war genauso übel. Sein Blick schweifte über uns alle, bis seine Augen entsetzt bei mir haften blieb.

„Das ist ein Klabautermann. Er muss von Bord, ansonsten geht das Schiff unter", rief der Kapitän, als er Zorlo erblickte. Auch Sorgo sah in dem grauen Wesen den Klabautermann. Ich hielt voller Angst den Erdgnom auf meine Arme und schaute die Männer böse an, die genauso böse, mit funkelnden Augen zurücksahen. Alle schrien sie durcheinander. Das einzige, was ich immer wieder verstand war, dass die Seemänner fest der Meinung waren, dass das Schiff verflucht sei, solange der Klabautermann am Bord sei.

„Bringt den Klabautermann um, bevor er es mit uns tut", brüllte einer der Männer.

„Ja, bringt ihn um", forderten alle anderen. Einige erhoben drohend ihre Fäuste, andere zogen ihre Säbel. Angst kroch in mir hoch. Mein böser Blick wandelte sich, aus mir wurde ein ängstlicher Hase, der zitternd den Erdgnom festhielt. Die Männer kamen immer dichter auf mich zu. Sie wollte mir Zorlo entreißen und waren nur noch wenige Schritte von mir weg.

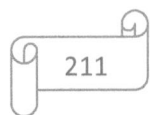

„Wenn nur einer von euch es wagen sollte meinen Bruder zu nahezukommen oder gar dem Gnom Gewalt anzutun, der bekommt es mit mir zu tun", brüllte Rys dem Mob entgegen. Mit seinen Degen bewaffnet stand Rys plötzlich zwischen mir und den Männern. Meine Panik wollte nicht weichen, im Gegenteil, jetzt hatte ich auch um Rys Angst.

„Wenn ihr den Klabautermann nicht hergebt, dann werdet ihr auch über Bord geworfen", grollte Sorgo laut. Der nichts dagegen unternahm, dass die Seemänner wieder einen Schritt näher kamen.

„Über Bord mit euch", fauchte uns die Meute an.

„Aber Kapitän, dieses könnt ihr nicht zulassen. Wir sind keine Mörder. Was haltet ihr davon, wenn wir sie mit einem Ruderboot aussetzen? Dort ist eine Insel, wohin sie sich retten können", meinte Bruno. Dies war der Augenblick, wo der Seebär uns helfen konnte, so wie er es versprochen hatte.

„Haltet ein, ihr räudigen Bastarde!", brüllte Bruno den Männern entgegen. Alle blieben wie angewurzelt stehen und schauten fragend den Kapitän und Bruno an. Sorgo griff sich in seinen Bart. Er grübelte über die Worte von Bruno nach.

„Du hast Recht, Bruno. Lasst das Ruderboot zu Wasser, damit wir diesen Klabautermann so schnell wie möglich von Bord bekommen", befahl er. Die Mannschaft stöhnte mit einem „Wie schade" auf. Wenn es nach ihnen gegangen wäre, wären wir über die Planke gegangen. Grinsende Blicke folgten uns, wie wir an einer Strickleiter von Bord kletterten, die

Männer hatten ein kleines Loch in Bootsboden geschlagen. Unsere Rucksäcke hatten wir schon vorher in das Ruderboot geschmissen. Nun saßen wir in dieser Nussschale und das Segelschiff entfernte sich. Rys setzte sich an die Riemen und schlug den Weg zur Insel ein. Nur gut das kein hoher Seegang war, dann hätte ich es noch schwerer gehabt das Wasser aus dem Boot mit einer Holzschüssel zu schöpfen. Von den Strudeln, von denen Gandro erzählte hat, war nichts zusehen und nichts zu spüren. Ich fing schon das Zweifeln an, ob wir zur richtigen Insel ruderten. Doch wo sollten wir sonst hin, es gab keine andere Insel in der Nähe.

Der Eissee

Erst als wir auf der Insel strandeten, wurde mir bewusst, was passiert war. In Tränen aufgelöst sank ich auf den feinen hellen Sandstrand. Die Angst und die Anspannung, welche ich gespürt hatte, lösten sich mit jeder Träne auf, die ich weinte. Zorlo, den ich immer noch gegen mich gedrückt festhielt, fing das Zappeln und Jammern an. Irritiert ließ ich den Gnom los. Hatte ich ihn etwa verletzt? Doch Zorlo schüttelte sich nur und holte tief Luft. Ihm ging es gut. Nachdem ich mich beruhigt hatte, schweifte mein Blick Richtung Meer, wo ich den Wasserstrudel entdeckte. Doch es war nicht ein Strudel, es waren hunderte. Nur ein kleiner Wasserpfad führte zwischen diesen Strudeln hindurch. Durch diesen Pfad musste eins

Gandro von der Insel entkommen sein. Nur er hatte sein Segelboot vor der Insel geankert, unseres war fort und kam auch nicht wieder.

„Wie sollen wir da nur wieder hindurchfinden?", schniefte ich. Mir war es immer noch schleierhaft, wie Gandro dies geschafft hat.

„Ach Halina, lass uns erst einmal deinen Rufer finden. Er hat dir ja kaum eine ruhige Nacht gelassen, seitdem wir auf dem Segler waren. Wer weiß, vielleicht weiß er einen besseren Weg, um von der Insel zukommen." Rys versuchte mich zu beruhigen, schließlich waren wir alle noch am Leben. Er hatte mittlerweile das Ruderboot weiter auf den Strand gezogen und Zorlo schaute böse auf das Meer hinaus. Wütend erhob er seine Arme und ballte die Hände zu Fäuste.

„Mich einfach von Bord zu jagen. Was fällt euch ein! Ich bin kein Klabautermann. ICH BIN EIN ERDGNOM, merkt euch das!", brüllte er drohend über das Meer, dorthin wo das Segelschiff am Horizont verschwand.

„Wir hatten Glück, dass Bruno ein gutes Wort für uns eingelegt hat. Der Kapitän hätte uns auch über die Planke jagen können. Dann wären wir sicher ertrunken, denn schwimmend hätten wir die Strecke zur Insel nicht geschafft", bemerkte Rys.

„Das hätte die Mannschaft sicher liebend gerne gemacht, wenn ich nicht gedroht hätte, das Schiff und die Besatzung zu verfluchen. Sie sollten niemals wieder festes Land betreten", sprach Zorlo stolz mit geschwollener Brust. Rys und ich sahen ihn verwundert an, denn wir hatten kein einziges Wort von Zorlo vernommen, außer ein Quieken.

„Wann hast du das denn gesagt?", fragte ich ihn.

„Na ja, es war noch unter Deck, da fingen die Seeleute mich schon an zu jagen", erklärte Zorlo verlegen. Wir fingen das Lachen an, denn wir ahnten, dass Zorlo ein wenig prahlte.

„Ist ja egal, jedenfalls waren die Gesichter der Seemänner einmalig, als sie dich sahen. Für sie warst du wirklich der Klabautermann. Du hast diesen super gespielt, besser noch als wie wir es besprochen hatten", entgegnete Rys. Ich war erstaunt, was sich alles hinter meinem Rücken abgespielt hat. Das Lachen war mir vergangen.

„Wann hast du mit Zorlo darüber gesprochen?"

„Na ab und an musste Zorlo ja an Deck und das ging nur nachts, wenn alle schliefen", erwiderte Rys. Was die beiden dann auf dem Deck machten, konnte ich mir denken. So wandte ich mich einem anderen Thema zu.

„Wo gehen wir lang? Wir müssen zu dem Eissee. Was ich dort genau tun soll, dass weiß ich immer noch nicht." Es ärgerte mich, dass mein Rufer mich so im Ungewissen ließ.

„Wir sollten ins Landesinnere gehen. Ich glaube nicht, dass wir deinen See am Strand finden werden", entgegnete Rys.

„Ja, hoffentlich finden wir ihn schnell." Ich fühlte mich auf dieser Insel nicht wohl. Die Geschichten, die wir gehört hatten, hatten mir Angst eingejagt. Wer weiß, ob nicht doch etwas Wahres an den Geschichten war. Wir begaben uns auf einen Pfad, der in einen sehr dichten Laubwald hinein führte. Wer benutzte diesen Pfad? Grausige Gedanken machte ich mir. Gab es hier auch so ein Wesen wie den Gromba? Ein Schauer lief mir den Rücken hinunter. Rys schien sich auch zu fragen, wer diesen Weg geformt hatte? So versuchte er Spuren zu finden. Zorlo lief wie ein Hund auf allen vieren mit der Nase am Boden entlang. Plötzlich blieb der Erdgnom stehen. Ein Leuchten erhellten seine Augen.

„Das gibt es doch nicht, ausgerechnet hier! Ich kann es kaum glauben", rief er erfreut. Ein freudiges Grinsen zierte sein Gesicht.

„Was ist los? Hast du etwas entdeckt?", wollte ich wissen, schaute mich um, doch ich sah nichts Besonderes, was Zorlo so erfreute.

„Ja. Du wirst es nicht glauben. Ich rieche ihren Duft, er ist betörend." Zorlo war hellauf begeistert. Ich schnupperte in die Luft, ich roch nichts. Ehe ich darauf eingehen konnte, lief Zorlo davon. Er achtete gar nicht mehr auf uns.

„Zorlo, so warte doch!", rief Rys ihm hinterher.

„Er schien wie in Trance zu sein, so wie er davon gelaufen ist. Ob es an dem Duft lag, den er meinte, gerochen zu haben? Komm, wir folgen ihm", entgegnete ich und hoffte, dass Zorlo den Pfad nicht verließ. Nach einiger Zeit waren wir aus dem Wald heraus. Vor uns lag ein riesiges Feld von großen grünen Farnen. Zorlo war in diesen komplett verschwunden. Wir konnten nur an den Bewegungen der Pflanzen erahnen, wo er sich befand. Fast wie eine Schlange bewegte er sich durch das Feld. Uns reichten die Farne nur bis zur Brust, so konnten wir über das ganze Feld schauen. So riesige Farne, die über einen Meter hoch wurden, hatte ich noch nie gesehen. Ich fragte mich, wie groß diese Insel wohl sei? Erst der breite Sandstrand, der dunkle Laubwald und nun dieses riesige Fläche von Farnen. Es ging auch immer noch bergauf, welches wir aber nicht so mitbekamen, denn dieses ging ganz sachte vonstatten. Am Horizont türmte sich das Gebirge auf, welches wir schon vom Segelschiff aus gesehen hatten. Die Sonne stand schon lange nicht mehr im Zenit. Der Himmel färbte sich in einen rötlichen Ton. Die Nacht kündigte sich an.

„Heute werden wir den See nicht mehr finden", meinte Rys so nebenbei. Sein Blick schweifte über das Feld. Er war nicht auf der Suche nach Zorlo, er suchte einen Platz, wo wir nächtigen konnten. Als er eine Art von Lichtung inmitten dieser Farne gefunden hatte, war Zorlo noch nicht wieder aufgetaucht.

„Was denkt sich dieser Erdgnom eigentlich? Er kann sich doch denken, dass wir uns Sorgen machen", schimpfte ich wie ein Rohrspatz. Setzte mich auf den herunter gedrückten Farn und seufzte. Ich war froh, dass es warm war. Obwohl die Sonne immer weiter unterging, wurde es nicht kälter.

„Er wird schon wieder auftauchen und uns mit geschwelter Brust erzählen, vor was für eine Gefahr er uns gerettet hat", sagte Rys mit einem Schmunzeln im Gesicht. Ich dagegen sah ihn entsetzt an, dachte Rys wirklich, dass wir hier in Gefahr seien? Ich hatte mich doch gerade erst selber damit beruhigt, weil ich kein Grollen oder sonstige grässliche Geräusche hörte, dass die Geschichten nur erfunden waren, die man uns erzählt hat. Rys deutete mein Gesichtsausdruck richtig und lachte.

„Du brauchst keine Angst zu haben. Ich hatte da an Zorlo gedacht, für ihn ist doch schon ein Wiesel oder Fuchs eine Bedrohung." Ich schaute Rys böse an, Zorlo war viel mutiger, als er ihn darstellte. Meine Gedanken schweiften gerade zu dem Gromba und den Bergos oder wie mutig Zorlo den Klabautermann gespielt hat. Ohne Zorlos Mut wären wir noch lange nicht auf dieser Insel. Wegen eines Wiesels oder Fuchses würde Zorlo sich nicht brüsten. Dennoch machte ich mir immer noch Sorgen, weil der kleine Gnom nicht bei uns war. Sollte Zorlo selber in Gefahr sein und unsere Hilfe brauchen? Sorgenfalten zeigten sich auf meiner Stirn.

„Schon gut, schon gut. Ich mache mir ja auch Sorgen. Wo dieser Gnom nur bleibt", räumte Rys schnell ein und meinte weiter:

„Ich frage mich nur, wer diese Farne hier heruntergedrückt hat? Gibt es doch eine Gefahr für uns?" Rys hatte es wieder einmal geschafft, dass ich ängstlich umherschaute.

„Ach Halina, du brauchst keine Angst zu haben. Egal was hier passieren könnte, ich werde dich beschützen." Rys stand stolz vor mir und schaute zu mir hinunter. Am liebsten hätte er mich beschützend in die Arme genommen, doch dieses traute er sich nicht. Zu oft habe ich ihn von mir gestoßen, dass er es auf gab, mich für ihn zu gewinnen. In mir brodelte es ärgerlich, dass Rys es nicht wagte. Mittlerweile war es ganz dunkel geworden und ich legte mich zum Schlafen hin. Rys versprach, wachsam zu sein. Bei jedem Knacken oder Rascheln, was ich vernahm, zuckte ich zusammen. Ich weiß nicht, wie spät es war, als ich endlich einschlief.

„Halina endlich bist du da, nur noch wenige Meter trennen dich von mir. Wenn du beim Eissee bist, stelle den Feuerkristall auf den roten Fleck mitten auf dem See. Dann musst du dich beeilen, um an das Ufer zukommen. Erschrecke nicht über das, was dann passiert. Du schwebst nicht in Gefahr, bitte vertraue mir. Ich freue mich schon dich zusehen und real mit dir sprechen zu können."

Ein großer zugefrorener See, umgeben vom Gebirge, war im Traum zu sehen. Von der Mitte her kam ein rotes Leuchten. Nur ein Bildnis meines Rufers zeigte mir mein Traum immer noch nicht. Mein Schlaf verlief nach dem Traum traumlos weiter, Rys hatte sich auch zum Schlafen gelegt. Er hielt es nicht für nötig, nachdem ich eingeschlafen war,

Wache zuschieben. Wenn er es getan hätte, hätte er mitbekommen, was sich mitten in der Nacht ereignete. Durch das Feld der Farne ging ein Rascheln. Von allen Seiten schlängelten sich Wesen zu uns auf die Lichtung. Erschrocken blieben sie bei uns stehen und beäugten unseren tiefen Schlaf. Ein Flüstern ging von einem Wesen zum anderen. Erst als eines der Wesen mich mit einem Speer piksen wollte, sprang Zorlo dazwischen.

„Wirst du das wohl lassen! Es sind gute Menschen, die dir und deinem Clan nichts tun werden", schimpfte er leise. Dabei entriss er dem Wesen den Speer.

„Sie liegen aber auf unseren Betten", raunte ein anderer.

„Seht sie als eure Gäste an und kuschelt euch an. Ihr werdet merken, dass sie euch wärmen werden", erwiderte Zorlo. Um ihnen zu zeigen, dass es gefahrlos war, kuschelte sich Zorlo ganz dicht an mich. Es raschelte wieder und viele kleine Wesen kuschelten sich nun an Rys um mich. Erst am Morgen bemerkte ich die Wärme, die um mich herum herrschte. Als ich die Augen öffnete und in ein unbekanntes Gesicht schaute, sprang ich erschrocken auf. Ich konnte keinen Ton von mir geben, denn ich sah in genauso erschrockene Augen, die mich ansahen.

„Guten Morgen Halina. Hast du endlich ausgeschlafen?" Ich drehte mich um, denn diese piepsige Stimme kannte ich. Zorlo stand grinsend vor mir und hielt mir eine Wurzel hin. Er selber biss herzhaft in eine andere. Ich griff nach der Wurzel, setzte mich wieder und starrte immer noch auf die vielen Wesen, die um mich herum saßen und jetzt ebenfalls auf Wurzeln kauten. Es waren so viele, dass ich sie kaum zählen konnte, die ganze Lichtung war von ihnen gefüllt.

„Damit hast du nicht gerechnet, oder?", fragte Zorlo mit einem strahlenden Gesicht. Ich nickte nur. Rys, der kurz vor mir erwacht war, sah genauso verwundert drein.

„Es ist wirklich ein ganzer Clan von Erdgnome und ihr habt mitten in ihrem Schlafzimmer geschlafen", griente Zorlo mich an. Er kam kaum aus dem Grinsen heraus. So ein Strahlen hatte ich noch nie bei ihm gesehen, Zorlo schien glücklich zu sein. Nach seiner Erklärung fand ich endlich meine Stimme wieder.

„Es tut mir leid, dass wir euer Schlafzimmer benutzt haben."

„Halb so schlimm. So warm haben wir noch nie geschlafen", entgegnete einer der Erdgnome. Diese piepsige Stimme schien alle Gnome zu haben.

„Way ei, o e s i, en do ust", gab Zorlo mit vollem Mund von sich. Ich verstand kein Wort.

„Beiß am besten nochmal ab, dann verstehe ich dich besser", feixte ich. Zorlo brummte, schluckte den Inhalt seines Rachenraums hinunter und meinte nochmals:

„Wanly weiß, wo der Eissee ist, den du suchst!" Er war stolz darauf, dass er schon etwas wusste und wir

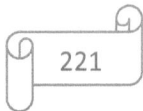

nicht und zeigte auf einen zierlichen Erdgnom. Mein Blick richtete sich auf das Wesen, welches mir ein Lächeln schenkte.

„Magst du uns dorthin führen?", bat ich freundlich.

„Ja, aber nur Zorlo zu liebe." Sie strahlte Zorlo an und dieser blickte strahlen zurück. Ich ahnte, was da passiert war. Zorlo hatte sich verliebt, welches scheinbar von Wanly erwidert wurde. Kein einziger Erdgnom nahm es uns noch böse, dass sie ihren Schlafplatz mit uns teilen mussten. Jetzt wussten wir auch, wer den Pfad im Wald geformt hat, es waren die Erdgnome. Wie sie uns erzählten, gab es kein weiteres Lebewesen auf der Insel. Sie aßen nur noch Wurzeln, seitdem der See zugefroren war. Sooft hatten sie versucht ein Loch in das Eis zu schlagen, um ein paar Fische zu fangen, doch die Eisdecke war viel zu dick. Fische aus dem Meer konnten sie wegen der Strudel nicht fangen. Mich verwunderte die Aussage. So fragte ich:

„Habt ihr denn früher aus dem Meer Fische gefangen?"

„Ja", entgegnete Wanly, „früher gab es diese Strudel nicht. Auch der See war nicht zugefroren. Zu dieser Zeit machten sich regelmäßig ein paar von uns auf die Reise, um auf der anderen Seite des Meeres einen neuen Clan zu bilden." Meine Augen wurden immer größer, diese Erdgnome schienen die Kunst des Schiffsbaus zu beherrschen. Wie sollten sie sonst von der Insel gekommen sein? Wanly sah mir an, was ich dachte, so sprach sie weiter:

„Einmal im Jahr wird der Farn von uns geerntet und zu Booten verwoben. Ich weiß, man kann es sich kaum vorstellen. Doch bedenkt, dass wir nicht viel wiegen, so kann ein Boot aus Farnen immer vier Gnome tragen. Doch als die Strudel auftauchten, kamen wir nicht mehr fort und die, die es versucht haben, sind in den Strudeln umgekommen." Mir fiel gerade das Gewicht von Zorlo ein, so stellte ich mir ein sehr großes Boot vor. In Gedanken fragte ich mich, ob die Erdgnome für uns auch so ein Boot bauen könnten. Unser Ruderboot war ja kaputt. Doch vorerst wollte ich etwas anders wissen.

„Dann kommt Zorlo auch von hier?"

„Nicht unbedingt. Es kann sein, dass seine Eltern einst von hier kamen oder er von einem anderen Clan stammt. Wir haben hier mehrere Clans auf der Insel. Damit keiner auf die Idee kommt wieder zurückzukommen, verliert jeder Erdgnom seine Erinnerung an dieses Eiland. So konnten wir unsere Clans stets klein halten und es entstand keine Überbevölkerung, so wie wir es jetzt haben", erklärte Wanly.

„Seit wann ist der Eissee gefroren?", fragte ich neugierig weiter. Wanly war am überlegen, dann antwortete sie:

„Es muss ungefähr zwanzig Jahre her sein. Frage mich aber bitte nicht, warum er einfror. Das weiß keiner von uns." Ich erfuhr so vieles über das Leben der Erdgnome. Dass ihre Bekleidung, die nur aus Röcken bestand, aus Farnen gefertigt war. Diese trugen sie alle, außer Zorlo, der trug seinen Mausfellmantel. Er hatte uns zugehört und wollte jetzt auch was sagen:

„Ich gehöre zu keinem Clan. Meine Eltern starben und von anderen Erdgnome auf Katonag weiß ich nichts." Etwas Traurigkeit lag in seiner Stimme.

„Ach Zorlo, jetzt bist du hier und kannst bleiben oder ..." Wanly stockte. Sie beendete den Satz nicht, dafür lief sie rot an. Ich musste schmunzeln, ein Gnom mit rotem Kopf sah ungewöhnlich aus. Durch die Plauderei hatte ich nicht mitbekommen, dass uns Wanly über den Gebirgspfad zum Eissee geführt hat.

Der Rufer

Das Gebirge türmte sich rundherum auf. Der Eissee war riesengroß, dass man das andere Ufer, in diesem ebenso riesigen Tal, kaum sehen konnte. Wie sollte ich nur die Mitte des Sees, bei dieser immensen Größe finden? Mein Rufer stellte mich immer wieder vor kaum lösbaren Aufgaben.

„Jetzt bist du an deinem Ziel und was nun?", fragte Rys. Ich hatte ihm ja noch nicht erzählen können, was ich im Traum gesehen und gehört hatte. Dieses holte ich jetzt nach.

„Na dann lass uns auf den See gehen." Rys war total euphorisch.

„Wir werden schon den Mittelpunkt finden. Ich kann mir nicht vorstellen, dass dein Rufer nicht irgendein

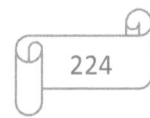

Kennzeichen dort hinterlassen hat." Ich vermochte darauf nichts zu erwidern. So zog mich Rys auf den vereisten See. Er hatte keinerlei Angst, dass das Eis uns nicht halten würde. Trotzdem schoben wir vorsichtig einen Fuß vor den anderen, um nicht hinzufallen, da es spiegelglatt war. Nur Zorlo und Wanly liefen auf dem Eis herum, als wäre es ein Waldboden, wo man nicht ausrutschen konnte. Ich kam mehr schlecht als recht voran. An Rys seinen Arm festhaltend schlitterte ich Stück für Stück vorwärts. Ich war nur froh, die warmen Reitstiefel, die mir Fara gegeben hatte, an den Füßen zu haben. Diese hatte ich in meinen Rucksack gehabt, ich konnte sie nicht hergeben. Rys war etwas neidisch, denn seine Füße froren in den klobigen Seemannsschuhen. Woher mochte Fara es gewusst haben, dass ich die Stiefel brauchen würde? Diese Frage ging mir durch den Kopf. Nicht nur mein Rufer hatte meine Reise gelenkt, viele andere waren daran mit beteiligt. Das wurde mir so langsam klar. Ich habe nur das Ziel angegeben und die anderen lenkten irgendwie meine Schritte. Doch ohne deren Hilfe wäre ich nicht hier, hier auf dem Eissee. Auf einer gewissen Weise war ich froh endlich hier zu sein, doch auch etwas traurig, dass meine Reise mit Rys dem Ende zuging. Die Wärme, die von seinem Arm strahlte, erfüllte mich mit Sicherheit. Ja, an seiner Seite würde mir nie etwas geschehen. Meine Augen fingen an zu leuchten, wenn meine Gedanken bei ihm waren. Leider war Rys die letzten Tage recht kühl gewesen, das musste ich ändern, wenn ich ihn nicht verlieren wollte. Doch ich wusste nicht, wie ich es anstellen sollte. So verschob ich dieses Vorhaben auf später. Erst dem Rufer helfen, dann würde ich weiter sehen. Ja, so war mein Plan gewesen, eines nach dem anderen. Vor uns sprang Zorlo wie ein Gummiball auf und ab. Aufgeregt winkte er mit seinen kleinen Armen.

„Hier ist es, kommt!", rief er uns entgegen. Bei Zorlo angekommen, sah ich, was der Gnom meinte. Ich konnte es kaum glauben, dass wir es so schnell gefunden hatten. Ein kreisrunder roter Fleck mit einem schwarzen Punkt in der Mitte war auf der Eisfläche zu sehen. Je länger ich auf den Fleck schaute, umso mehr bekam ich das Gefühl, dass dieser für Sekundenbruchteil verschwand. Schnell stellte ich den Kristall, mit dem heiligen Feuer, auf das Zeichen ab. Obwohl der Fleck anders aussah, als wie in meinem Traum, wusste ich, dass es der richtige Platz war. Gefesselt sahen wir auf den Kristall. Erst passierte gar nichts. Nach ein paar Minuten stellten wir fest, dass das Eis, um den Kristall herum, anfing zu schmelzen. Der Umfang vom geschmolzenen Eis wurde immer größer. Der See schmolz so zu sagen von der Mitte aus. Ich starrte immer noch gebannt auf den Kristall. Er schwebte an der Stelle, wo ich ihn hingestellt hatte, er versank nicht in dem See. Was mich sehr irritierte.

„Schnell, wir müssen das Ufer erreichen. Das Eis, es schmilzt!". Rys schüttelte mich, um mich aus meiner

Starrheit zu holen. Ich sah ihn mit großen Augen an. Erst als sich unter meinen Schuhen Wasser bildete, erwachte ich aus meiner Starre. Ein Grollen ging durch den See, was immer lauter wurde. Voller Angst nahmen wir unsere Beine in die Hand und rannte, als wenn der Teufel hinter uns wäre. Was bei der Glätte des Eises nicht so leicht war. Oftmals stolperte ich und legte mich lang auf das Eis. Zweifel kroch in mir hoch. War es richtig gewesen, meinen Rufer zu folgen, ohne die Träume wirklich zu hinterfragen? Wen oder was habe ich durch meine Tat befreit? Das Grollen verstärkte sich so stark, dass man kein einziges Wort von den anderen mehr verstand. Ich konnte nur noch erahnen, was Rys mir zu schrie. Ich rappelte mich wieder auf, meine Kleidung war nass, ich lag schon in einer Wasserlache und das rettende Ufer war noch so weit weg, so empfand ich es jedenfalls. Bei jeden Schritt spritze Wasser hoch und in letzter Sekunde sprang ich an das rettende Ufer. Außer Atem ließ ich mich für einen kurzen Augenblick auf den Boden fallen. Mein Blick ging suchend durch die Runde. Es waren alle heil am Ufer angekommen. Nun richtete sich mein Blick auf den See, denn das Grollen hatte immer noch nicht aufgehört. Die Gnome hielten sich allesamt ihre Ohren zu, auch Rys und mir tat das Grollen in den Ohren weh. Ein Wallen und Aufschäumen des Sees setzte ein. Es sah wie ein Wasserstrudel aus, der sich in die Lüfte erhob. Eine blauweiße Wasserwand stand vor uns, so hoch, dass wir von den Bergen nichts mehr sahen. Mit einem lauten Platschen brach die Wasserwand zusammen. Der Spuk war vorbei, kein Grollen und kein Wallen mehr. Doch das, was ich jetzt erblickte, erschreckte mich und die anderen. Obwohl mein Rufer mir sagte, dass ich keine Angst haben bräuchte, schlotterten nicht nur mir die Knie. Eine ungemeine Angst um mein und das Leben der anderen machte sich in mir breit. Ein dunkelrotes Wesen schwebte über dem See, groß wie ein Berg, so kam er mir in dem Moment jedenfalls vor. Doch es war nur so groß, wie zwei Pferdekutschen, die übereinander standen, dafür aber fünfmal so lang. Was wohl an dem Schwanz lag, der doppelt so lang war wie der rote Körper des Wesens. Ich rechnete jeden Augenblick damit, dass das Wesen feuerspeiend über uns hinweg fegen würde. Keiner von uns war in der Lage sich zu bewegen, so erschrocken oder fasziniert sahen wir diesen dunkelroten Drachen an. Er bewegte seine Schwingen, sodass uns ein Windstoß erfasste und uns von den Füßen holte. Mit einem Aufschrei saß ich auf dem Boden. Der Drache schwebte über uns hinweg und landete schwerfällig hinter uns.

„Hallo Halina, ich danke dir, dass du mich aus dem Eissee gerettet hast. Ich sehe es dir an, dass du Angst verspürst. Das brauchst du nicht. Niemals würde ich dir oder deinen Gefährten etwas tun, denn ich stehe in deiner Schuld. Ohne dich wäre ich in wenigen Tagen gestorben, länger hätte ich es in der Kälte nicht ausgehalten", sprach der Drache in einem sehr lieblichen Ton. So eine sanfte Stimme hatte man bei diesen großen Wesen nicht erwartet. Ich brauchte noch ein paar Minuten, bis ich es wirklich realisierte, dass mein Rufer ein Drache war. Er ließ mir auch diese Zeit und schaute mich mit seinen roten Augen an. Diese erinnerten mich an den roten Fleck mitten auf dem See.

„Wie heißt du? Warum musste ich dich retten? Und warum war mir das vorher bestimmt?" Das waren die ersten Fragen, die ich meinem Rufer entgegenschrie, nachdem ich die Angst vor diesem Wesen verloren hatte. Seine roten Augen strahlen Freundlichkeit aus, was sicher an den langen Augenwimpern lag. Vorsichtig ging ich auf den Drachen zu, um nicht so schreien zu müssen. Nicht einmal Rys, Zorlo oder Wanly hatten etwas dagegen. Als wir nah genug waren, setzten wir uns auf den Boden und warteten auf die Antworten meiner Fragen. Wir hörten, wie der Drache tief einatmete. Um uns nicht um- oder wegzupusten atmete er in die gegen gesetzte Richtung aus, ansonsten atmete er flach, sodass uns nur ein leichtes Lüftchen um die Nase wehte. So konnte ich ihn mir genauer und ohne Scheu anschauen. Er trug ein Schuppenkleid, keine Zacken zierten seinen Rücken. Stämmige Beine und scharfe Krallen an den vier Pranken trugen seinen massigen Körper. Er hatte einen breiten Kopf mit einer breiten Schnauze, aus dem spitze Zähne blitzten. Unterhalb seiner Ohren, waren lange, schwarze Haarbüschel. Die unter einer Schuppe hervorkamen. Erst als der Drache anfing zu sprechen, kam ich aus meinen Gedanken heraus.

„Halina ich weiß, dass du sehr viele Fragen hast und ich werde sie dir auch beantworten. Doch habe bitte noch etwas Geduld. Ich war so viele Jahre in diesen See eingesperrt gewesen, dass ich mich erst einmal bewegen muss. In wenigen Minuten werde ich wieder bei euch sein. Bitte haltet eure Augen für einen Moment zu." Nach diesen Worten breitete er seine Schwingen aus, wir schlossen die Augen und er erhob sich in die Lüfte. Er wirbelte etwas Staub auf, welches in unsere Augen geraten wäre. Der Drache flog mehrere Runden um die Insel. So nahmen wir es an, denn er entschwand links aus unserem Sichtfeld, um Augenblicke später rechts aufzutauchen. Als er wieder zur Landung ansetzte, schlossen wir abermals unsere Augen.

„Ihr könnt eure Augen wieder öffnen. Ich danke euch, dass ihr mir diesen Moment gegönnt habt. Nun bin ich für dich da, Halina. Mein Name ist Fu Oro. Durch deine Geburt und deiner Abstammung wurdest du vom Drachenrat bestimmt mich zu retten. Du warst mein Schicksal. Ich musste es schaffen das Kind meines Feindes dazu zu bringen mich zu retten, nur dann dürfte ich weiter leben. Doch dieses musste innerhalb eines Vierteljahres nach deinem sechzehnten Geburtstag passieren, ansonsten müsste ich sterben. Mein einziger Weg zu dir war der Traumruf, den nur wir Drachen beherrschen", versuchte Fu Oro, zu erklären.

„Wenn ich das richtig verstanden habe, ist mein Vater dein Feind. Bitte erkläre mir das", bat ich.

„Ja Halina." Fu Oro nickte. Wobei die Haarbüschel, die die Länge wie ein Pferdeschweif hatten, umher schaukelten.

„Dein Vater war und ist immer noch mein größter Feind. Durch eine List hat er sich mein Vertrauen erschlichen. Ich glaubte ihm, dass die Menschen und die Drachen friedlich nebeneinander leben können. Mein Wunsch danach war so groß, dass ich es nicht sah, dass er mich hinterging. Dogmar sein Ziel war, unseren Hort zu finden, um uns alle zu töten. Was ihn auch fast gelang. Wenn da nicht mein Sohn gewesen wäre, der sich deinen Vater in den Weg stellte. Dennoch schaffte es Dogmar, viele von unseren Dracheneiern zu zertrümmern. Erst als Uso Oro ihn angriff, floh dein Vater. Warum dein Vater den Hort vernichten wollte, das weiß leider keiner. Er hat es nicht verraten, warum er uns so sehr hasste. Der Drachenrat beschloss, Katonag zu verlassen. Doch mich verband man in den See. Mein bester Freund, ein Eisdrache, versiegelte ihn mit dem ewigen Eis. Nur das heilige Feuer im Kristall konnte es schmelzen und dazu musste ich dich gewinnen. Doch du brauchst keine Angst haben, ich hege nur Groll gegen deinen Vater. Ich sagte dir, dass du frei sein wirst, wenn du mich befreist. Dazu stehe ich immer noch. Du wirst in zweierlei frei sein. Erstens werde ich dir nicht mehr im Traum erscheinen und zweitens werde ich dich von deinem Vater befreien", berichtete Fu Oro weiter. Mit erschreckten Augen starrte ich ihn an.

„Aber Fu Oro, das geht nicht. Du kannst mir nicht einfach meinem Vater nehmen. Auch wenn er Unrecht getan hat, so hat er doch den Tod nicht verdient. Er dachte sicher, dass die Drachen für die Menschen eine Gefahr darstellten. Gibt es denn keinen anderen Weg für deine Rache?" Meine Stimme zitterte. Der Drache senkte seinen Kopf und stupste mich an. Rys sprang auf. Er dachte, Fu Oro wollte mir etwas antun. Doch schnell merkte er, dass dies nicht der Fall war.

„Halina ich habe so viele Jahre in deinen Träumen gewandelt und habe gesehen, wie sich dein Vater entwickelt hat, als kein Drache mehr in seinem Land war. Nur wenn er mich und es akzeptiert, dass ich in seinem Land leben werde, werde ich ihn verschonen. Das verspreche ich dir." In Fu Oros Augen sah ich, dass er es ernst meinte.

„Sag Fu Oro, wann ist das alles passiert?", wollte ich weiter wissen. Meine Arme schlug ich um meine angezogenen Beine. Gespannt wartete ich auf seine Antwort.

„Es geschah lange vor deiner Zeugung. Dein Vater war gerade König geworden und du kamst fünf Jahre später zur Welt. Ich musste lange warten, bis du gelernt hattest, dass es Träume gab. Behutsam rief ich regelmäßig deinen Namen. Doch erst jetzt, wie du weißt, durfte ich dich richtig rufen und um deine Hilfe bitten. Dass du so schnell auf meine Bitte eingingst, damit hatte ich nicht wirklich gerechnet. Da hat scheinbar dein Vater mir unwissentlich geholfen." Ein Grinsen zierte Fu Oros Antlitz. Ich nickte heftig dazu.

„Das ist ja alles schön und gut. Du bist gerettet, doch wie sollen wir von der Insel kommen? Wir haben nur ein kleines Ruderboot mit einem Loch im Boden", mischte sich Rys auf einmal ein.

„Na wir fliegen", lachte Fu Oro, welches sich wie ein leises Rauschen von Wellen an einer Brandung anhörte.

„Wie meinst du das, wir fliegen?" Ich konnte es mir nicht vorstellen, wie dieses vonstattengehen sollte.

„So, wie ich es sagte. Wir fliegen. Ihr sitzt auf meinem Hals und ich fliege uns hier weg." Für Fu Oro war es das Selbstverständlichste auf der Welt. Doch für uns war es etwas Neues. So schaute ich kreidebleich in die Runde, um zu sehen, was die anderen dazu meinten. Rys nickte und Zorlo zögerte.

„Was ist los, Zorlo? Willst du hierbleiben?" Ich wandte mich zu dem Erdgnom. Zorlo schluckte. Er wusste nicht, was er sagen sollte. Erst nach einigen Augenblicke fing er an zu sprechen:

„Halina gib mir bitte etwas Zeit. Ich muss mit Wanly sprechen. Danach bekommst du deine Antwort."

„Selbstverständlich bekommst du die Zeit. Jetzt drängt mich ja keiner mehr zur Eile." Ich lächelte und zwinkerte Fu Oro zu. Zorlo und Wanly zogen sich zurück, sie wollten alleine sich besprechen. Mir kam es wie Stunden vor, als sie endlich wieder

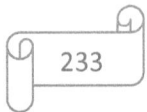

auftauchten. Sie waren aber nicht alleine, viele andere Erdgnome kamen mit ihnen. Sie wollten den Drachen sehen, der im See eingesperrt gewesen war.

„Verzeiht, dass ich mich zu Wort melde. Mein Name ist Fonlu. Ich würde gerne wissen, was mit den Strudeln ist, die unsere Insel umgeben? Werden sie auch verschwinden sowie das Eis auf dem See?" Der Erdgnom schaute zu Fu Oro hoch. Der Drache senkte seinen Kopf zu dem Gnom hinunter und flüsterte, was für uns immer noch laut genug war.

„Sobald ich die Insel verlassen habe, werden auch die Strudel verschwinden. Es tut mir leid, dass auch ihr leiden musstet." Eine Träne lief Fu Oro über seine Wange hinunter.

„Es ist nicht so schlimm, es wird sich alles wieder zum Guten wenden. Doch jetzt würden gerne ein paar von uns die Insel verlassen und ich wollte fragen, ob ihr sie mitnehmen könnt?", bat Fonlu. Fu Oros war froh, dass die Erdgnome ihm nicht nachtrugen.

„Ich würde euch alle liebend gerne mitnehmen. Doch wie wollt ihr euch auf meinen Rücken festhalten?"

„Darüber haben wir uns schon Gedanken gemacht. Wir würden einen Korb flechten, ähnlich unserer Boote. Diesen könntest du dann um euren Hals tragen", erklärte Fonlu. Fu Oro seine Stirn kräuselte sich, er war am Grübeln.

„Wäre er so groß und stabil, dass auch Halina und Rys darin Platz hätten?"

„Na ja, dann bräuchten wir einen Korb für den Rücken, das wäre sicherer. Ein Hängekorb würde das Gewicht von den beiden und mit uns zusammen nicht tragen", meinte Fonlu.

„Dann gibt es keine Wahl. Fertigt einen für den Rücken an. Wie lange wird das dauern?" Er hatte sich mittlerweile hingelegt, trotzdem war Fu Oro immer noch sehr groß.

„Gib uns drei Tage, dann haben wir den Korb fertig", entgegnete Fonlu.

„Gut, dann macht euch an die Arbeit." Mehr sagte Fu Oro dazu nicht. Er schloss einfach seine Augen und fing an zu schnarchen. Ich schaute in nur verwundert an. Hätte er das nicht auch mit uns besprechen müssen? Nein, dieser Drache hat es einfach entschieden. Alle Erdgnome verschwanden, nur Zorlo und Wanly blieben bei uns.

„Wie hast du dich entschieden?", wollte Rys von Zorlo wissen.

„Wanly, ich und ein paar andere werden mit euch kommen. Es wird Zeit, dass einige die Insel verlassen. Es gibt schon mehr Gnome hier, als für die Insel gut ist. Mit dem Korb können gleich mehrere auf einmal das Eiland verlassen und das Leben kann hier wieder ihren normalen Verlauf nehmen", erklärte Zorlo. Stolz hob er seinen Kopf und seine Augen leuchteten. Er war derjenige gewesen, der den Erdgnomen diesen Vorschlag gemacht hatte. Nun würde er einen Clan auf Katonag haben und bräuchte dort nicht mehr alleine leben. Ich hatte mich auf Zorlo konzentriert, sodass ich nicht mitbekam, dass nicht alle Erdgnome gegangen waren. Ein paar von ihnen tummelten sich im seichten Wasser des Sees. Neugierig beobachtete ich ihr treiben. Sie schlugen mit Knüppel auf die Wasseroberfläche. Andere, die etwas abseits der Knüppelschwinger im Wasser standen, warfen Netze aus. Diese sie Augenblicke später wieder einholten. Fische zappelten in den Maschen. Bei den Gedanken von gegartem Fisch lief mir nicht das Wasser im Munde zusammen. Schnell hatten die Gnome viele Fische zusammen. Die Knüppelschwinger machten sich nun auf, um Holz zu sammeln. Rys und ich schlossen uns an. Die Fische waren auch für uns, so berichtete es Zorlo. Als die Sonne unterging, brannte schon ein großes Lagerfeuer, wo die Fische am Rand schmorten. Alle freuten sich auf den Fisch, nur Fu Oro und ich nicht. Der Drache hatte lange genug Fisch fressen müssen. Wir begnügten uns mit Wurzeln, die uns die Gnome reichten.

Wieder Zuhause

Die drei Tage gingen schnell vorbei. Mit Rys seiner Hilfe legten wir Fu Oro die Schlaufe des Korbes um seinen Hals. Einen Rückenkorb hatten die Erdgnome nicht hinbekommen. Nun sollte es losgehen. Die Erdgnome krabbelten in den Korb. Rys und ich setzten uns auf Fu Oro sein Hals. An den Schuppen konnte man sich nicht festhalten, da diese viel zu klein und eng bei einander saßen. So erlaubte Fu Oro, dass wir uns an seinen Haarbüscheln festhalten durften.

„Seid bitte vorsichtig, nicht dass ihr mir diese wertvollen Haare herausreißt", bat Fu Oro.

„Wenn du genauso vorsichtig mit uns fliegst, wird das sicher nicht passieren", antwortete ich. Dass seine Haare wertvoll waren, konnte ich mir gut vorstellen, denn sie schimmerten wie Gold. Rys saß hinter mir. Er versuchte, sich am mir festzuhalten, ohne mich dabei zu erdrücken. Ich selber hielt mich an den Haarbüscheln fest und umklammerte mit meinen Beinen Fu Oros Hals. Die Wärme, die von Rys ausging, genoss ich. Ebenso, dass er ganz dicht an mich lehnte. Dennoch machte er sich steif, als ob es ihm unangenehm sei mich zu spüren. Mit mächtigem Flügelschlag erhob sich Fu Oro in die Lüfte. Der Korb mit den zwanzig Erdgnomen hing um seinem Hals wie ein Schmuckanhänger. Von dem Gewicht, was der Drache zu tragen hatte, spürte er nichts, so sagte er es uns. Hier oben in den Lüften sahen wir erst, wie groß die Insel war. Wir hatten Glück, dass wir auf die Erdgnome gestoßen waren, ohne sie hätten wir sicher Tage, wenn nicht sogar Wochen gebraucht, um den See zu finden. Der Wind blies durch meine Haare und nahm mir etwas den Atem. So musste ich mich nach vorne auf Fu Oros Hals beugen, um dem Wind nicht so ausgesetzt zu sein. Fu Oro flog mittlerweile über dem Meer, aber nicht so hoch, wie er es gerne gewollt hätte. Dieses wäre für uns nicht gut gewesen. Wir sahen die Schaumkronen, die sich auf den Wellen des aufgewühlten Meeres bildeten. Auf einmal, wir wussten nicht, wie es passierte, fiel Rys von Drachen hinunter. Ein Aufschrei entfleuchte mir, als ich Rys nicht mehr hinter mir spürte. Entsetzt schaute ich auf das Meer hinunter. Wo war Rys? Ich konnte ihn nicht ausmachen. Angst befiel mein Herz. Meine Augen suchten nach jeder kleinen Farbveränderung auf dem Wasser, was vielleicht auf Rys hindeuten könnte.

„Rys, Rys so melde dich!", schrie ich verzweifelt in den Wind.

„Fu Oro wir müssen ihn finden. Er darf nicht ertrinken. Das kann er mir doch nicht antun. Ich liebe ihn doch!" Durch den Drachen ging nur ein leises grollen, was wohl seine Antwort sein sollte. Gefühlte Stunden flog Fu Oro immer wieder über die Stelle, wo Rys ins Wasser gefallen sein musste.

„Es hat keinen Sinn mehr. Er muss ertrunken sein", meinte Fu Oro sehr leise, doch ich hörte seine Worte. „Nein, such weiter. Er lebt, das spüre ich ganz genau!" Ich wollte es nicht wahrhaben und wollte auch nicht aufgeben. So manche Vorwürfe machte ich mir. Rys hatte mir so oft gezeigt, dass er etwas für mich empfand. Und ich? Ich habe ihn immer wieder weggestoßen. Noch nicht einmal einen unschuldigen Kuss habe ich ihm geschenkt, obwohl mein Herz schon so lange für ihn schlägt. Ein Kloß steckte in meinen Hals, den ich verzweifelt versuchte hinunterzuschlucken. Auf einmal hörte ich nur:

„Festhalten!"

Fu Oro stürzte fast in Steilflug hinab, dem Wasser entgegen. Ich krallte mich an den Haarbüscheln fest. Die aufgewühlte Wasseroberfläche kam immer dichter. Ich hatte schon Angst, dass wir jeden Moment ins Wasser stürzen würden. Doch ehe der Korb die Wasseroberfläche berührte, zog Fu Oro wieder hoch. Er flog wieder zurück zur Eisinsel. Zwischen seinen Pranken trug er einen scheinbaren leblosen Körper. Beim Feld der Farne ließ er Rys vorsichtig fallen, um ein paar Meter weiter genauso vorsichtig, wegen des Korbes, zu landen. Ich sprang so schnell wie möglich von Fu Oro hinunter und lief zu Rys. Er lag immer noch leblos auf dem Boden. Auch Zorlo und Wanly kamen angerannt. Rys fühlte sich so kalt an und sah so blass aus. Ich befürchtete das Schlimmste.

„Du musst Luft in seine Lungen pusten. Mach schnell, sonst ist es zu spät", fauchte Zorlo mich an.

„Wie Luft?" Ich war verdattert und wusste nicht, was Zorlo meinte.

„Menno Halina, lege deine Lippen auf seine und puste deinen Atem in ihn hinein. Mach schon! Von uns kann das keiner. Na los, sonst stirbt er!", drängte Fu Oro im barschen Ton. Ich holte tief Luft, legte meine Lippen auf seine, die so kalt waren und pustete los.

„Du musst sein Kopf nach hinten strecken, damit der Weg zur Luftröhre frei ist", belehrte mich der Drache. Woher wusste er so etwas? Das fragte ich mich, aber

tat, was er sagte und wiederholte abermals meine Bemühungen. Erst beim vierten Mal regte sich Rys. Hustend spuckte er Wasser aus sich heraus. Erleichtert atmete ich auf. Ich hatte ihn wieder und würde ihn auf gar keinem Fall mehr gehen lassen. Mir liefen Tränen die Wangen hinunter, als sich die Anspannung löste.

„Was ist passiert, dass du im Wasser gelandet bist?", wollte Fu Oro wissen. Der Drache hatte sich schon Vorwürfe gemacht, dass es seine Schuld war, dass Rys einen Freiflug machte.

„Ich habe nicht aufgepasst. Als Halina sich weit nach vorne beugte, musste ich meinen Griff noch mehr lockern, dann hat der Flugwind mich einfach herunter geweht. Ich danke dir Fu Oro das du mich aus dem Wasser gefischt hast. Ohne dich wäre ich nicht mehr am Leben", flüsterte Rys noch sehr angeschlagen. Ich schluckte, auch ich habe mitgewirkt. Doch ich sagte kein Wort darüber, dass ich ihm wieder das Leben einhauchte. Ich wollte kein Lob, war nur froh, dass Rys lebte und ich nicht mehr weinte. Verstohlen wischte ich die letzte Träne mit dem Handrücken von meiner Wange. Die Erdgnome hatten ein Lagerfeuer entfacht, was ich zuerst als kritisch erachtete. Ein Feuer mitten im Feld war das nicht zu gefährlich? Doch die Gnome hatten eine Steinumrandung um das Feuer gebaut, auch war das Lagerfeuer nicht so groß gewesen, sie hatten es unter Kontrolle. Rys wollte an die Wärme des Lagerfeuers. Auf mich gestützt schlichen wir dorthin. Die Wärme tat ihm gut, langsam bekam er wieder Farbe im Gesicht, seine Hände und Körper wurden wieder warm.

„Müssen wir wirklich fliegen?", fragte ich. Der Schreck und die Angst lagen mir immer noch in den Knochen.

„Es gibt keinen anderen Weg, das weißt du doch. Ich werde nicht noch einmal hinab fallen, versprochen", flüsterte Rys.

„Davon kannst du ausgehen. Ich werde dafür sorgen, dass so etwas nicht noch einmal passiert", entgegnete Fu Oro.

„Wie willst du das anstellen?" Voller Erwartung auf seine Erklärung sah ich den roten Drachen an.

„Ihr werdet festgebunden!" Fu Oros Stimme war so bestimmend, dass weder Rys noch ich einen Einwand wagten.

„Nun ruht euch aus, für heute bleiben wir hier", gähnte Fu Oro und schlief auf der Stelle ein.

„Wie macht er das nur, von jetzt auf gleich einschlafen zu können?" Ich setzte mich neben Rys. Es dauerte nicht lange, da lag auch ich ausgestreckt neben dem Lagerfeuer und schlief.

Am Morgen lag Rys ganz dicht an mich gekuschelt, sein Arm lag schützend über mich. Eigentlich hätte ich ihm böse sein müssen, doch ich genoss seine Nähe. Ein Lächeln zeichnete sich auf mein Gesicht ab. Leider wurde dieses Lächeln Augenblicke später getrübt. Rys wurde wach.

„Oh, entschuldige meine Vermessenheit, dich zu umarmen." Hörte ich ihn sagen und schon zog er

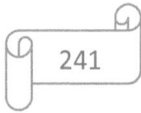

seinen Arm zurück. Ich wollte ihm sagen, dass es in Ordnung sei, aber ich sah in Rys seine Augen kein Strahlen mehr. Hatten sich seine Gefühle für mich gewandelt? Hatte ich ihn zu oft von mir gestoßen, dass er auf Abstand ging? In mir entstand Traurigkeit oder war es Wut, was in meinen Bauch brodelte? Wut auf mich selber, dass ich erst jetzt meine Gefühle für Rys zuließ. Ja, ich hatte mich wirklich in diesen Burschen verliebt, von dem ich noch nicht einmal wusste, was für einen Stand er hatte. Das war mir egal. Mein Herz pochte einfach schneller, wenn ich in seine Augen schaute. Was konnte ich nur tun, dass er sich mir wieder zuwandte? Fu Oro riss mich aus meinen Gedanken.

„Sputet euch, wir wollen uns wieder auf den Weg machen", flüsterte er. Dennoch kam mir seine Stimme laut wie ein Orkan vor. Was war passiert, gestern war seine Stimme viel leiser. Ich schaute Fu Oro an. Er hatte sich nicht verändert oder doch?

„Dürfen wir erst einmal etwas essen? Ich kann ja verstehen, dass du hier schnell wegwillst. Doch wenn du nicht willst, dass einer wegen Hunger wieder von dir herunterfällt, solltest du noch etwas Geduld haben", protestierte ich. Die Erdgnome hatten am Abend schon Fische und Wurzeln gegart. Hungrig aßen wir das, was uns vorgesetzt wurde. Mein Blick richtete sich zu Rys.

„Geht es dir gut?"

„Ja danke, an mir soll es nicht liegen, dass es nicht losgehen könnte", antwortete er und sprang auf.

Nichts deutete mehr darauf hin, dass er beinahe ertrunken wäre. So trug Fu Oro wieder die Schlaufe des Korbes um den Hals und wir saßen wieder auf diesen. Rys abermals hinter mir. Doch was war das? Die Haarbüschel, mit denen ich mich festgehalten hatte, waren gewachsen. Sie bewegten sich wie Schlangen und unsere Beine und banden uns regelrecht an Fu Oros Hals fest. Das war es also, lange, lebendige Haarbüschel.

„Und alles fest verpackt? Kann es losgehen?", hauchte Fu Oro. Von uns kam ein lautes JA. Der Drache breite wieder seine Schwingen aus, langsam und vorsichtig erhob er sich vom Boden. Der Wind rauschte an uns vorbei und zerrte an unserer Kleidung. Wir rührten uns keinen Zentimeter, Rys hielt mich von hinten umschlungen. Das jetzt stille und glatte Meer glitt unter uns dahin. Nur an dem Sonnenstand konnten wir erkennen, wie die Zeit verging. Wie es den Erdgnomen erging, konnte ich nicht sehen. Nur ab und an erspähte ich einen Teil des Korbes, wenn dieser hin und her schaukelte. Sich unterhalten konnte man nicht, denn Fu Oro flog mittlerweile sehr schnell, dass wir uns so flach wie möglich machten, indem wir uns nach vorne beugten. Am späten Nachmittag erschien schon Katonag am Horizont. Es war schon lange dunkel, als Fu Oro am Ongsee landete. Hier verließen uns die Erdgnome. Sie wollten zu Fuß weiter reisen. Zorlo würde sie in den immer grünen Wald führen. Der Abschied fiel mir sehr schwer. In Zorlo hatte ich einen lieben Freund gefunden und ihn gehen zu lassen tat mir im Herzen weh.

„Sei nicht traurig, Halina. Sobald der Gromba gefangen ist, ist der immer grüne Wald sicher. Dann kannst du mich und Wanly bei Elando besuchen kommen. In seiner Nähe werden wir unser Dorf errichten. Ja, wir werden nicht, wie ich tat, in tiefen Erdlöchern leben, sondern überirdisch." Zorlo grinste mich an und ich lächelte.

„Ja, wenn der Gromba nicht mehr ist, dann komme ich euch besuchen. Versprochen." Dass ich dieses Versprechen niemals halten konnte, das wusste ich zu diesem Zeitpunkt noch nicht. Als Zorlo und die anderen Gnome verschwunden waren, liefen bei mir die Tränen. Rys nahm mich vorsichtig in seine Arme und versuchte mich zu trösten. Wenn er geahnt hätte, wie viel Trost und Geborgenheit er mir damit gab, hätte er mich sicher nicht gleich wieder losgelassen. Als meine Tränen versiegten, entließ er mich aus seinen Armen. In seinem Blick sah ich nur eine Entschuldigung für sein Handeln.

„Das habe ich ganz vergessen, dass die Menschen so gefühlvoll sind. Bis auf wenige, die sind grausam", meinte Fu Oro über meine Tränen.

„Sind Drachen das nicht, wenn sie sich von Freunden trennen, gefühlvoll?" Ich runzelte die Stirn, weil an so etwas nicht glauben konnte.

„Na ja, ein Feuerdrache, wie ich, vergießt ganz selten eine Träne. Aber Traurigkeit spüren wir auch. Ich werde meist ganz still", erklärte Fu Oro. Ich verstand es nicht wirklich, ich war ja auch kein Drache.

„So, die Gnome sind fort und ich brauche den Korb nicht mehr zu tragen. Kommt ihr beide, wir wollen weiter. Ich will mich endlich Dogmar stellen und mich rächen", grollte Fu Oro am Morgen leise. Ich bekam eine Gänsehaut, als ich daran dachte, meinen Vater und meinen Onkel wieder unter die Augen zu treten. Würde mein Vater immer noch darauf bestehen, dass ich Onkel Ziron heirate? Falls ja, würde ich mich gegen ihn stellen, denn mein Herz gehörte jemand anderen. Ich atmete tief durch, schaute zu Rys und nickte. Wieder auf Fu Oro ging es wieder in die Lüfte. Ohne dass wir festgebunden wurden. Die Haarbüschel waren wieder kürzer geworden, sodass ich mich wieder an diesen festhalten musste und Rys sich an mir. Dieses Mal flog Fu Oro auch nicht so hoch und so schnell. Er umflog großzügig jegliche Ortschaften. Fu Oro wollte nicht die Menschen in Schrecken versetzen. Es langte schon, dass man ihn über Katorio sehen würde. Schneller als ich es erwartete, landete Fu Oro mitten auf dem Burghof. Alle Menschen, die auf dem Burghof waren, liefen erschreckt davon. Sie verkrochen sich in den Ställen und andere Räumlichkeiten. Vorsichtig lugten einige hinaus. Erst als sie Rys erkannten, kamen sie ängstlich wieder hervor. Mich erkannten sie ein wenig später, da meine Haare immer noch dunkel waren.

„Ihr braucht keine Angst zu haben, der Drache wird euch nichts antun!", rief ich. Mit bangen Herzen standen trotzdem alle an den Hauswänden. Die Gardemänner hielten ihre Speere oder Schwerter in Richtung des Drachens.

„Senkt die Waffen, Fu Oro ist nicht gefährlich." Rys ging auf die Gardemänner zu und schob die Waffen beiseite.

„Ich werde meinen Vater holen. Bitte Fu Oro sei gnädig und verschone ihn", bat ich so leise, dass nur er es hören konnte. Der Drachen knurrte nur, was wohl nichts Gutes heißen sollte. Zusammen mit Rys marschierte ich in die königlichen Räume. Nirgendwo konnte ich meinen Vater finden, so gingen wir zum Thronsaal. Keiner der Wachen hielt uns auf, sie schauten mich nur komisch an, ob es an meinen schwarzen Haaren lag, konnte ich nicht sagen. Ich konnte ihren Blick nicht deuten. Auch hier war mein Vater nicht, nur Onkel Ziron, der auf dem Thron saß. Als er mich erkannte, sprang er auf und kam mir entgegen.

„Halina bist du das wirklich? Wir hielten dich für Tod, versunken im Moor." Freudig nahm mich Ziron in die Arme. Mein ganzer Körper versteifte sich. Mir war es unangenehm, von Ziron berührt zu werden. Als er mich endlich freigab, war meine erste Frage:

„Wo ist mein Vater?"

„Ach Halina", er seufzte, „als Corbo mit der schlechten Nachricht zurückkam, verstarb dein Vater. Sein Herz hörte einfach auf zu schlagen. Vor drei Tagen trugen wir ihn zu Grabe. Seitdem sitze ich hier auf dem Thron. Doch da du lebst und nun hier bist, werde ich dir selbstverständlich den Thron überlassen. Es ist dein Erbe, nicht meines. Ich werde mit meiner Frau nach Regria auf mein Gut ziehen", berichtete Ziron. Ich starrte ihn nur groß an. Hatte ich richtig gehört. Vater tot und Ziron verheiratet. Als ob er meine Frage, die mir auf der Zunge lag, erzählte Ziron weiter:

„Ja, ich habe geheiratet, als wir dich für tot hielten. Du hättest mich doch nie genommen. Und wenn doch, wärst du nicht glücklich geworden, hättest mich sicher mit einem jüngeren Mann betrogen." Zirons Blick richtete sich auf Rys, der immer noch neben mir stand. Ich wusste nicht, was ich sagen sollte. Traurigkeit machte sich in mir breit und gleichzeitig war ich glücklich. Ich brauchte Ziron nicht mehr heiraten, dennoch fehlte mir mein Vater. Wäre er mit meiner Wahl zufrieden? Würde er es akzeptieren, dass ich den Namen meines Zukünftigen annehme? Das alles würde ich nicht mehr erfahren. Vater war wirklich tot, gestorben mit dem Gedanken, dass auch ich tot sei. Eine Träne rollte mir die Wange hinunter. Ich wandte mich zu Rys. In seine Arme wollte ich sein. Seine Kraft spüren und mit ihm besprechen, wie es weiter gehen sollte. Doch Rys drehte mir den Rücken zu und ging Richtung Tür.

„Rys, wo willst du hin?", fragte ich ängstlich. Meine Stimme bebte.

„Wo soll ich schon hingehen, dahin, wo ich hingehöre! Zu den Leuten der Garde. Du brauchst mich jetzt nicht mehr", antwortete er, ohne sich umzudrehen. Seine Stimme hatte einen traurigen Unterton.

„Nein, dahin gehörst du nicht. Du gehörst an meine Seite, als mein Mann! Ja, ich liebe dich und es ist mir egal, was für einen Stand du hast. Ich möchte deine Frau werden." Bei den letzten Worten wurde ich rot. Ich hatte es wirklich getan, meine Gefühle offenbart und Rys einen Antrag gemacht. Dieses hatte eigentlich der Mann zu machen, aber egal, bevor Rys weglief, musste ich es tun. Er konnte jetzt nicht gehen, wo ich den Mann, den ich liebte, an meiner Seite brauchte. Rys starrte mich mit offenem Mund an.

„Wie? Wann?", kam nur von ihm.

„Ach Rys, eigentlich liebte ich dich schon, als du zu uns an den Hof kamst", entgegnete ich und dachte: Küss mich endlich. Mittlerweile hielt ich seine Hand, die sich so weich anfühlte, obwohl sie rau war. Ein freudiges Lachen hallte durch den Thronsaal.

„Na, dann hast du ja deinen Liebsten gefunden. Mit deiner Wahl wäre dein Vater sicher einverstanden." Ziron schloss seine Hände über die unsrigen.

„Woher willst du das denn wissen?" Ich war verwundert, hatte ich doch erwartet, dass Ziron mir Rys ausreden würde.

„Weißt du denn nicht, wer Rys ist?" Ich schüttelte den Kopf.

„Wie denn? Rys weiß es doch selber nicht."

„Er ist der Sohn von König Henale und er heiß nicht Rys, sondern Tauron." Ziron schaute von einem zum anderen. Nicht nur ich machte große Augen. Auch Rys machte sie. Er hatte doch alles vergessen, wie er hieß und woher er stammte.

„Dein Vater hat dich gesucht. Doch du warst ebenso verschollen wie Halina, als die Nachricht deines Vaters hier ankam. Von uns hat er erfahren, dass wir dich ebenfalls suchten. Wir versprachen, dich sofort nach Hause zu schicken, sobald wir dich gefunden hätten", offenbarte Ziron.

„Für mich wirst du immer Rys bleiben", flüsterte ich Rys ins Ohr und er nickte.

„Dann ist doch die Besetzung des Thrones geklärt. Ich werde auf jeden Fall Rys in sein Land folgen. Doch vorher ist hier noch etwas zu erledigen. Du hast sicher den Aufruhr draußen mitbekommen." Ziron nickte und schaute etwas ängstlich zum Fenster, welches den Blick in den Hof ermöglichte.

„Ja, draußen ist wirklich ein Drache. Er will Rache nehmen, Rache an meinen Vater, der große Schuld auf sich geladen hat. Wir sollten Fu Oro berichten, dass Dogmar tot ist und es keinen mehr gibt, an dem er sich rächen kann, außer er will mein Leben", erklärte ich weiter.

„Das lasse ich nicht zu, dass Fu Oro dein Leben nimmt. Da muss er erst an mir vorbei!", warf Rys ein, der sich schützend vor mich stellte.

„Ich glaube nicht, dass Fu Oro mein Leben fordert, denn schließlich war ich es, die ihn gerettet hat. Kommt, lasst uns zu ihm gehen", bat ich, drehte mich um und schritt Richtung Tür. Draußen auf dem Burghof berichtete ich Fu Oro alles, was ich erfahren hatte.

„Dann ist meine Rache hinfällig. Und dir liebe Halina könnte ich nie etwas antun. Da Ziron nun König dieses Landes bleiben wird, richtet sich meine Bitte an ihn." Fu Oro wandte sich nun an Ziron, der skeptisch zu ihm hochschaute.

„Einst lebten viele Drachen im dunklen Gebirge. Dorthin würde ich mich zurückziehen, um meinen Hort zu errichten", bat Fu Oro. Dieses erlaubte Ziron. Er wusste, als es noch Drachen auf Katonag gab, blühte das Land in seiner ganzen Pracht. Kein Drache hatte jemals dem Land oder der Bevölkerung geschadet. Man lebte mit Respekt zusammen, so sollte es wieder werden. Fu Oro war glücklich, was jeder an sein Grinsen erkennen konnte. Ja, Fu Oro hatte wirklich Wort gehalten, als er mir in meinen Traum sagte:

„Du bist frei, wenn ich es bin."

Ich war frei und voller Liebe für den Mann meines Lebens, Rys.

Ende

Liebe Leser,
habt Dank das Ihr Halina gefolgt seid. Ich hoffe es
hat Euch gefallen.

Eure Petra C. Melzer

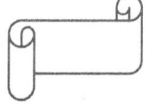